天坑宝藏

天下霸唱 著

北京联合出版公司
Beijing United Publishing Co.,Ltd.

图书在版编目（CIP）数据

天坑宝藏 / 天下霸唱著 . -- 北京 : 北京联合出版
公司 , 2020.3
ISBN 978-7-5596-3873-1

Ⅰ . ①天… Ⅱ . ①天… Ⅲ . ①长篇小说—中国—当代
Ⅳ . ① I247.5

中国版本图书馆 CIP 数据核字 (2019) 第 296036 号

天坑宝藏

作　　者：天下霸唱
责任编辑：牛炜征
封面设计：吴黛君

北京联合出版公司出版
（北京市西城区德外大街 83 号楼 9 层 100088）
北京新华先锋出版科技有限公司发行
北京联兴盛业印刷股份有限公司　新华书店经销
字数180千字　620毫米×889毫米　1/16　18印张
2020年3月第1版　2020年3月第1次印刷
ISBN 978-7-5596-3873-1
定价：59.50元

目　录

第
一
章

白
糖
的
生
意

/

张保庆上学的时候成绩不行，初中毕业上了技校。在当时来说，半工半读上技校是一条不错的出路，意味着将来会在工厂中有一份稳定的工作，能端上人人羡慕的"铁饭碗"。但也意味着，这份工作要干一辈子，直至六十岁退休，可以一眼望到死。张保庆不认头走这条路，硬着头皮在技校上了三年学。毕业之后踏入社会，一不愿意去饭馆端盘子，二不愿意去工厂当工人，宁可整天游手好闲，也不肯过一成不变的日子。这惹得他爹大动肝火，应了"仇成父子，债转夫妻"这句话，父子二人矛盾越来越深。有一次张保庆被赶出家门，跑去长白山投奔了四舅爷，听四舅爷讲讲当年的战斗故事，再上山打两只山鸡、野兔，可比待在城里逍遥多了。其间他捡到一只白鹰，还在一处与世隔绝的天坑中，误入关外金王马殿臣的大宅，带出了一张宝画《神鹰图》！

不过从长白山回来没多久，宝画《神鹰图》就让人用十块钱骗走了。张保庆被迫二上长白山，结果当然是什么也没找到。这么个大小伙子，站起来也是顶天立地，必须面对就业问题，总不能指望爹娘和四舅爷养他一辈子，只得回到城里，接着和铁哥们儿白糖摆摊卖烤羊肉串。在那个年代，辣的不辣的羊肉串方兴未艾，用自行车车条磨尖了当扦子，穿上肥少瘦多的羊肉丁，搁在自制的铁皮炉子上用炭火烤熟，撒上孜然、盐和辣椒面，诱人的香味儿可以传出好几条马路。他们俩卖的羊肉串一毛钱一串，尽管是三天打鱼两天晒网，可也赚了不少钱。然而这属于无照经营，虽然一开始钻钻空子打打游击，今天在这边，明天去那边，打一枪换一个地方，好在羊肉串一烤起来，吃主儿闻着烤肉的香气就来了，不怕没主顾。小摊儿前总围着五六个吃货，一人攥一把铁扦子羊肉串狼吞虎咽。后来管得实在太严，连戴着红箍的居委会大妈都来检查，干了没多久，羊肉串就卖不成了，又错过了进厂找工作的机会，那怎么办呢？只能上驾校报名学车，考了个驾照，去给人家开货车。当时会开车的人很少，司机大多在运输场、公交公司、出租汽车公司工作，此外就是各个单位的专职司机，给单位开公车。所谓"听诊器、方向盘、人事干部、售货员"，全是让人羡慕的职业。张保庆好歹有了一份正经工作。当爹的见儿子终于脚踏实地、自食其力了，也就不再跟他对立，父子关系有所缓和。

后来通过朋友介绍，张保庆认识了一个贩卖水果的老板，也姓张。张保庆叫他张哥，从此跟着张哥跑长途运水果。贩卖水果的行当，在过去来说叫鲜货行，这一行可不好干：不同于别的买卖可以长期囤货，水果的保鲜期很短，必须争分夺秒，一天也耽误不起；

不只进货快，出手更要快，一旦积压在手里，就不免血本无归，等于是拿钱打了水漂儿。当时空运并不发达，往四川、云南、贵州这样的山区运送鲜货全靠货车，又没有高速公路，一路上全是崇山峻岭，蜿蜒曲折的柏油路盘山而上，远远望去风景如画，实际跑起来却是苦不堪言。路上是坑坑洼洼，最窄的地方只能容得下一辆车通过，碰上对面来车，就得有一方先停下来，等对面的车开过去再往前走。到了雨季，赶上山体滑坡、塌方、泥石流、洪水什么的太正常了，道路一旦被冲毁，就会出现大堵车，一堵三五天停在路上挪不了窝。无数的车辆堵成一字长蛇阵，陷在当中进退两难，再着急也没用，唯一的办法就是等着。到时候再淋点儿雨，雨停了让太阳一晒，没等送到地方，这一车烂水果便会散发出发酵后的果香，能当果酒卖了。所以说，干鲜货行的买卖不仅辛苦，风险也极高，跑这一趟下来是赚是赔都不好说。这个行当的从业者也都是老手，具有相当丰富的经验，知道如何应对各种意外。如果是外行人进来插一脚，不赔个底儿掉就算万幸，赚钱更是想都别想。

一晃到了 1996 年，张保庆跟张哥往东北运苹果。当时一共去了五辆车，两辆跃进 131、三辆 130 货车，每辆车上各装了 300 箱苹果。这一趟的路程并不远，只是客户催得紧，为了赶时间，他们没走国道，而是选了一条不常走的近路，虽然说不好走，但路程短很多。他们准备连夜开到目的地，反正这些跑长途的司机东奔西走，什么路都跑过，并不觉得如何辛苦。眼瞅快到锦州了，头车突然一个急刹车停了下来。头车一停，整个车队全跟着停在了路上，后边的四台车不知道前面什么状况，不停地按喇叭催头车继续走。坐在头车副驾驶位子上的张保庆也不知道出了什么情况，便问开车的司机："怎么不走了？车子有问题？还是走错路了？"

开头车的师傅姓杜，是车队里资格最老、经验最丰富、驾驶技术最好的司机。身为老板张哥指定的车队队长，每次出门都是他开头车在前边带路，从来没出过问题，绝对是传说中的老司机。只见杜师傅抱着方向盘，紧张地指着前方说："这条路太窄，咱们车又多，来不及掉头跑了！"张保庆不明所以，抬手擦了擦前面的挡风玻璃，又伸长脖子往前探了探脑袋，并未发现有什么异常，就问杜师傅："前边的路不通吗？"说话这时候，也不知道从哪儿就冒出来十几个社会小青年，他们把铁链子拴在摩托车后头，拖来两根比腰还粗的树桩子，气势汹汹地拦在道路中间不让车队过去，嘴里大声嚷嚷着让司机们下车交过路费。

眼前这些人，一个个穿得说土不土说洋不洋，流里流气，横眉立目，头发又脏又乱，嘴里叼着烟卷，手里摆弄着钢管、匕首之类的家伙。为首的是个二十来岁的地痞，个头儿不高，肤色苍白，干瘦的身躯上支撑着一个大脑袋，眼窝凹陷，双眼外突，白眼球多，黑眼球少，嘴里哈欠连天，手拎一部黑砖头似的"大哥大"，在人群前面来回晃荡。张保庆当时还在用摩托罗拉 BP 机，汉字显示的，已经觉得很不简单了，可这劫道的老大都用上大哥大了。张保庆这些年不务正业，可也没在家吃闲饭，走南闯北见过些世面，他一眼就认出这小子腰里还别着一支乌黑的 54 式手枪。

五辆车上的司机全坐着没动，他们觉得货是老板的，自己就是打工的，跑这一趟下来挣个仨瓜俩枣的辛苦钱，家中上有老下有小，何必招惹穷凶极恶的地痞？挨顿打那是轻的，万一受伤落下残疾，老板也管不了。反正遇上这样的情况，老板一定会去应付，这叫天塌下来自有高个儿的顶着，所以全都跟没事人似的，老老实实坐在驾驶室里，等着张哥掏钱买路。这些拦路的混混儿气焰极为嚣张，见车上的人不肯下车，便纷纷围拢上来，拿着手里的钢管不停地敲打车子，口中叫嚣着，让车上的人赶紧下来，再不给钱就上车搬东西，总之别想蒙混过关！

张保庆见是拦路抢劫的，心说：这都什么年代了，竟然还有车匪路霸？所谓"进山不避虎豹，入水不避蛟龙"，行走江湖免不了遇上地痞无赖，越是缩头缩脑，妄想息事宁人，就越会被人欺负。他是押车管钱的，现金全在他内裤的拉链兜里，被这帮小混混儿一闹腾，愣头青的浑劲儿上来了，心说：看谁有本事能把老子的裤衩扒了！与此同时，从车座底下抽出一把军刺，悄悄藏在后腰上，准备打开车门下去会会这一干人。

老板张哥年轻时也当过流氓，那时候遇事容易头脑发热，七个不服八个不忿，豁雷捣撇子，动不动就去跟人拼命，蹲过号子吃过牢饭，出来已是人到中年，深知自由可贵，里面的滋味不好受，这才改邪归正做了鲜货头卖。他很熟悉地痞无赖的伎俩，这个买路钱少不了，真要给了这份钱，这一趟车就得白跑，可是单凭他和张保庆两个人四只手，纵然都长了三头六臂，也干不过那么多人，何况对方还有支手枪。

出门在外，遇上事三切三刺，怎么不得先问道问道？老板张哥下了车，张保庆跟在后头，来到这伙人面前不卑不亢，双方一盘道，提及了某个两边都认识的人。原来张哥有个远房亲戚，是锦州本地水果批发市场的地头蛇，大小有这么一号。这帮小兔崽子一听，都是这一带低头不见抬头见的熟人。张哥又顺势递过去两条红塔山牌香烟。为首的地痞收了香烟，觉得有台阶下了，还真给了个面子，冲他那些手下一挥手，上来两个小年轻的发动摩托车，拖走了树桩子，把路给让开了。在当时来说，红塔山是普及全国的"江湖烟"，售价高、有档次，混社会的都爱抽这个。老板每次出门送货，都会在车上备几条，遇见这类事情拿出来，不仅能让对方面子上好看，还能表明自己也是道儿上的人，懂规矩！

其实人在江湖，哪有什么规矩可讲？有的只是客观规律——强龙不压地头蛇。一次蒙混过关，不代表每次都行得通，能够顺顺当当化险为夷的，均为小概率事件。类似这样拦路要钱的事情，跑长途的司机基本上都碰到过。这些人要钱的方式各种各样，有的明抢，有的假扮交警非法扣车，还有的敲诈讹人，只有你想不到的，没有这些车匪路霸干不出来的。正是因为这里头的变数太多，开车的司机应付不了，觉得多一事不如少一事，通常就得交钱保平安，进一步助长了拦路劫道之辈的嚣张气焰。

又有这么一次，张保庆单独带着司机去外地送货，只开了一辆车，那天还下着雨，结果光天化日之下遇上一群人，足有百十口子，抬着一口大棺材横在马路中间，棺材外面罩着一块塑料布，可能是怕被雨水淋湿。人群中男女老幼皆有，见到有车被拦了下来，几个中年妇女就趴在湿漉漉的棺材上呼天抢地，大声诉说亡人死得如何冤屈，几个小孩也在棺材前头跪着，干号不掉眼泪儿。张保庆和司机莫名其妙："这些人怎么想的？我们这是货车，又不是青天大老爷的官轿，你有冤屈拦我们有什么用呢？"张保庆刚把脑袋探出窗外试图交涉，还没来得及开口说话，一个披麻戴孝的中年男子已经冲到近前，扒着车门语无伦次地嚷嚷，说自己的奶奶昨天让过路的汽车撞死了，司机肇事逃逸，到现在还没找到，过路的每一台车都有可能是肇事车辆，都得赔他们家一笔钱，不赔钱谁也别想过去！接着又是一番带有诅咒的恶言恶语，大概意思是说，不给钱老人就没法下葬，不能入土为安的话，老人做鬼也会缠着你们这些司机，谁开车从这儿过谁就得不了好，一直找到你们家去，闹你个鸡犬不宁、家破人亡，让你们吃不了兜着走。那个人仿佛受了什么刺激，既不穿雨衣，也不打雨伞，任凭雨水顺着头发往下滴答，浑身上下湿透了，像是刚从河里捞出来。张保庆听明白对方要钱的道理，顿时气不打一处来，这他妈哪儿跟哪儿啊？怎么会有这么不讲理的人？这不是耍无赖吗？然而最可气的是，对方还自认为这是在跟你讲理，而不是胡闹！

张保庆推开车门从车上跳下来，指着那个中年男子的鼻子大声说道："我们是去外地送货，刚从这里经过，人是昨天撞死的，我们怎么可能是肇事车辆？你有冤情该找谁找谁去，我们绝不可能给你钱，给了钱岂不等于承认是我们撞死的，那就跳进黄河也洗不清了。赶紧给我把路让开，再胡闹别怪我不客气了！"那个中年男子见张保庆不服软，当场就来了劲儿，跑到车头前面，扑通一下坐在地上，跟个泼妇似的拍着大腿张嘴就骂，张保庆家祖上十八代都让他"问候"了一个遍，要多难听有多难听。

张保庆这个人，能挨打不能挨骂，让他吃点儿亏行，但是绝不能捎上他的家里人。别看他自己天天梗着脖子跟他爹较劲儿，如若旁人对他爹有半点儿不敬，他准得跟对方没完。当时他就怒不可遏，懒得再废话了，一把揪住这个不讲理的中年男人，抬手就要打。没想到手还没落下去，那个人就双手抱着脑袋哇哇大叫："杀人啦！出人命啦！天爷呀，就是这个杀人犯开车撞死了俺奶奶，现在还要杀俺灭口，杀俺们全家呀！快来人啊！快救命啊！"周围那些披麻戴孝的七大姑八大姨见状，立即一拥而上跑到近前，有扯胳膊的，有抱大腿的，还有的拿头撞汽车，把车头撞得当当直响，声称要死给张保庆瞧瞧。最离谱的是一个三十来岁的妇女，人长得瘦骨嶙峋，两腮无肉，带着一脸奸相，直接把一个七八岁的小姑娘拉过来塞到车轮底下，自己蹦着脚跟司机嚷，让车从那孩子身上碾过去，说她们一家子都不想活了，昨天轧死了家里的老人，今天你把孩子也轧死得了。一时间大人哭孩子闹，公路上乱成了一锅粥。跟张保庆一同出来的司机见局面已然失控，怕动起手来把事情闹大，赶紧下车推开众人，生拉硬拽把张保庆拖入驾驶室。他们两看着围在车前的一群"孝子贤孙"，这才恍然大悟，这些人压根儿就没打算讲理，就是奔着讹人来的！反正这些人也没事干，司机只要不走，他能跟你耗上十天半个月。可是哪个司机耗得起？

司机让张保庆留在车上，由他下去处理。下车一交涉，对方要的钱倒不多，只能说是这一次出门没看皇历，碰上这档子事儿说大不大，说小也不小，如同"癞蛤蟆蹦到脚面上——不咬人硌硬人"。多亏刚才没动手，不然真就得让他们讹死。长年在外跑车的司机都比较迷信，觉得出门碰见棺材挡道太晦气，给点儿钱就当破财免灾，趁早离开这是非之地。张保庆一想也对，听人劝吃饱饭，跟这些人没理可讲，还是别跟死人较劲儿了，赶路送货要紧。他掏出钱交了过去，那些人还真有点儿职业操守，接着假戏真做，对着棺材干号了几嗓子，这才把棺材挪开，让出一条道来。张保庆和司机开上货车，在一片口水和咒骂声中狼狈离开。这笔钱虽然不多，但是给得特别冤枉，张保庆越想越觉得愤愤不平。

本以为这件事就这么过去了，没想到可恨的还在后头。张保庆他们送完货原路返回，又开到那个路段，一瞧棺材还摆在路上，几十个孝子贤孙正围着一辆拉煤的货车耍无赖。当时天气还挺热，张保庆心想，这些人为了讹钱，隔这么长时间还不下葬，也不怕棺材里的死人放臭了？这一次张保庆可没那么傻了，让司机狂按喇叭惊开众人，往旁边闪出的一条小路猛开过去，总算是逃过一劫。后来听说当地的公安部门接到群众举报之后介入调查，打开棺材一看，里面空空荡荡，哪里有什么死人，不过是附近村子里一群无耻之徒鼓捣出来的"致富项目"。

有句老话，叫"靠山吃山，靠水吃水"；农村还流行一句话，"要想富，先修路"。这些都是通过千百年实践总结出来的生存智慧，被当成大幅标语刷在乡镇村落的围墙上。张保庆押车路过的那个小村的村民，从这些标语中受到启发，动起了歪脑筋。村口刚刚修好了一条公路，眼瞅着一辆辆载满货物的卡车接连不断从眼前经过，整个村子里的男女老少都想从这卡车上捞点儿油水。不知道受了哪路"高人"的指点，想出一个抬棺材敲诈的馊主意，并且通过实践，逐步总结出了一些门道儿，剧本逐渐完善，谁唱红脸谁唱白脸，会哭的哭、能闹的闹，甚至把拦车抢劫当成了一个产业，全村男女老少各司其职、各显神通、分工明确、手法刁钻、效率极高，打围狩猎也不过如此。

那个年代，出门在外开大车跑运输的人，往往被认为能挣大钱，买卖做得也都不错。实际上跑长途这个活儿不好干，荒郊野外遇上拦路的要钱要货，顶多是经济上受损失，大不了认个栽给钱了事。开车上路本来就危险，还是小心驶得万年船，挣钱养家最要紧，再不济回到家把车卖了改行干别的，这就叫"留得青山在，不愁没柴烧"。最怕撞上图了财又害命的，碰见这样的劫匪，跪地求饶也没用，必须抄家伙跟他们拼命，绝不能任人宰割。现实就是如此，关键时刻叫天天不应叫地地不灵，只能靠自己，所以那时候跑长途的司机都在车里预备家伙，真遇上要命的劫匪，就得拼个你死我活！

2

张保庆所在的车队里，有个司机是外地来的小伙子，吃苦耐劳，为人和善，长得浓眉大眼、敦敦实实，年纪跟张保庆相仿，两个人没事就在一起喝点儿小酒，天南海北无话不谈，关系处得不错。他总跟张保庆说，他是家里的长子，老家还有正在上学的弟弟妹妹，趁自己年轻能吃苦，能多跑几趟就多跑几趟，先把弟弟妹妹拉扯大了，等攒够了钱就回老家开个南杂店，娶个媳妇儿，再生几个孩子，守着年迈的父母给他们养老送终，哪儿也不去。张保庆觉这小伙子挺仁义，知道孝敬老人，对弟弟妹妹也是尽心尽力，所以对他高看一眼。这一年夏天，老板张哥接了个急活儿，路途偏远，张保庆在外地押车还没回来，这个小伙子想多挣点儿钱，便独自一人开夜路去给客户送货。半道上突然感觉车身一歪，往一侧打偏，他以为碾到尖锐的东西把车胎扎爆了，一脚刹车就把车停在了路边。前不着村后不着店的一段路，路两旁也没有路灯。小伙子打着手电筒下车一看，果然有个轮胎瘪了。他刚入行没几年，不知道江湖险恶，以为这只不过是一个意外，回到车上取出千斤顶，撅着屁股开始换轮胎。结果刚把车轱辘卸下来，就被人用绳子从身后套住脖子，活活给勒死了，到死都没看见背后杀他的人长什么样。

那个帅小伙还没娶媳妇儿，就这么不明不白地结束了生命，凶手都不知道是谁，死得有多冤？常言道"多行不义必自毙"，半年后的一天深夜，这个凶手在另一条路上故技重施，这次遇上了一个腰里有刀的老司机。老司机平时特别喜欢散打摔跤，身手不错，一发觉劫匪从背后勒他，立即拔刀在手，从自己胳肢窝底下捅过去，给身后的劫匪来了一下。只听"嗷"的一声惨叫，这一刀正捅在对方小肚子上。劫匪受伤不轻，倒在地上不住哀号，伤口呼呼往外冒血，染红了衣裤，最后被老司机抓住扭送到当地公安部门。经过审讯，交代出以前做的好几起案子，里面就包括他勒死张保庆车队的那个同事。

据这个劫匪交代，他劫道杀人向来是一个手法，趁深夜无人，在路面上撒一堆钉子，开夜车赶路的常常会超速，行驶而来的车子轧在钉子上一准儿爆胎失控，大多会直接撞在路边的树上，车上的司机要么重伤，要么当场毙命，都不需要他动手伤人，直接上车抢东西，有什么拿什么。如果赶上技术好的司机，稳住车子下来换胎，他就趁机悄悄走过去，用事先备好的尼龙绳从后面勒住司机的脖子，从来不跟受害者照面。他说这样杀人比较有把握，遇害者即使变成鬼，也不知道他是谁。所以那个年代的老司机都知道，跑长途开夜车除了要带防身的家伙，还要尽量结伴，若是不得已一个人开车上路，见到拦车的，甭管他好人坏人、是人是鬼都不要理会，哪怕车子爆胎了也别心疼车，凑合着往前开，到了有人的地方再想办法修理不迟，原则上不到万不得已绝对不要停车。

张保庆听一位司机说过这么一件事，有一次那个司机深夜赶路，遇到一个女人，穿着一身白衣，披头散发坐在公路中间。大半夜撞见这个谁能不怕？司机吓了一跳，以为撞上鬼了，哆哆嗦嗦不敢往前开。结果车一停下，不知道从哪儿蹿出来一大群人，二话不说就把车上的东西抢了，好在还给他留了一条命。跑长途的司机们一传十十传百，夜里再遇到"女鬼"拦路，都直接开过去，甭管对方是死是活。从此之后，再也没哪个"白衣女鬼"敢大半夜坐在路中间拦车了。

最下作的还不是明抢的劫匪，而是由公路边的饭馆老板、长途客车司机、地痞流氓勾结在一起，联合经营的黑店。这样的黑店不劫货物，专吃客车。一辆长途客车上五六十名乘客，开到饭店门口就停车，车门一开，上来一伙儿流氓，手里拎着短刀棍棒，把乘客一个个赶下车，带进黑店吃饭。进去之后围桌而坐，端上一大盆白菜熬粉条，另有一盆干馒头、半盆米饭，一人再给一副碗筷，没有半点儿荤腥，不论你吃与不吃，一个人收三四十块钱，那时候普通工人一个月工资才多少钱？给钱还则罢了，不给钱谁也甭想出这黑店的门。

跑长途运货的司机不容易，只要是出门在外，一路上无时无刻不在提心吊胆，既要警醒着别出车祸，更得求神佛保佑千万别遇上车匪路霸，挣的是玩命钱，吃的是辛苦饭。然而当老板的日子更不好过，张哥倒腾鲜货这几年，不但一分钱没挣，反倒赔进去不少。做小本生意的老板常说一句话"买卖都是熬出来的"，张哥也明白这个道理，总想着坚持坚持或许就能生存下去，反正已经干了那么久了，开弓没有回头箭，本钱全扔在里面了，不可能再改行干别的，只能东拼西凑，拆了东墙补西墙，赶上青黄不接还得到处借钱补窟窿，典型的打肿脸充胖子——死撑一天是一天。

有一天张保庆接了个电话，对方要订购一车香蕉，让他抓点儿紧，运到长白山东山林场"汛河林道"。张保庆一听这买卖绝对合适，价格比平时高出五成。四舅爷已经过世多年，正好借这个机会去坟前拜扫一番，再顺便看看二鼻子和菜瓜，快十年不见了，还真挺想他们的，于是兴高采烈地去通知老板。到了张哥家张保庆发现情况不对，车队里的司机都在，个个一脸愁容，不停地抽烟。张哥也不避讳这些人，告诉张保庆，他这买卖实在维持不下去了，账面上没有一分钱，伙计的工资也发不出来，还欠了一屁股两肋账。几个司机约在一起上门讨债，带着铺盖卷住了进来。

张哥觉得张保庆这些年忠心耿耿、任劳任怨，跟着他东奔西跑，风里来雨里去，吃了不少苦，受了不少累，到头来也没赚着钱，心里挺愧疚，实在是对不起张保庆。他跟张保庆说："这些年咱们车队陆陆续续走了不少人，那些人都是吃着碗里，看着锅里，哪儿给的钱多就奔哪儿去。这是人之常情，为了挣口饭吃，也都不容易，我不怪他们。我心里唯一觉得过意不去、最对不起的就是你，你从不在工钱上跟我计较，尽管押车不是打仗，可也够得上出生入死了。行外的人不知情，总说咱们跑车的挣大钱，说什么'车轮一转，财源滚滚'，实际上真不是。我的情况你最清楚，确实已经山穷水尽了，你别误了前程，趁早去另谋高就吧！有朝一日混出头了，可别不认你张哥这个朋友！"

张保庆听了这一番话，再看看车队的这些兄弟，心里头百感交集，眼眶子也有点儿发酸。他了解老板的为人，真不是不讲究的人，也明白做买卖没有一帆风顺的，有赔有赚这是再正常不过的事情。不光是贩鲜货的，哪一行都一样。可是其他没领到工资的司机不这么想，他们家中都有妻儿老小，一家的顶梁柱在外奔波，下个月就是八月节了，全指望领了这点儿辛苦钱回家过节。老板发不出工资，连块月饼也买不起，岂能善罢甘休？底下人都觉得是老板心黑耍赖，吞了他们的血汗钱，即便真发不出工资也不能放过他，瘦死的骆驼比马大，逼着老板卖房卖车也得给个说法。

张哥枉担个老板的名头，日子过得还不如那几个司机。家里能当的东西全当了，现如今山穷水尽，他也没了主意，心想就算报警，人家司机要工钱并不为过，占着一个理字，既没偷也没抢，警察来了能怎么管？想找几个道上的朋友帮着摆平，可是这年头儿朋友哪有白交的？到最后还得是一个字——钱！要有那个钱，还不如直接给司机们分了。多亏张保庆及时出现，帮着老板解了围。说是解围，光拿嘴对付可行不通，不给钱怎么解围？所以张保庆不仅自己的那份工资没要，还把这几年的积蓄全借给老板发了工资。

往东山林场运香蕉的活儿没干成，因为车队人吃马喂一大摊子，各种手续费、税费、养路费、油钱、工资、保险金，都加在一起，一个月接五趟活儿才勉强保本，只跑这一趟活儿，不仅赚不了钱，反而赔得更多，还不如赶紧卖车还债。

张保庆回到家中，躺在床上睡了一天一夜，起来之后自己问自己：是不是仗义过头了？白折腾了好几年，如今又是身无分文，还得再找别的出路！

3

以前跟张保庆一起摆小人书摊儿、卖烤羊肉串的铁哥们儿白糖，听说张保庆又在家当上了待业青年，特意跑过来找他。这几年没见，白糖还是那么愣头愣脑的，走起路来呼呼带风，那一身五花三层的肉膘，隔着圆领 T 恤衫也能看出来正在嘟噜嘟噜地乱颤。这个货和以前一样，大大咧咧跟谁都不客气，见面自带三分熟，说话没个遮拦，张嘴就招人烦，别人谁都不愿意搭理他。当初也就张保庆是他的铁瓷，两人好得恨不能穿一条裤子。

白糖前些年入伍参了军，当的是炮兵，再说具体点儿就是"搬炮弹的兵"。部队有句话"步兵紧，炮兵松，稀稀拉拉通信兵"，和平年代的炮兵不必天天像步兵那样拼命苦练，主要负责装备维护，总共也没进行过几次实弹训练。复员之后，白糖子承父业，干起了他们家传了七代的行当，搁到过去说叫"杠行"。什么叫杠行呢？难道说跟人抬杠斗嘴也是一个行当？那是误会了，杠行可是从老时年间传下来的一路营生，说俗话叫"闲等"，也有叫"抬肩儿的"，五行八作三百六十行里可并没有这一行，因此被列为"行外行"。杠行最讲规矩，定下的活儿风雨不误，天上下刀子也得到。杠行分为红白杠。红杠抬活人，像什么大姑娘出嫁、小媳妇儿回娘家、老太太到庙里烧香拜佛，都得去雇轿子，相当于当今的出租车；白杠抬死人，比方说抬棺材的、举仪仗的，后来像开灵车的、医院太平间抬死人的，这都属于"白杠"。当今没有这个说法了，而在九十年代，干这一行的人仍习惯这么说。

以往在旧社会，皇亲国戚、王公大臣死了，必须找杠行的人来抬，家里奴仆再多也干不了这个。干这一行的规矩很多，什么人用什么仪仗，皇上、太后出殡用一百二十八人抬的"大独龙杠"，王爷用八十杠，封疆大吏用六十四杠，普通的老百姓家里头再有钱，顶多是三十二杠，那就到头了，多出一根杠子，定你个僭越之罪，满门抄斩都是轻的。抬棺材的木杠子不是杨木就是榆木，长杠三丈六，短杠一丈二，杠夫抬杠时步伐整齐，把一只盛满水的碗平放在棺材上，无论走出多远，碗里的水不能外溢。其实再大的棺椁也用不了那么多人抬，无非要一个排场格局，生前耀武扬威，死了也得压别人一头。当年大军阀吴佩孚去世的时候，用一口老金丝楠木棺盛殓，出自鼎鼎大名的"万益祥寿材厂"，京城的"日升杠房"用了六十四人抬棺出殡。棺木两边各系三百尺长的白练，由送殡人牵引，缓缓前行。道路两边看热闹的人挨人人挤人，孩子挤丢了帽子，大人挤掉了鞋，发送的队伍绵延好几里地。回想当年这场大殡，白糖的爷爷就是六十四名杠夫之一，后来每每提及旧事，老爷子都是一脸自豪。在他看来这可是相当露脸的事儿，北京城的老百姓可都在那儿瞅着呢，杠行里的杠夫多了去了，真不是谁想抬就能抬的。市井中常说的"抬杠"一词，用于形容双方在嘴上较劲儿，实际上也是打杠行这儿来的。

现如今世道变了，没人再拿老时年间的章程当回事。杠行也不例外，火葬逐步取代土葬，城里没有了棺材铺，也就不再需要抬棺材的杠夫。但是这个行当仍然存在，只不过变成了开灵车的，可以说是转型成功。白糖复员回来，跟张保庆一样不想上班挣死工资混日子，干脆拿着退伍费，又东拼西凑借了点儿钱，买了一台金杯面包车，改装成专门拉死人的"运尸车"，挂靠在相关单位。人家自己的灵车忙不过来的时候，就给白糖打电话。他为了多挣点儿钱，下血本置办了大哥大和 BP 机，从来不拉病死、老死的，专门运送非正常死亡的尸体，其中意外、凶杀占绝大多数。但凡这些个死法，尸身大多不会完整，另外还有个特点，生前多为外来流动人口，背井离乡在外地打拼，有着各种各样的身份，有打工干活儿的工人，也有因为破产跳楼自杀的老板，或者要不来工钱的包工头，形形色色什么人都有。这其中偏远地区的人传统观念很重，一旦客死他乡，不管路途有多远，都得回到老家入土为安，这才对得起列祖列宗。比如那些因为交通事故意外死亡的，肇事者一共赔了三万块钱，家里头宁可掏上两万八，也得把尸首带回去。终究要魂归故里，落叶归根，这是自古以来的风俗，没那么容易改变。

　　这一天白糖找到张保庆，二人在一个拉面馆里坐定。哥儿俩有几年没见了，三瓶啤二两白一下肚，白糖就叨叨上了。他这话匣子一打开，捂都捂不住，滔滔不绝，唾沫星子飞溅，把这几年跑车的经历给张保庆说了一通。从某种程度上说，他们俩从事的工作差不多，都是跑长途押送货物的。打根儿上论，这一行的规矩，大多是从清代那些保镖的达官传下来的。镖局子的创始人是乾隆年间的山西人"神拳无敌"张黑五，尊岳元帅为祖师爷。镖局走镖时，在镖车上显眼的位置插一杆镖旗，写着镖局的字号，迎风招展，离老远就能看清楚。伙计吆喝着镖号，翻山越岭，跨江渡河。那个年头不太平，山有山贼，江有江匪，遇上拦路抢劫那是家常便饭。押车的总镖头见多识广，不会大惊小怪，吩咐手下人等守住镖车，自己空着手过去跟贼人盘道。这时候不能说大白话，要使黑道切口，比如说，保镖叫"唱戏的"，贼叫"芒古"，火药叫"夫子"，洋枪叫"黑驴"……这样才显得你是道上混的。双方相互提人，能不动手就不动手，劫道的也想跟保镖的交个朋友，将来进城可以有个照应。真遇上吃生米的，动起手来，当贼的未必能比保镖的拼命。因为丢了货物赔钱是小，走镖的声誉一旦毁了，无异于砸了饭碗。不过他们俩押运的货物区别太大了，夸张点儿说简直是阴阳两界，所以从本质上区分，张保庆和白糖又不是同行。隔行就如隔山，白糖跑车的经历，有很多是张保庆无法想象的。

白糖说前一年冬天，有个外地来的小保姆死了，服务部的人中午给他打来电话，叫他去把尸体拉回来，还是个急活儿，白糖饭都没顾上吃就赶了过去。这个小保姆是农村来的，家里特别穷，父母体弱多病，几乎不能下地干农活儿，还有几个正在上学的弟弟妹妹等着她挣钱养活。小保姆省吃俭用，工钱一个子儿不剩全寄给家里。前一阵子她跟雇主闹矛盾，被冤枉偷了雇主的财物，强行扣下她两个月的血汗钱。小保姆心里憋屈，满肚子苦水没处倒，一时想不开，出去买了瓶农药偷偷带回来，当天晚上喝下去，死在了雇主家中。

白糖这个人看似浑不吝，本质上其实挺善良，见不得别人平白无故挨欺负，他愤愤不平地跟张保庆说："可他妈气死我了，你说这孩子傻不傻？钱没了总能想办法再挣，命可是自己的啊！人这么一死，你证明了清白又能怎么样？那个混账王八蛋的雇主根本不会觉得愧疚，最后结案定论为自杀，有冤也无处申，雇主一毛钱不用赔，还嫌她死家里晦气，全家当天就搬去了新房子住。小保姆家里人也是老实巴交的乡下人，从没离开过农村，一个大字不识，半句整话也说不出来，出了那么大的事，敢怒不敢言，穷得连停尸房一天17块钱冷冻费都交不起，后来还是全村人凑钱，才把小保姆的尸体运回了老家。"这件事气得白糖开车回来之后，立刻找服务部要来那个雇主的电话号码，用公用电话打过去，把雇主家一家老小连同祖宗十八代骂了一个遍。那雇主在电话里问他是谁，白糖这回倒是实话实说，告诉他自己是开灵车拉死人的，现在就给他们家排上号了，过三不过五就给他们家一个个都拉火葬场去。

白糖的面包车，打从买回来开始，一天也没歇过，最忙的时候一年跑了27万公里，想想这是什么概念？平均每天跑700多公里，够围着地球赤道绕好几圈的。别人买的新车开五六年才报废，他的车跑到第二年就快散架了。而且干这个活儿没有固定的线路，最北边去过黑河，最南边去过海南岛，最西边去过塔什库尔干，天南海北只要是有路能通车的地方，他几乎跑遍了。用他自己的话说："这个行当不由自己做主，往哪儿跑我得听死人的！"你别看这么辛苦，挣的钱却不多，德国奔驰运尸车够高档吧？那也就三块钱一公里，而白糖这样的金杯车，顶多给到两块钱一公里。一趟长途跑下来，瞧着挣钱挺多，实际上大头儿都让老板赚去了，他们这些出苦力的司机拿的钱最少，因此对白糖来说，时间也是成本。

张保庆听白糖发着牢骚，还觉得挺好奇，想起自己长年在外奔波，可没少遇上车匪路霸，就问白糖跑长途时路上安全不安全。白糖嘴角一撇："哪有劫灵车的？偶尔遇上不长眼眉的车匪路霸，我一不骂人，二不动手，好言好语地跟他们说，车上的东西你们别抢，只要是你们愿意收，我现在就给你送家去。他们打开车门一看，无不吓得变颜变色，脸上青一阵儿白一阵儿的，二话不说扭头就跑。"张保庆也是好奇心重，他寻思像白糖这样整天跟死人打交道的，有没有碰上过说不清道不明的怪事。本来还不太好意思问，但是一时没忍住，再加上喝了点儿酒，话就脱口而出。白糖看了看张保庆，说了一句耐人寻味的话："越冷越尿尿，越怕越闹鬼！"

这话说得不明不白，却又吊人胃口，张保庆追问他有没有遇上过僵尸，白糖也不答话，起身出了饭馆，从车上拿来一根三尺来长比小臂还粗的枣木棒子，在张保庆面前晃了几下："你见过这个没有？"张保庆见那根棒子上早已起了一层厚实的包浆，看上去红中透亮，恍然想起了什么，说道："我看你爹以前总拎着这么一根破棍子，我还以为是专门揍你用的，怎么现在到你手上了？"白糖翻了张保庆一眼："什么叫破棍子？我告诉你说，吃杠行这碗饭的人，手上都得有这样的枣木杠子，太平间大门后边也得放一根。说没有的那是外行，或者是没跟你说实话。这根杠子就是我们家的传家宝。"

张保庆向来胆大，也不避讳，伸手抢过枣木杠子，上上下下打量一番，仍是不明所以："怎么着？听你这意思，僵尸见了这根烂木头就跟见了尚方宝剑似的，还能跪下来磕几个响头不成？"白糖又把枣木杠子夺了回来："别一口一个破棍子、烂木头的行不行？你懂个六啊，可别小瞧了哥们儿这件祖传的宝物。万一出了僵尸，只要我把这枣木杠子塞到僵尸怀中，僵尸就得抱住它不撒手，然后就老老实实躺下了！"张保庆深以为然，因为在录像厅看过的香港僵尸片全是这路子，又问白糖："这东西这么厉害，你用过几次？"白糖一手攥着杠子，另一只手在上面来回摩挲，如同在追忆降伏僵尸的往事，最后却又摇了摇头，长叹一声说道："目前还没用上过。你想啊，大冰柜零下二十几摄氏度，从那里头抬出来的主儿，一个个冻得梆硬梆硬的，怎么可能诈尸？"

　　两人喝完酒言归正传，白糖干的行当十分辛苦，跑几千公里的长途必须两个人轮换，赶时间只是一方面，另外还有个客观原因，他这个车住不了旅店，给多少钱人家也不让你住，觉得太晦气，吃饭都得停远远的，不敢停到饭店门口，没有哪个老板会为了素不相识的死人，砸了活人的饭碗。所以得有两个人倒班，歇人不歇车，不分昼夜在路上跑，一个人开一箱油的路程，什么时候油快跑光了，什么时候换手，另一个人才能歇息，除了放茅、加油，基本上不停车。因为人死为大，所以干他们这一行的，提起运送的死尸，通常说成"大货"。白糖之前有个搭档，短途他们俩各跑各的，长途就在一起搭档，挣了钱两人平分。半个月前，白糖和他的搭档各开一辆金杯车去四川送"大货"，白糖去绵阳，那个哥们儿去都江堰。车子过了秦岭还没分开，两人就约好了，等干完活儿在宝鸡碰头，吃顿羊肉泡馍再一同回去。白糖干完活儿在宝鸡等了他一天，刚开始电话还能打通，再后来就跟那哥们儿失去了联系，连人带车都失踪了，仿佛人间蒸发一般，直到现在还没找到，活不见人，死不见尸。张保庆以前开车运水果经常去四川，知道那边的路险，从山上随便滚下来一块石头都有几吨重，打在金杯这样的车上，一下就能把车打飞了，所以他和白糖的猜测一致，那个哥们儿极有可能在都江堰一带的山路上遭遇了塌方或者泥石流，连人带车冲进了江里。

　　白糖干的这个行当十分特殊，一般人胆子再大，不知根知底的他也信不过。他当天接了一趟跑长途的活儿，因为临时找不到合适的搭档，就想拉张保庆入伙，毕竟两人是铁哥们儿。他拍着胸脯说："你放心，这一趟亏待不了你，给的钱也不少，咱俩都不见外，一人拿一半，如果干得顺手，往后你就跟我干得了。反正你也没工作，这世道什么钱最好挣？除了女人的钱就是死人的钱！随便跑一趟小活儿，都能混上一百块钱小费、四个苹果外搭两盒红塔山。赶上不懂事的主家给我买大前门，我都直接从车里给他扔出去。我干的这行肯定比你跑货运有油水，而且还不用受气。甭说主家，车匪路霸也得跟你客客气气，绝对地有前途！"

张保庆当然清楚这个行当特殊了，那可不是有个脑袋就敢去的，不是怕犯法，而是怕撞邪！但是眼下最好的哥们儿求到他了，他又找不到别的工作，再加上素常把"天不怕地不怕"这句话挂在嘴头上，好意思说出"不敢"二字吗？只好硬着头皮应允下来，本以为跑上一趟两趟的无所谓，没想到头一趟就撞邪了！

第二章
画中的神鹰

1

张保庆知道白糖这一行挣钱多，但他绝不愿意一直干下去，无非是觉得这个行业不体面，将来连媳妇儿也娶不上。白糖告诉他不必担心："我以前也是这么跟我爹说的，可是我爹跟我说，真要是娶不上媳妇儿，你爷爷、你爹我，还有你这个小兔崽子，都是他妈打哪儿来的？你小子别装大尾巴狼，没钱才娶不上媳妇儿呢，你仔细想想，是不是这个道理？"

第二天天还没亮，他俩就开着白糖新买的金杯车，接上"大货"早早地出发了。张保庆押车跑长途不是一年两年了，除了运水果，也帮老板运过别的货物，家具、服装、建材、电器，五花八门什么都拉过，绝对算得上是个老手，可还真没运过这样的"大货"，这一次又增加了经验值。不知是不是心理作用，刚一坐上运尸车，他就觉得到处有股怪味儿，这种感觉难以描述，吸一口气整个肺都不舒服，好像自己身上也是臭的，只得不停地抽烟熏味儿。车里头说不出的那个冷，这要是赶上三伏天，连空调都省了。白糖的金杯车改装过，属于非正常专项运营车，除了驾驶室的两个座位，后面的座位已全部拆除，车厢中间摆着一具不锈钢焊成的长方形棺材，跟那种抽屉式冷冻箱差不多，上头打不开，进出口在尾部，里边放着一副不锈钢的折叠担架，运送的"大货"就躺在担架上，用皮条子固定得结结实实。白糖这小子开车也猛，转弯的路口不减速，恨不得直接漂移过去，下坡路段能把金杯面包车开到一百多迈。经过坑洼路段时，车子一旦颠簸，棺材里的担架就会碰撞到不锈钢棺材内壁，发出丁零当啷的声响。白天还好说，到了夜路上，张保庆怎么听怎么不踏实，活像后边那位在没完没了地敲打棺材盖。他在车上坐不住了，就问白糖带没带那根祖传的枣木杠子。

白糖一脸不屑地说："实话告诉你，后头这位在我们那儿搁了好几天，零下几十度的大冰柜，早冻成冰坨子了。你见过那种冷冻牛肉吗？冻得比铁板还硬，拿榔头往里钉个钉子都费劲儿。一般情况下，人死之后六小时之内变僵，二十四小时之后开始腐烂，搁上七天就得绿了。光靠冷冻可不行，还得打防腐针，从手腕划开一个口子，用针管推进去。如果给活人来上一针，能直接打硬了。咱车上也有这个针，比枣木杠子顶用！"

哥儿俩这么一通神聊，张保庆也就忘了怕。到达目的地之后，把车子停靠在一条小路边上，很快听见远处有人噼里啪啦放鞭炮，走过来几个村民，个个神情凝重，面容悲戚，一看就知道是主家。白糖下车迎上去，简单交流了几句，算了算路程油耗，把多出来的费用退还给人家。又打开后车门，让几个村民从棺材里把尸体抬出来，用他们自己带的棉被紧紧裹住，再用绳子捆扎结实。一个五大三粗的汉子走到跟前，背起死尸就往山上走，估计坟地在山上。

张保庆和白糖两人干完活儿，拿了主家给的香烟和苹果，均已又困又乏，抽了几根烟，胡乱啃了半个面包，开上车连夜往回赶。返程的时候，白糖在地图上找到一条近路，说是能少走一百多公里，节约时间还能省点儿油钱。反正是他负责开车，张保庆就坐在副驾驶的位置拿着地图，对照经过的路牌，随时给白糖纠正路线。到了夜里十点左右，突然风雨大作、雷霆震荡、暴雨倾盆，正经过黄河大堤附近的一个村子。村子位于刚开通不久的铁路下方，一处河床底下，地势狭长而且特别低，两边的高坡都有八九层楼那么高，也不知道这个村子是什么年代开始形成的，怎么会建在这样的深沟之中。如果赶上黄河发大水，村子里的人哪有活路！

眼看着天上的雨越来越大，瓢泼一般倾泻而下，雨水落在地上激起一尺多高的水雾，路边根本停不了车。白糖挺直了腰板，打起十二分的精神往前开，张保庆也瞪大了眼给他看路。汽车刚出村子不远，迎面是条大河，水势湍急无比，密集的雨点砸在水面上，瞬间与水流卷到一处，掀起层层浊浪。河上倒有一座桥，可他俩仔细一看就傻眼了，几个桥墩是由十几条小船叠起来的，上面铺着木板连成一座浮桥。浮桥很窄，一次只能单向通过一辆车，浮桥在河面上摇摇晃晃，看起来非常危险。他俩坐在车上大眼瞪小眼，犹豫着要不要过去。这时从浮桥另一端过来一个骑摩托车的村民，人和车都包裹在雨衣里，见他们亮着车灯停在桥边，就主动凑到车前，脸贴在车窗上往里看。白糖把车窗摇开一道缝隙，只听那人大声说："没事，俺们这个桥结实着呢，大货车都能过！"

既然当地村民说这个桥能过车，他们俩也就放了一多半的心，却仍有些迟疑。那位老乡又伸手朝四周围一指，说了一句："附近没有第二座过河的桥了。"张保庆和白糖一商量，如果掉头回去，等于多跑好多冤枉路，省下来那一百多公里的汽油还得搭进去，那多不合适？看来只能硬着头皮往前开，多加小心就是了。雨夜之中，四周一片漆黑，雨水拍打河面的声音非常大，车灯顶多照到前方几米。白糖从小胆子就大，干的又是这个行当，可以说天不怕地不怕，却唯独怕水，是个到河里就沉底的旱鸭子，没胆子开车驶过浮桥，所以在过桥之前他和张保庆调换了一下位置，由张保庆来驾驶。

　　其实张保庆心里也紧张，金杯面包车不是摩托车，水流那么急，谁也不敢确保浮桥不会断开。他挂着低挡，谨慎地把车开到浮桥中间，突然一股急流冲到浮桥上，连桥带车猛烈地晃了几下，把白糖吓得直冒冷汗。等张保庆把车子开到浮桥对面，他才把悬着的心放下。

　　要说也怪了，过桥之后车子总是熄火，他们沿 106 国道行驶，一路上走走停停，白糖嫌张保庆开车太慢，下车撒个尿，顺便把张保庆从驾驶座上换了下去。黑天半夜路上没有别的车，他开上车一跑就是一百三四十迈，张保庆告诉他下雨路滑开慢一点儿，他说开得越快越刺激，在高度紧张的情况下，注意力才会高度集中，这样反而安全。真不知这叫什么歪理。开了一阵子可能有些困乏，白糖低头点了支烟提神，再一抬头的瞬间，车前的雨雾中似乎立着个人。白糖打了个冷战，一脚急刹车踩下去，轮胎和地面摩擦，发出一阵尖锐的怪叫。张保庆没系安全带，被这始料不及的刹车甩向前方，整个脸贴在了前挡风玻璃上，撞得脑门子生疼，鼻梁骨发酸。车子一停，白糖赶紧拎着手电筒下车查看，前前后后绕了一圈没见着人，车头也没有碰撞的痕迹。

张保庆问白糖："你是不是看错了？"白糖站在雨中愣了几秒，然后扒掉自己的上衣，扔在车轮前边，也不让张保庆多问，只说："不要紧，常年跑夜路的司机都碰上过这种事，宁可信其有不可信其无，别的不怕，就怕被缠上，跟着咱俩一起回去！"说完立刻返回驾驶室发动车子，想从衣服上碾过去，可是连续发动了几次，车子怎么也打不着火。白糖这辆金杯是三个月前刚从沈阳提过来的新车，怎么赶在这个时候抛锚了？看了看油表还有半箱油，又寻思路上一直在下雨，会不会是电路受潮出了问题？由于做过改装，电瓶装在车子的后部，检查电路就必须要把后边的棺材移开。

这口棺材里里外外全是不锈钢，死沉死沉的，轻易不挪地儿，他俩怎么搬也搬不动，只能使劲儿往外拖拽。张保庆一不小心碰开了尾部的棺材盖，露出里面的担架。白糖想把担架抽出来，以便减轻点儿重量。他把手电筒夹在腋下，灯光正好对着棺材里面，无意中这么一扫，白糖像是看见了什么东西，气得他拍着大腿狠狠骂了一句。张保庆把脑袋凑过去一看，竟然看到了·只青色的寿鞋，鞋上绣着仙桥荷花。

张保庆也是常年跟车的，知道这种情况是撞"邪"了。如同当年的土匪胡子，跑车的司机也忌讳这个，何况还是死人穿的鞋，那更是邪上加邪！他们俩白天没太留意，怎么把鞋落车里了？二人你瞧瞧我，我看看你，谁也不愿意大半夜钻进棺材去捡鞋。还好里头有副担架，张保庆晃动着担架一点儿点儿把那只鞋子钩了出来。白糖用枣木杠子将鞋挑起，使出浑身的力气，远远地甩了出去。他憋了一肚子的气，站在漫天风雨中，冲着扔鞋的方向破口大骂："去你妈的王八蛋，有多远滚多远！"

张保庆趁机检查了汽车电瓶，发现一切正常，并没有任何故障，又尝试着发动车子，竟然一下就打着火了！他长长舒了一口气，招呼白糖赶紧上车。白糖应了一声，又把手伸到雨中冲洗了几遍，才骂骂咧咧地回到车上，和张保庆换了位置，还是白糖开车。两人从头到脚都淋透了，跟一对儿落汤鸡似的。白糖说身上穿着湿衣服，不能这么阴着坐上一宿，那多难受！他就把衣服全脱光了，显出满背刺青——整幅的《神女跨虎图》。别人刺青都是一个美女跨在一头猛虎背上，他这后背上刺的却是一个美女跨在两头猛虎上，周围有牡丹花，上边是日月神鹰，正经的老活儿，看上去特别唬人。他光着个大白屁股叼上一支烟，抱起方向盘正要开车，可比说得都准，刚把鞋扔掉，一上车就接了个电话。白糖一本正经地应了几声，挂断电话冲张保庆"嘿嘿"一笑，说了句："走吧，要发邪财！"

2

张保庆心里有点儿发毛，他问白糖："什么意思？发什么邪财？"白糖一脸得意，晃了晃手中的电话说："这不让咱开车接亲去吗？"张保庆一愣："是你听错了，还是我听错了？你开这个车接亲？"

白糖笑嘻嘻地说："别的车不行，非得咱这个车不可，因为接的不是活人，给死人娶媳妇儿你知道吗？不必大惊小怪，穷乡僻壤仍有这样的民俗，活人怎么办，死人就怎么办，有专门的阴阳先生说合，选定时辰开坟并骨。"

张保庆摇了摇头："那么多活光棍儿还没老婆呢，却给死人娶媳妇儿？这要不是吃饱了撑的，就是钱太多了烧的！"

白糖说："那是你有所不知，钱没有大风刮来的，谁愿意干劳民伤财的事？可架不住下边那位闹腾啊，我就这么告诉你，家里头平安无事的，绝不会掏这个冤枉钱。"

张保庆仍是不信："乡下地方迷信的人多，那些个当阴阳先生的，全凭装神弄鬼敛财，你白糖怎么也信这个？"

白糖劝张保庆说："信不信放一边，那跟咱没关系，咱挣的就是份辛苦钱，有钱不挣不成傻子了？人家双方你情我愿说妥了价钱，有什么不能干的？咱这车运谁不是运？关键是……你知道跑这一趟人家给多少钱吗？只要把'大货'送到东山林场汛河林道917号界桩，就给一万块！一万块钱你敢想吗？这可是净落的，不用分给老板，咱俩没日没夜吃苦受累，来来回回跑多少趟才能挣到这个数儿？如今这个年头，挣钱多难啊！你甭跟我装大头蒜，过了这个村没有这个店，咱俩不愿意干，可有的是人抢着干！"说完拍了拍张保庆的肩膀，劝他不要想那么多，到时候二一添作五，绝不能让自己的兄弟吃亏。

张保庆一下子愣住了，送货的地点在长白山东山林场的汛河林道？他曾在长白山猎屯住过一段时间，知道林区的情况，那地方山高林密交通闭塞，如果说哪个屯子让他们送货，定在林道上交接并不奇怪。不过就在几天前，他还接到过一个订购水果的电话，也让他把货送到东山林场，这未免太凑巧了。骗走他宝画《神鹰图》的那个一只眼老头儿，到底是不是在东山林场躲了几十年的老洞狗子？老洞狗子当真是金王马殿臣传说中的土匪血蘑菇？为什么有人接连让他往东山林场送货？张保庆一肚子疑惑，可又觉得自己想多了，他的白鹰早已放归山林，《神鹰图》被人用十块钱骗走了，马殿臣的天坑大宅也陷入了地底，如今他张保庆一事无成，自己都觉得自己多余，谁还会跟他过不去？

　　白糖见张保庆在发呆，以为他仍在犹豫不决，于是一边开车，一边口若悬河地一通胡吹："我去年往南方送过一个女的，也就二十来岁，长得跟个大模特儿似的，一头波浪卷发，正宗的瓜子脸，特别漂亮，你是没瞧见，那个大美人儿啊，夜明珠也赛不过她，包装包装绝对是个大明星，我就没见过电视里哪个女明星比她好看，可惜红颜薄命啊！"他说他去接人那天，看见这姑娘裹了个布单子，上等的嫁衣放在一边。其实这家人不缺钱，估计是听信了中间人的鬼话，担心孤坟不妥才同意结阴亲。白糖多鸡贼啊，他歪着头上下打量了一下女孩的母亲，阴阳怪气地问道："有嫁衣为什么不穿？"女孩的母亲说："不是不想穿，人已经僵了，实在穿不上啊！"白糖同情地说："姑娘既然是我送过去，我就是半个娘家人，哪有出嫁裹个大被单子的？你们不嫌寒碜，我可觉得于心不忍！咱又不是没置办，置办了不给穿，那就是咱不对了！您也不用着急，我跟我师父学过手艺，说不定我能给她穿上！"他说这么多，无非是想多挣一份穿衣服的钱。活人穿衣和死人穿衣不同，阴阳两条道，各有各的穿法。活人穿衣先套脑袋后穿袖子，死人穿衣则是先穿袖子后套脑袋，不会穿的要么把领子撕破了，要么就穿反了。这门手艺堪称绝活儿，根本不外传，穿衣服的时候也不让别人看。在过去来说，想让师父传这一手，必须请师父下馆子吃铜锅涮羊肉，那也不肯手把手地教，顶多借着酒劲儿给你念叨念叨窍门儿，能否掌握全凭你自己领悟。

白糖的爷爷干了一辈子杠行，却也不会这手绝活儿。他拜的老师傅叫王金梁，这个人非常厉害，包括给死人穿衣服在内，一共有五手绝招，从不轻易示人，一辈子只收过四个徒弟，一个徒弟只传一手，谁也学不到全套的，否则师父就没饭吃了。

　　白糖说他干这一行，有三件傍身的法宝，首先是他那根祖传的枣木杠子，其次是背后的"神女跨虎图"，枣木杠子镇尸，神女图辟邪。前两个只是说得玄乎，有没有用另当别论，"穿衣服"这手绝活儿，可是真能给他挣钱，会这手的人越来越少。白糖告诉张保庆："你卖卖力气好好干，将来我把这招传给你，不用你请我吃铜锅涮肉，别让江湖前辈绝了后就行。"张保庆赶紧说："你还是另找传人吧，我跟你跑上一趟两趟还行，哪能一辈子干这个？"白糖说："你也不想想你都混成什么样了，还瞧不起咱这个行当？这不比你开车运水果挣的钱多？"他又接着吹嘘，上次运那个大美人儿，穿衣服化妆挣了一份钱，开车又挣一份钱，单程千把公里，白糖一个人跑下来没问题，少一个司机少一份开销，等于挣了双倍运费。送到地方一看，主家是真有钱，开名车住豪宅，摆了四十桌流水宴，满桌的鸡鸭鱼肉，从早上到下午，不论认识不认识的，只要带着纸钱香蜡上门道贺，谁都可以坐下来混一顿吃喝，临走还能领份礼品。那场面比乡下赶庙会还热闹，说是车水马龙、人山人海一点不为过。灵堂里一帮人抱着各种乐器吹拉弹唱，两旁有和尚老道，嘴里嘀嘀咕咕、嗡嗡嘤嘤，各念各的经，倒是互不干扰。当中摆着两张照片，男方岁数不大，二十出头大小伙子，一个英年早逝，一个红颜薄命，生前没有见过面，死后才结为夫妻。白糖也说不清这二位到底有缘无缘，只知道这一趟跑下来，小费少给不了！

夜里开车特别安静，速度也比较快，车子像脱缰野马一般在公路上飞驰。两个人在车上一根烟接着一根烟，马不停蹄地赶去接货，按约定时间来到一个小山村。到地方天还没亮，就在一处公路旁的小山沟里，一口棺材摆在村口，围着几个乡农打扮的村民。白糖把车倒过去，车尾对着棺材。二人从车上下来，但见这棺材不大，外边裹了一层红布，棺材头上摆着牌位，另有一张巴掌大的黄纸，这叫阴阳帖，上边写着一个入土的时辰，必须在此之前送到目的地。白糖有点儿失望，因为这是口旧棺材，至少埋下十来年了，估摸棺中尸骨早已朽烂，所以得连棺材一同运走，穿衣服的钱是别想挣了。

那几个村民个个神情冷漠，一齐动手把棺材抬上车，又将固定用的皮条勒紧。其中一个村民把地方上批的迁坟文书交给白糖，连句客气话也没有，转过身就走。白糖见怪不怪，"砰"的一声关上车门，催促张保庆赶快上车。

由于有固定的时限，路途又比较远，他们俩为了赚这个钱，顾不上休息，眼见山路上又开始下起雨来，夜幕渐合，雨水与夜色凝结成一片黑雾，汽车前挡风玻璃上的雨刷器有规则地左右摆动，路两旁是模糊不清的悬崖峭壁。哥儿俩已是又困又乏，担心天黑路滑容易出危险，就合计着欲速则不达，不如先找个地方住一宿，等天亮了再走，时间应该赶得及。

翻过这座大山，路边隐隐约约几点灯光，开到近前一看是个小旅馆，一幢三层楼房，门口的灯箱忽明忽暗，照出"三仙宾馆"四个大字。白糖竟似没看见，仍开着车继续前行。因为这不是运水果的货车，开到宾馆门口让人看见，不揍你都是便宜你了，给多少钱也别想住宿，所以他又往前开了百余米，停在一处残破的围墙后边。

这个地方以前也是一栋房子，可能年久失修，已经倒塌或被拆除了，仅留下一堵残墙。黑夜里雷声如炸，雨越下越大。二人把车停好，白糖又在后车门加了一把锁。张保庆都看呆了，他问白糖："你怕车里这位跑了不成？"

白糖说："那可没准儿，万一出了什么岔子，咱俩砸锅卖铁可也赔不起，再加上一把锁，我住到宾馆里才睡得踏实。"张保庆无可奈何地摇了摇头："你可真是锔了嘴儿的葫芦——瞎小心。"

二人带着随身的背包，冒雨跑进三仙宾馆。整个宾馆分为三层，一层十来个房间，设施比较陈旧，楼道中有一股子发霉的气味。水泥地面凹凸不平，前厅天花板上吊着一盏白炽灯，电线上布满油泥和蛛网。借着昏黄的灯光往四周看，绝大部分墙皮都已脱落，从墙根儿往上一片一片洇湿起鼓，说灰不灰说绿不绿，一排脏兮兮的红色暖水瓶歪歪扭扭靠在墙边，几个花花绿绿的搪瓷脸盆摆成一摞。迎面中间是一个棕色的大柜台，上面摆着一部电话机，后边坐了一个呆头呆脑的中年妇女，一身的赘肉，头发烫得像鸡窝，脸上涂着半尺厚的脂粉，睡眼惺忪地给他们登记。

张保庆和白糖是出门挣钱的，不在乎住宿条件，图干净就跟家待着了，要了一间最便宜的边角房。付钱办理入住的时候，白糖咋咋呼呼地让张保庆打电话，催后边的七八个兄弟快点。张保庆也跑过长途货运，知道白糖是在虚张声势，他们俩加上车里那位，一共才仨人，哪儿来的七八个兄弟？这么说无非是让那个中年妇女觉得他们人多，可以压低房价。另外还有一个重要原因，偏僻山沟里的小旅馆，不乏地头蛇开的黑店，专门敲诈人生地不熟的长途司机。所以甭问是不是黑店，先给他来个敲山震虎，放上一通烟幕弹。开店的越摸不清你的底细，你就越安全，这就是所谓的"江湖经验"！

两人虚张声势嚷嚷了半天，前台的中年妇女却只是哈欠连天，看都懒得看他们。哥儿俩登完记，拿上钥匙，拎起一暖瓶热水和两个洗脸盆，上到三楼尽头的房间。只见狭小的房间中挤了两张铁架子单人床，皱皱巴巴的床单上黄一块黑一块，可能有一阵子没换了，枕头上的枕巾比抹布还脏，卫生间的门也关不严，潮气混合着臭味儿，呛得人脑门子生疼。白糖的包里带着方便面，两人对付着吃了几口，又胡乱擦了把脸，烫烫脚就准备睡觉，衣服也不想脱了，反正天一亮又得赶路。白糖把脸盆搁在地上，一边烫脚一边跟张保庆说话。张保庆已经困得睁不开眼了，顾不上脏净，四仰八叉躺在床上，迷迷糊糊地听不清他在说什么。正当此时，忽听白糖"嗷"一嗓子，原地蹦起多高，紧接着哐当当一声乱响，洗脸盆扣在了水泥地面上。张保庆睁开眼，顺白糖的目光一看，但见雨夜之中，一个女人苍白的脸贴在窗户上。他吓了一大跳，立刻从床上蹦了下来。白糖也是又惊又怒，这个货是真浑，骂了声"我去你小妹妹的"，冲上去打开窗子，一把揪住了窗外那个"女鬼"的领子。"女鬼"扒在三楼窗口，一松手就得掉下去，躲也躲不开，竟让白糖拽进了屋。张保庆抓起地上的洗脸盆，就要往"女鬼"头上砸。"女鬼"穿着一身黑衣，让雨水淋得如同落汤鸡，脸上黑一道白一道红一道的，眼影、睫毛膏、脂粉全搅和在一起，惊恐地看着二人，颤抖着嘴唇问了一句："大哥……盖被不？"

这句话一出口，好悬没把张保庆和白糖气死，你大爷的，敢情这是个"盖被的"！宾馆禁止黄赌毒，或是没给好处，从正门进不来，为了做生意，居然从外边爬上三楼。黑天半夜又下这么大的雨，你自己不怕摔死，别人也得让你吓死！两人仔细打量这个"女鬼"，也不过二十来岁，长得挺白净的，怎么干上这个了？白糖气不打一处来，打开门把"女鬼"推了出去："滚滚滚，小婊子！"

哥儿俩的想法一致——此地不可久留。为什么这么说呢？一来让"女鬼"吓得够呛，已然困意全无，还不如抓紧时间继续赶路；二来不能确保安全，如果在这样的地方嫖娼，十有八九会冲进来一伙地痞流氓，不仅榨光你身上的钱财，还得把你臭揍一顿。你要是破了这个局，敲诈可能就变明抢了。两个人一合计，不能从大门走，万一有埋伏怎么办？他们俩穿好鞋子，带上背包，蹑手蹑脚从窗口爬到楼下，冒雨跑向停车的残墙。

夜雨又冷又急，地上的积水没过了脚面，不过百十米的距离，两人从头到脚都湿透了。白糖骂骂咧咧地抱怨："我可没裤衩子换了，又得光屁股开车！"说话就到跟前了，却见车旁有一条鬼鬼祟祟的黑影，身材又高又瘦，跟个电线杆子成精似的，正在那儿捣鼓着什么。两人一看就明白了，这是偷油的"油耗子"！一个厉声喝骂，捡起地上的砖头扔过去；一个撸胳膊挽袖子大呼小叫。那个黑影发觉有人来了，吓得一蹦多高，摇摇晃晃地跑了。张保庆和白糖都是常年跑车的老司机，把油耗子吓唬走就完了，并不敢真打，说不定附近还有同伙，黑灯瞎火挨一闷棍，吃亏的还是自己。

3

张保庆钻到驾驶座上看了看油表，多亏来得及时，油耗子还没得手，才稍稍松了口气。人冷车也冷，连续发动了几次，终于把车子打着了火。搁在平时，免不了挂上空挡原地热一会儿车，现在可顾不上那么多了，一上路就放到一百多迈。两人一个囫囵觉也没睡成，开着车钻进了大山。雨仍是下个没完，连绵不断的山岭和林海都被笼罩在雨雾中，山口转弯处没有护栏，悬崖下深不见底，掉下去就别想活命。深山中雨雾弥漫，道路湿滑，车灯又不太亮，不得不减缓速度，小心翼翼地驾车行驶。

两个人按地图上的路线，在山里开了几个小时，雨雾非但不散，反而越来越浓。他们身上湿答答的，冻得嘴唇发青，都盼着尽快赶到地方。不过雾气太大，岔路又多被林木遮盖，很难确定方位，只得先把车斜停在路边，等到天气好转再走。他们俩吃了点儿饼干，缩在驾驶室中睡了一觉。醒来的时候，天已蒙蒙亮，雾也小得多了，不过雨还在下。两个人打开门从车上下来，走到灌木丛边撒尿。忽然传来一阵噼里啪啦草木折断的响动，由远而近冲他们来了。没等张保庆和白糖反应过来，树丛中已然跃出一头野兽，后腿粗壮，蹄小耳长，黄面獠牙。它骤然见了人，也吓了一跳，使劲儿往前这么一蹿，竟一头撞到了汽车的前挡玻璃上，当场撞断了脖子倒地而亡。

哥儿俩看了个目瞪口呆，待得缓过神来上前察看，见这个野兽长得十分凶恶，乍看是一头鹿，却有一对狰狞的獠牙。张保庆在长白山的猎屯住过，觉得这是山獐子，也就是野麝，而这野兽肚脐上确实有个拳头大小的肉囊，凑近了一闻，甜中带臊，有几分辛辣，又带着几分草木的清香，不是麝香又是什么？白糖也知道野麝香价格极贵，这得论克卖，这么大的麝香，无异于一个金疙瘩。二人相互递个眼色，上去就抠野麝的肚脐，却听灌木丛中又是一阵响动，心说：时运来了挡不住，又来了一头野麝！怎知草丛中钻出来一个四十来岁的精壮汉子，身穿暗绿色丛林迷彩服，腰上挂了一捆绳索和一柄开山刀，脚穿战地靴，披着黑色长雨衣，雨帽罩在头上遮住了半张脸，可以看到下巴上杂乱浓密的短须，手中握着一杆老式双筒猎枪。

"黑雨衣"向前走了一步，脚下"噗叽、噗叽"直响，溅起一片泥水，枪口对准白糖，操着一嘴外地口音，冷冰冰地说道："把我的野麝搁地上！"

白糖也是当过兵的人，向来吃顺不吃戗、吃软不吃硬，别人越是胁迫他，他就越较劲儿，瞥了那人手中的猎枪一眼，冷笑道："这都什么年头儿了，还有占山为王、落草为寇的？你拿个烧火棍子吓唬谁呢？你刚才也说了这是野麝，既然说是野的，那就没主儿，它一头撞死在我的车上，那就是我的，怎么成你的了？你叫它，它答应你吗？"说话一抬手，拨开了"黑雨衣"的双筒猎枪。

张保庆也上前跟"黑雨衣"说话，进一步分散着对方的注意力："别冲动，别冲动，咱有话说话，有理讲理对不对？你想收过路费，也得有发票啊……"他一边说一边往旁边凑合，迂回到"黑雨衣"的另一侧，想与白糖形成夹击之势，抽冷子夺下"黑雨衣"的猎枪。

"黑雨衣"立即瞧出了这两人的用意，向后退了两步，举枪喝道："别动啊！信不信我弄死你俩？"

白糖一听这个"死"字，登时蹿出一股子无名之火，瞪着眼破口大骂："去你小妹妹的！抢东西还有理了？还他妈要弄死我们？世界上平均一秒钟就死一个人，哪天不死个十万八万的？你告诉告诉我，这里边哪个是你弄死的？你弄死过几个？"

张保庆替白糖捏了把汗，因为事发突然，摸不清对方底细，真给你来上一枪怎么办？不过"黑雨衣"并未动怒，他放低枪口，看了看死麝，指着那辆金杯问道："这是你的车？"白糖理直气壮地说："没错！别人是守株待兔，我们这叫守车待麝，你眼红也没用！""黑雨衣"不屑地喊了一声："守车待麝？不是我把它追急了，它怎么可能撞上你的车？"

张保庆把白糖拽到身后，扔给"黑雨衣"一支香烟。"黑雨衣"一抬手接住烟，点上火深吸一口，吐出一串烟圈，气氛有所缓和。张保庆搭上话才从"黑雨衣"口中得知，此人绰号"老枪"，退伍之后当了这一带的护林员。前些时候，有个老板急需野生麝香配药救命，可是山里头的野麝越来越少，有钱也不一定找得到。市场上卖的麝香几乎没真货，即使从黑市上买，风险也非常大。正所谓"穷人爱财，富人惜命"，当大老板的不在乎掏钱，就怕不是真货耽误治病，托人找到老枪，雇他进山打一头野麝，只有这样才放心。

老枪也急等钱用，就接了这个活儿。不过野麝非常难打，也不容易见到，他一个人在山里猫了三天三夜，终于等来一头野麝。老枪屏住呼吸举枪瞄准目标，身旁草丛中突然发出一阵窸窸窣窣的声响，探出一条二尺多长的大青蛇，老枪稍一分心，野麝已经钻入了密林。他在后边紧追不舍，说起来也是要多巧有多巧，野麝慌不择路，一头撞在张保庆和白糖的车上，挡风玻璃都碎成了蜘蛛网。

事情的经过虽已明了，野麝应该归谁，却仍是个问题。野麝一头撞死的车，确是张保庆和白糖的不假，不过没有老枪的追赶，野麝也不可能撞到车上。双方各执一词，没人愿意让步。按白糖的意思，他并不是不讲理的人，山里打猎的规矩是见者有份，那就按人头来分，他和张保庆占三分之二，老枪占三分之一。老枪端起手中猎枪说："你们都是讲理的人，我也不欺负你们，要分的话可以啊，我拿走一半。"白糖一听急了，猫下腰用脑袋顶住对方的枪口："你小妹妹的，让你三分你还蹬鼻子上脸了，来来来，你先把我打死！"他见老枪不接话，一把推开枪口，从车里拎出祖传的枣木杠子，上前就要拼命。

张保庆紧着劝白糖："别争了，一半就一半吧，货还在车上，咱们耽误不起这个时间！"白糖一拍脑门子，这才想起开车进山是干什么来的，可别落个鸡飞蛋打，只好就此作罢。老枪见二人做出妥协，脸色稍微好看了一些。白糖又担心老枪会临时变卦，毕竟枪在人家手上。为了避免夜长梦多，他走到野麝跟前，准备割下麝香，当场一分为二，然后各走各的路。老枪拦住说："哎哎哎，你可别胡来，麝香得整个儿卖，切坏了不值钱了。我身上没现钱，等下山交了货再给你们。"

白糖一听又不干了："你上嘴唇一碰下嘴唇说得轻巧，我们怎么知道你卖了多少钱？到时候你不分我们钱，我们上哪儿掏你去？要不然这么着，我拿个主意，你听听行不行，咱先把野麝抬上车，你跟我们把车上的货交了，然后我们再跟你去卖麝香。汽车四个轮子，肯定比你两条腿走得快，耽误不了多长时间。"

老枪犹豫了一下，点头同意了这个提议。双方达成共识，就地给野麝放血，开膛破肚摘取心肝内脏，否则容易腐烂，并且腥气太重肉也不能吃。老枪手底下麻利，三下五除二收拾妥当。白糖打开后车门，老枪把野麝搬上车的时候，看到了那口旧棺材，吃惊地打量二人。白糖赶紧说："你别多想，这是送去成亲的。"老枪往地上啐了口唾沫，骂声晦气，他问白糖："你们要把这个木匣子弄去啥地方？"白糖抹了一把脸上的雨水，眨着眼说："没多远，咱别跟傻子似的站在雨里淋着了，有什么话上了车再说行不行？"经过改装的金杯面包车，仅留了正副驾驶两个座位，白糖和张保庆一人坐一边。白糖以前边太挤为由，让老枪把双管猎枪放在车后的棺材旁，以防半路上走了火，背包和雨衣也扔在后头，否则湿漉漉地挤在一起，三个人都难受。张保庆一听白糖说话这意思，就明白他憋着坏，所以没吭声。老枪虽不情愿，也只得一一照办，放好了枪支和背包，上车跟张保庆挤在副驾驶的座位上。白糖不紧不慢地把车子打着火，又为难地说："哎哟，这可不行啊！你们俩这么挤着坐，我换不了挡了，路上容易出危险啊！对不住了枪哥，要不……你先委屈委屈，在后头将就一下怎么样？"老枪实在懒得跟白糖废话，嘬着牙花子点了点头，开门下了车往后走。怎知白糖一脚油门儿，车子立刻冲了出去。

老枪被车轮卷起的泥水溅了一身一脸，愣了一下才意识到上当了，野麝、猎枪、背包、雨衣全没了，在雨中跳着脚破口大骂。

白糖从后视镜看到老枪气急败坏的样子，讥笑道："就这么个货，拿个破烧火棍子就以为自己是特种部队了，他妈的大萝卜坐飞机——愣充进口大苹果！"

张保庆问白糖："这么干合适吗？虽说两条腿跑不过四个轮子，可是车牌号都被他看见了，不怕他来找咱们？"

白糖不屑地说："他一个盗猎的，还敢来找咱们？瞧见车上的野麝和猎枪没有？不来这是学费，来了就是举报他的证据！"说着话猛踩油门儿，车子加速驶入了白茫茫的雨雾之中。

4

金杯面包车前边的挡风玻璃让野麋撞坏了，呼呼往里灌风，再加上道路泥泞不堪，只能凑合着往前开。几个小时之后，雨雾渐渐散去，车辆在颠簸起伏中穿过一片密林，终于驶入了汛河林道。张保庆在长白山鹰屯住过一阵子，二上长白山找《神鹰图》，也走过这条路。林道位于林海覆盖的群山之中，前身是东北沦陷时期的森林铁道，主要用来往山外运送巨大的原木，侵吞长白山的林业资源。50 年代后改造成了汛河林道，就地取材用黏土和沙砾垫筑，又覆上厚厚一层渣油，沿途设有标注编号的林场界桩。近年来封山护林，东山林场不再砍伐树木，林道近乎废弃，路面坑槽连片，两侧松散龟裂，罕有车辆往来。

二人按着断断续续的界桩编号往前行驶，途中经过一条穿山隧洞，大块青灰色山石砌成半圆形洞口，里面黢黑一片，到处充斥着潮湿发霉的气味，洞壁上裂痕遍布，地上全是大大小小的碎石，不住渗下的水珠滴答、滴答落在车顶，发出阵阵回响，听得人直起鸡皮疙瘩，而 917 号界桩就位于隧洞中段。他们借着车灯的光亮看了半天，确实是这个路桩。白糖按了几下喇叭，又下车转了一圈，前后不见半个人影，估计接棺材的人还没到，只得回到车上，把车子靠边停好，抽着烟等候。

等了一个多小时，白糖就不耐烦了，更纳闷儿接棺材的人为什么选在这个地方？张保庆想起车上的"大货"，心中莫名地不安，觉得不该瞒着白糖，就把自己的疑惑说了。包括他当年投奔长白山的四舅爷，怎么在林子里捡了个鸟蛋，怎么孵出一只罕见的白鹰，怎么跟鹰屯的二鼻子兄妹打赌去捉狐狸，怎么遇到猞猁的袭击，误入一处与世隔绝的天坑，怎么从金王马殿臣的大宅中带出了宝画《神鹰图》，画中神鹰又怎么与他的白鹰长得一模一样……后来《神鹰图》被一个收破烂的独眼老头儿用十块钱骗走了，最可疑的是，那个老头儿一嘴东北口音。而东山林场有个老洞狗子，也少了一只眼，并且来历不明。张保庆一度认为，东山林场的老洞狗子，就是金王马殿臣的死对头"血蘑菇"。因为狡诈的土匪血蘑菇，同样是一个独眼龙。相传马殿臣躲入长白山天坑之前曾经说过"宝画中的神鹰飞出来，他的宝藏才会重见天日"。难道这么多年以来，血蘑菇一直隐姓埋名躲在东山林场，妄想找到金王马殿臣的财宝？当然这只是张保庆一厢情愿的猜测，他甚至从没见过东山林场的老洞狗子，二上长白山扑了个空，照面都没打过，也就把这件事放下了。可是最近几天，接连有人找他往东山林场送货，这才三上长白山，该不是有什么圈套？

白糖听完乐得合不拢嘴："打从小你就这臭毛病，占便宜没够吃亏难受，赢俩弹球儿能美三天，丢二分钱得别扭半年，至于的吗？我之前也听你说过，不就在山里捡了张破画，让你老娘十块钱当废品卖了吗？你想是不是太多了？如果说东山林场的老洞狗子真是那个一只眼的土匪血蘑菇，那得多大岁数了？何况你捡来的破画已经没了，白鹰也放走了，谁会吃饱了撑的把你引到东山林场？"

张保庆让白糖说得无言以对，曾几何时，还觉得自己跟马殿臣有几分相似，都可以成为《神鹰图》的主人。可仔细一琢磨，马殿臣一生大起大落，三闯关东当上了"金王"，乃是叱咤风云的一方豪杰，我张保庆干什么了？虽说从小也是心怀大志，实际上呢？卖过羊肉串、运过鲜货，如今都干上"杠行"了，三百六十行里都没有这一行，混得一天不如一天，二十大几了，兜比脸还干净，要什么没什么，梦里千条大道，睁开眼一条道也走不通，怎么有脸跟马殿臣相提并论？

可又轮到白糖犯嘀咕了，因为张保庆刚才的话给他提了个醒。白糖以前有个同行，开车运送一口棺材进了深山，此后再没出来，活不见人死不见尸，整整过了三年才破案，原来司机被蒙在鼓里，棺材里装的是白面儿，到地方就被灭口了。足见淹死的都是会水的，任何时候都不能麻痹大意，凡事宁可信其有不可信其无，万一出了岔子，可没地方买后悔药去。

张保庆听得后脖颈子发凉，他和白糖一商量，决定趁接货的人还没到，打开棺材看个明白。有道是"神三鬼四"，白糖点上四支香烟，嘴里嘟嘟囔囔地对棺材拜了几拜。两人爬上车打开皮条，揭去裹在棺材上的红布，一抠棺盖居然没有钉死，心头均是一紧。白糖忙把棺盖移开，哪是什么"大货"，糟透了的破棉底下，只有几块粘着胶泥的碎砖头，当中搁着一张暗黄色的牛皮纸。白糖傻眼了："这他妈是什么路数？"张保庆捡起牛皮纸一看，竟是张手绘路线图，起点位于汛河林道 917 号界桩，尽头画了个飞鹰的标记。他心中又是惊恐又是迷惑，如同让人在背后捅了一刀！

虽然不明所以，可从路线图中的飞鹰标记来看，张保庆之前的直觉没错，十有八九是老洞狗子下的套，如果按图中的路线过去，等于自投罗网，必定凶多吉少，不去又不甘心。对方吃准了他们等不来接货的人，必然会打开棺材，从而见到路线图，并前往指定地点。他实在想不明白，老洞狗子为什么要将自己引到此地？路线图中的飞鹰标记，是指《神鹰图》？还是指自己那只白鹰？张保庆最担心白鹰落在老洞狗子手上。相传《神鹰图》用鹰血画成，由于年代久远，画卷已然残破不堪，他寻思："难道说老洞狗子为了让宝画恢复原状，要以白鹰的鲜血重描一遍宝画？话说回来，如果老洞狗子有法子逮住白鹰，或已借助《神鹰图》得到了马殿臣的财宝，又何必再找我？我的白鹰早已放归山林，老洞狗子还指望我能把白鹰招来不成？不过万里头有个一，万一老洞狗子抓到了白鹰怎么办？"

念及白鹰有危险，张保庆可就沉不住气了。白糖仍是不以为然："从你捡到白鹰到如今，这一转眼快十年了吧？鹰活得了那么久吗？"张保庆说："我听鹰屯的猎人讲过，山鹰可以活到一百年！只不过在这当中，活到四五十年，鹰喙和爪子还有羽毛就磨损得很严重了，难以捕获猎物。到了这个时候，有的鹰会选择等死，有的鹰则会选择重生，它们飞到最高的山巅，忍受着剧痛，用喙把自己爪子上的趾甲一个个啄掉，再啄掉翅膀上的羽毛，然后在最坚硬的山岩上撞碎鹰喙，一旦长出新的，便能再活四五十年。"白糖没这个见识，不知张保庆说的有无依据，但是顶风冒雨、千里迢迢跑这一趟，本想挣个辛苦钱，却让人当猴儿耍了，耽误时间不说，还得搭上往返的路费和油费，说好的一万块钱找谁要去？可把他气得够呛，必须去路线图上标记的地点，查个水落石出。反正车上有一支双筒猎枪，他们俩大小伙子，还怕个一只眼的老洞狗子不成？

5

白糖有猎枪壮胆，平添了几分底气，他把祖传的枣木杠子交给张保庆防身。张保庆握住枣木杠子一端，使劲儿挥了两下，抡得呼呼挂风，感觉挺趁手。除了这支老式双筒猎枪，老枪的背包里还有四发猎枪弹药，以及铁盒装火油、防水火柴、手电筒之类的物品。二人带上背包，打开手电筒照明，按路线图中标记的位置找过去，很快发现917界桩前方的洞壁上有个裂缝，大约一尺来宽，上方延伸到洞顶，入口处布满了湿苔，没有人为开凿的痕迹，挤进去才发觉里边深不可测。哥儿俩暗暗吃惊，伪满时期留下的森林铁道穿山隧洞年久失修，很多地方都有不同程度的开裂，不过大部分是死路，这个暗道的位置如此隐蔽，不知老洞狗子又是如何发现的？

山裂子的走势忽高忽低，两个人不敢大意，深一脚浅一脚地往前摸索了一阵子。白糖突然说："坏了，野麝还在车上，雾天湿气大，隧洞里头又潮，搁臭了怎么办？"张保庆觉得白糖接到这个赔本的买卖，全是受了自己的牵连，好在半路上撞死了一头野麝，还不是他们俩开车撞的麝，而是野麝从林子里跑出来撞了他们的车。按老枪的说法，野生麝香十分贵重，带下山能值不少钱，也算没白跑这一趟。他灵机一动出了个主意："你车上不是有防腐针吗？实在不行咱回去给野麝打一针，搁上三年五载也臭不了。"白糖说："你能出点儿正经主意吗？那玩意儿有剧毒，打上一针成僵尸了，麝香还怎么入药？不如把麝香割下来带在身上，死麝就不要了。"他们俩打定主意，掉头又往回走，一边走一边商量怎么切，也怕切坏了卖不上价，据说必须是连毛带皮的一块整香才值钱。怎知刚到入口处，就听见隧道中有人说话。张保庆和白糖一愣，不约而同地冒出一个念头——老枪带人追上来了！二人赶紧关上手电筒，大气儿也不敢喘，躲在裂缝中往外偷看。只见车前围着七八个人，都拿着照明灯，车里的棺材和野麝全被抬了出来，棺材盖子扔到了一旁。这伙人中不仅有老枪，居然还有两个眼熟的，一个是宾馆中爬窗的黑衣女子，另一个身形近似电线杆子的瘦高个儿，显然是之前那个偷油贼，敢情这是一个团伙！

　　隧洞地形拢音，老枪等人说的什么，张保庆和白糖在山裂子中听得清清楚楚。好像是因为他们俩开车送棺材，引起了这伙人的注意，原本要在三仙宾馆探明底细，却没能得手，不过黑衣女子谎称是盖被的，并未暴露身份。老枪是这几个人中当头儿的，冒充成护林员，准备编造个借口在半路搭车，无意中惊动了一头野麝。老枪情急生计，说这野麝是自己追过来的，撞死在白糖的车上，至少要分一半，想趁这个机会混上车，看看棺材里到底有什么，哪知道偷鸡不成蚀把米，非但没混上车，猎枪和背包也让人顺走了。

　　张保庆和白糖暗暗心惊，俗话说"无利不起早"，猜不透这伙人有什么目的，竟然一路跟踪至此，这件事似乎很复杂，想来不是一般的蟊贼，指不定带着什么家伙，况且人多势众，己方虽有一支猎枪，冲突起来也保不准吃亏。哥儿俩想法一致，趁着对方还没察觉，悄悄退进了山裂子，毕竟这伙人没见到路线图，一时半会儿找不出暗道，尽管汽车和野麝都在对方手里，但是这伙人好像不是冲着这些东西来的，可以暂缓一时，先搞清楚老洞狗子的阴谋，再做下一步打算。张保庆和白糖紧走了一阵子，听身后没有响动，这才敢开口商量，却也没个头绪。又走了几分钟，终于钻入了一个山腹深处的大洞窟，周围高耸的蘑菇岩柱形同迷宫，估计是地底暗流冲击而成。如今暗河已然不复存在，只留下密密层层的硕大岩柱，裂层间存在萤石，朦胧的光雾忽明忽暗。他们俩继续前行，空旷的洞窟中竟有一排木屋，均为青色原木构造，屋顶覆盖着茅草或劈柴，门户多已朽坏，用手电筒照进去，可以看到破屋中的凹形炕，以及盆碗、木桌、木桶、铜壶、铜盘、毛毡、被褥、衣帽、皮口袋、箱柜之类的物品，到处积着尘土，挂满了蛛网塌灰。当中一座木顶大屋，比两旁的屋舍大出几倍，下层砖石夯土上长了厚厚一层苍苔。二人走到木顶大屋的门前，探头进去张望，只见浊雾弥漫，墙上的壁画若隐若现，正中供着一尊泥塑土偶，高有六尺，头裹红巾，肩披斗篷，手持一根鹿骨扦子，顶端拴着线绳，似乎是放山之人供奉的祖师。张保庆在鹰屯听过许多古老的萨满传说，识得壁画中描绘的是"九天三界，各方神灵"。绕过木顶大屋，是一大片层层凸起的叠台形岩盘，有宽阔的台阶通到顶部，尽头耸立着一块大石碑，轮廓方正、齐整无比，裂隙中伸出千百条或粗或细的树根，几乎将整个石碑紧紧裹住，四周云缠雾绕，显得神秘莫测。这一带随处可见从高处塌落下来的乱石，台阶前摆着两尊一人多高的香炉，铸以树、蛇、蛙、蜘蛛之类的图案，地底下雾气昭昭，似乎在香炉上聚拢了霭霭祥云，看得白糖直发愣，挠着头问张保庆："这是你上次打狐狸掉进来的地方？"张保庆也蒙着，这肯定不是金王马殿臣的天坑大宅，好像是一座灵庙。他心下暗暗嘀咕：引我们来到这里的人，究竟是不是一只眼的老洞狗子？白鹰到底在不在对方手上？

路线图中的白鹰标记，画在一个长方框子当中，很可能是指这个石碑。二人急于一探究竟，互相使了个眼色，打着手电筒踏上台阶。巨大的石碑下摆着一张供桌，隐在浓云密雾之中，不走到近处根本看不见。他们的目光刚落在供桌上，桌上的油灯就亮了，而在供桌一侧，斜倒着一个纸人，纸衣纸帽，脸上画以五官，仅有一只眼，面容诡异，手托一块非金非玉的蛋黄色圆石，怀中还抱着个纸糊的牌位，油灯光亮太暗，看不清牌位上写了什么。纸人背后的树根上挂了一轴古画，正是张保庆从马殿臣天坑大宅中带出来的《神鹰图》，但是洞窟中阴暗潮湿，使得古画比之前更为残破，画上的白鹰、古松、云雷，以及鹰爪下的女人头，几乎都看不见了。不知老洞狗子躲哪儿去了，为什么供桌旁的纸人也是一只眼？张保庆闪过一个念头，老洞狗子该不是变成了纸人？这个念头一起，他顿觉头皮子发麻，心口怦怦乱跳，攥着枣木杠子的手心里全是冷汗。又等了这么一会儿，四周并无异状，只是死一般的沉寂，雾气也越来越浓，不知什么时候，两只手电筒都不亮了。张保庆寻思是非之地不可久留，想带上宝画尽快离开，正要伸手去摘《神鹰图》，油灯内的火苗微微一跳，又突然暗了下来，随即从他脚下传来咯吱吱一阵怪响。他们俩吓了一跳，身上寒毛竖起，脑门子上全是冷汗，感觉魂儿都飞了。这个鬼地方耗子也没一只，什么东西发出的响动？仗着胆子低头一看，那个斜倒的纸人竟已坐了起来！

　　张保庆惊恐至极，身上却一动也不能动，如同让噩梦魇住了，忽听那个纸人开口说道："张保庆啊张保庆，我见过你，你却没见过我，也不怪你不认得我，我这一辈子没名没姓，血蘑菇、金蝎子都是我的匪号，东山林场的人叫我老洞狗子。你或许听说过，我在山上当胡子那会儿横推立压奸杀民女，扒灰倒灶出卖大当家的，一心想找马殿臣的金子，不惜卖国投敌为虎作伥，世人都说我不仁不义、不忠不孝，良心丧尽、死有余辜。你是不是也以为我骗走你的《神鹰图》，就是为了找到马殿臣的宝藏？因为马殿臣躲入天坑之前留下一句话，宝画中的神鹰出来，宝藏才会重见天日……"说到此处，那个纸人喉咙里发出一阵瘆人的怪笑，又继续说道，"其实马殿臣没说过这句话，那是我故意传出去的。实不相瞒，我找《神鹰图》并非贪图马殿臣的财宝，你不必多疑，我这把岁数，黄土都埋过脑瓜顶了，一辈子无儿无女，还要那些生不带来、死不带去的金子干啥？你我之间没有恩怨瓜葛，之所以把你引到画树灵庙，确有一事相求，此事非你张保庆不可，你干也得干，不干也得干，事成之后，我让你比金王马殿臣更有钱！"说来可也怪了，张保庆和白糖二人身不能动、口不能言，却似见到了纸人记忆中一幕幕惊心动魄的往事，"老洞狗子"的真面目，也在他们脑海中变得越来越清晰！

第三章 血蘑菇出世

1

早时年间，山东莱阳五龙村，有一户姓祁的庄稼人。当家主事之人叫祁光兴，五十出头，黑里透红的脸膛，身子板还那么硬实，大巴掌伸开来跟小蒲扇相仿，挑着百十来斤的担子走上二三十里，气不长出、面不改色。远近周围提起祁光兴的庄稼把式，没有不挑大拇指的。他做人也本分，没有歪的邪的，勤恳耕种半辈子，攒下几十亩地。自己家种不过来，赁出一半给佃户，年终岁尾给他们家交租子。老祁家过得不敢说有多富裕，反正是家常便饭，一天两顿，干的稀的管饱，逢年过节吃得上肉，一家人能穿上囫囵个儿的粗布衣裳。

庄稼人常说"麦收八十三场雨"，指的是农历八月、十月和来年的三月要各下一场透雨，方可确保小麦的播种、越冬、拔节灌浆，可见在土里刨食，全看老天爷的脸色。有几年旱灾闹得厉害，一滴雨也下不来，麦子、谷子种下去活不了两成，活下来的长个尺把高，旱得拔下来就能烧火。庄稼人指望不上朝廷，只能用黄泥塑一条大龙，找来四个属龙的童子，光着膀子抬上泥龙，后边的人敲锣打鼓，到河边求雨。那河比旱地还干，一块一块拔裂子。四个童子头顶烈日，在鼓乐声中将泥龙埋入河床，恳求龙王爷大发慈悲普降甘霖。然而旱情并未好转，以至于庄稼绝收，老百姓啃树皮、吃草根，到后来连树叶子都吃光了。祁光兴再会种庄稼也没咒念。听人说关外黑土地肥得流油，谷子长双穗，所以老祁家跟大多数山东灾民一样，扔下妻儿老小到县城要饭，由爷爷带着爹，爹带着儿子，身强力壮的五六口男丁，多多少少凑上几份盘缠，铤而走险闯了关东。临行前给祖先上坟烧纸，祁光兴从祖庙中请出家谱，卷成一个卷，用包袱皮包得严严实实，又捧了一把老家的黄土，小心翼翼裹起来塞进包袱，横驮在肩膀头上，一步三回头，三步九转身，悲悲切切离了故土。

闯关东有两条路可走：胶东半岛的老百姓可以北渡渤海，风里浪里求活命；鲁西人多走陆路出榆关，靠两条腿逃饥荒。以前有句话"穷走南，富在京，死逼梁山下关东"，翻山越岭的艰险自不必说，更吃不上一顿饱饭，睡不了一个踏实觉。到了夜里，常有三五成群的野狼，眼里冒着绿光，围着逃难的人转。有的闹病死在半路上，家人只能挖个浅坑安葬，活人刚走没多远，死人就被饿狼野狗掏出来啃了。祁家的老少爷们儿也是"横垄沟拉碾子——一步一个坎"。拉杆要饭到了关外，人生地不熟，两眼一抹黑，不知该在何处落脚。这一天走到一处山脚下，祁光兴放眼一看，东边有河，西边有岭，漫山遍野的大豆、玉米、高粱，五谷成熟，瓜果飘香，真称得上风水宝地。找当地人一问，这地方叫"双岔河塔头沟"。祁光兴一拍大腿："哪儿也不去，咱就这儿了！"

当年闯关东的人，为了活命什么行当都干，放山挖棒槌、狩猎打围、上老金沟淘金、进山伐木倒套子、在江上放排，也有铤而走险把脑袋拴裤腰带上为匪为盗的，却很少有人愿意种庄稼，因为种庄稼吃苦受累，来钱又慢。拎着脑袋闯一趟关东，谁不想挣大钱发大财？老祁家世代务农，那是头一等庄稼把式，踏踏实实地开荒斩草耕种庄稼才能安身立命，这个道理祁光兴再清楚不过。他脚底下踩着肥得流油的黑土地，转回头冲着莱阳的方向老泪横流，几个老爷们儿跪在地上齐刷刷磕了三个头，望列祖列宗保佑老祁家在关外站稳脚，保佑妻儿老小一家人早日团聚，延续祁家香火。

祁光兴找本乡的地主赁下几亩田，搭个"滚地龙"的窝铺，权作栖身之所。五冬六夏起早贪黑地干活儿，省吃俭用攒下几个钱。当时关外地广人稀，地也便宜，就买了一片荒地，又趁着农闲，就地取土，脱坯和泥，盖了三间土坯房。房顶铺上芦苇捆成的"房把子"，安了门板，糊上窗户纸，屋里垒上火炕，屋外鸡鸭鹅狗全养上，总算过得有点儿庄户人家的样子。接下来这几年，日子更有盼头了，祁光兴地里的粮食年年打得比别人多，谷子、小麦、荞麦、玉米，种什么收什么，自己留一点儿口粮，其余都拿去卖钱，舍不得吃舍不得穿，一点儿一点儿地攒，攒够了就买地，一分两分的地也买，积少成多，渐渐地连成了片。家底越来越厚，盖了青砖瓦房大场院，堂屋后面垒起一间小屋，这叫"倒闸"，又叫"暖阁"，里侧打一条小火炕，寒冬腊月进了门，先在这儿暖暖身子，这是关外有钱人家才有的格局。又请专做细活儿的木匠，打了满堂的家具，像什么太师椅、八仙桌、围屏、条案、供桌、炕桌，插销挂榫严丝合缝，雕刻着多子多福、延年益寿的图案，也把留在莱阳老家的妻儿老小接过来了。地里的收成一年比一年强，一大家子人足吃足喝，在双岔河塔头沟立足生根，安居乐业。

此时的祁光兴已经六十多了，老爷子仍是闲不住，要是不让他下地干活儿，连饭也吃不下去。到了年根儿底下，祁老爷子高兴，吩咐下去，从腊月十五开始"换饭"。别看祁家发了家，平日里仍是勤俭为本，总是小米干饭、大锅熬菜，加上一小碟艮啾啾的苤蓝疙瘩或者萝卜条，三节两供才见得着油星子。过年换饭也舍不得吃太好的，黏豆饽饽、年糕，就着拿肉炒的咸菜，白菜叶萝卜片蘸大酱，小米掺粳米熬成二米粥。年三十白天杀鸡宰猪包饺子，得先给祖宗上供。闯关东的人家最讲究供家谱，以示认祖归宗。家谱供在堂屋，前面摆设供桌，上列香炉、香筒、烛台，点上烫金的大对蜡烛，香炉里头装满高粱，插上三炷香，外贴红纸，写上"满斗焚香"四个字。供桌上还要摆钱匣子，不能是空的，必须装着钱。大年三十晚上，一家人吃年夜饭之前，先在家谱前摆上酒盅，倒满酒，再摆三个大碗，每个碗里盛四个煮熟的饺子。祁老爷子带着一大家子孙男娣女，跪下给祖宗磕头，祈求一家人平平安安、添丁进口、延续香烟。

要说老祁家过得比较富足了，可得分跟谁比，跟他们家一河之隔，塔头沟另一头有个老关家，那比老祁家阔多了。皆因老祁家种的是粮食，老关家种的是黄烟。双岔河塔头沟山间谷底一大片平原，田连阡陌，全是老关家的产业。这户人家根基极深，已经发迹了两百多年，趁着一个大院套子，主家一家子、长工佃户、丫鬟老妈子、仆役炮手，两百多口人全住在里边。为防土匪砸窑，土夯实打的院墙像城墙一样又高又厚，四角高筑炮台，昼夜有人值守，大院内瓦屋成片，仓中积粮如山。能置下这份家业，全凭贩植蛟河烟。

关外人讲究"十七八的姑娘叼烟袋"，男男女女离不开旱烟叶子，家家户户炕头上放着烟笸箩，来了客人不急着沏茶倒水，先把烟笸箩递过去，盘腿往炕上一坐，一边抽烟一边唠嗑，要多熨帖有多熨帖。深山老林里淘金、放排、挖参、打猎的更离不开烟袋锅子。山里的花脚蚊子最多，抽烟可以驱赶虫蚁，在绑腿布带子上抹点儿烟袋油子，还能防备蛇咬。再毒的蛇，一挨烟袋锅儿准得翻白眼儿，抽筋打滚放挺儿。烟灰又有止血的效用，江湖郎中医治刀砍斧剁，通常就是抓把烟灰按上去。以往关外的旗主给朝廷进贡，其中一项就是上等蛟河黄烟。塔头沟一带土地肥沃、雨量充沛，老关家的烟叶子颜色红黄、油性十足，别号"铁锉子"，抽起来不苦不呛、不辣不冲，独具"琥珀香"，又解馋又解乏，纵使下雨阴天，烟叶子也不反潮。送入京城的上品黄烟，有一多半出自老关家。别的大户人家堂屋中摆设胆瓶、座钟、帽镜，老关家却在堂屋条案上摆一个大烟袋，碗口粗细的烟袋杆，铜盆一样大的烟锅子，每逢初一、十五，装满烟叶子点上，以求神灵保佑，年年岁岁种出好烟。

关外的庄稼人常在自家田间或者房前屋后种一小块地的黄烟，长成之后掰下来晒干了，留着自己抽，这个活儿谁都能干。老祁家的年轻后辈羡慕关家，瞅着人家挣钱眼热，不过他们也明白，老祁家是靠种庄稼攒下的家底，想当年初到关外，穷得光巴出溜，过得何等艰难，老爷子也没去干别的，如今好不容易熬出了头，怎肯轻易改了章程？

2

话说回来，一代人跟一代人的想法不一样，种黄烟远比种庄稼赚钱，种庄稼耕大田太苦了，费劲拔力成天跟庄稼地玩儿命，脸朝黄土背朝天，汗珠子掉地上摔八瓣，哪辈子发得了财？这天一家人吃饭的时候，祁光兴的二儿子——祁家老二，趁祁老爷子心情不错，赔个笑脸说道："爹，有个事想跟您商量商量，您看看人老关家，一年只种一季黄烟，挣下这么大一份家业，我寻思着……咱家是不是也改种黄烟，咱这塔头沟的地肥得冒油，插根拐杖都能发芽儿，何愁长不出好烟叶子？"

祁老爷子听二儿子说到一半，脸色可就变了，等二儿子把话说完，老爷子把手里的饭碗往桌上狠狠一蹾，震得杯盘碗筷叮哐乱响，二目一瞪站起身来，薅着二儿子的脖领子，拎小鸡子一样拖到堂屋，抬脚将他踹翻在地，摔个大仰巴颏子。祁老爷子破口大骂："你个忤逆败家玩意儿！碗里的还没吃完，就惦记着锅里的，你哪是我儿子？你是我们老祁家的冤家对头！"骂完让他在家谱前跪下，当着列祖列宗的面，噼里扑棱一通狠削。祁家老二一边躲一边"哎哟、哎哟"叫唤。老爷子削完仍不解气，又把一家老小全叫来，大声训斥："咱们老祁家祖祖辈辈是庄稼把式，谁扔下这个，谁对不起祖宗！你看着人家那边好，这山望着那山高，那能行吗？金买卖，银买卖，不如二亩土坷垃块儿，眼望高山易，脚踏实地难，如今咱家有房子有地，吃穿不愁，还不知足吗？咱们不懂黄烟，也不会种黄烟，从今往后，哪个再提改种黄烟，那就是大逆不道，别怪我把他赶出家门！"一家老小在边上听着，没一个敢吱声的。老爷子真生气了，让祁家老二给祖宗家谱跪了整整一夜，从此之后，再没人敢吵吵种黄烟了。

不过祁家老二的心思可没变，只盼有朝一日跟老关家一样，地里种着黄烟，身上穿着绸缎，碗里有香有辣。待到祁老爷子寿终正寝，祁家老大成了当家主事之人。老大天生的老实本分，不多说不少道，三脚踹不出一个闷屁，整天耷拉着眼皮，只会下地干活儿，遇上事拿不了主意。如此一来，轮到老二说话算数了。这年开春之前，祁家老二把家里的男人召集到一块儿，说咱们种粮食是土里刨食，人家种黄烟那是土里刨金子，同样靠地吃饭，怎么他们能种，到咱这儿就不能种了？老祁家这些人大多动了心思，觉得老二言之有理，因此没有一个横扒拉竖挡的，等到一化冻，便改种黄烟。

常言道"好种出好苗，好葫芦开好瓢"，蛟河黄烟的烟籽比芝麻粒还小，滚圆滚圆的，看着就那么招人稀罕。一家人耪地播种，穿着牛皮靰鞡，拄着棍子，把垄台上踩实夯平，踩得越实轴儿，烟苗出得越齐整。点烟籽时拿个小葫芦，敲一下漏几个籽，再浇水施肥，盖上细土，覆上一层细稻草。几个月之后，老祁家地里的烟叶子长得又大又好，祁家老二天天蹲在地头儿上，乐得眼睛眯成一条缝，心里比吃了二两蜂蜜还甜。到得黄烟丰收之时，一家人跟长短工一块儿下地，一人一把半月形烟刀子，一挑一顺，把烟叶片连着一小段烟梗割下来，用牲口驮回去晾在烟架子上，晒干打成捆，那真是"青筋暴绺虎皮色，锦皮细纹花豹点"，内行人一上眼，便知是地地道道的蛟河烟。这下妥了，卖给收烟的老客，挣了不少钱。老祁家上上下下高兴坏了，觉得这一步没走错。

转年开春，老祁家又忙活上了，却不知出了什么岔子，地里的烟草长得稀稀拉拉，其中一多半长了红斑，叶子上斑斑点点，瞅着让人心疼，杂草倒是长了不少，收成不足去年的一成，祁家老二心里直犯毛愣。再转过年来，祁家老二又把一家人召集起来，对大伙儿说："咱家老爷子在世时说过，种地不上粪，等于瞎胡混，粪堆发不好，地上光长草，我寻思，去年咱家的黄烟收成不好，准是肥不够，再一个缺水。我看了老关家的水渠，可比咱家宽得多。今年大伙儿精点儿心，可不敢稀里马哈的，施足了肥，再雇些人手挖开河泥，把水渠加宽一倍。打春阳气转，春分地皮干，只要不错过节气，不信种不出好黄烟！"祁家老大等人都是几十年的庄稼把式，觉得老二所言句句在理，就按他说的挖渠引水，老关家哪天耪地，他们也哪天耪地；老关家哪天下种，他们也哪天下种；老关家哪天追肥，他们也哪天追肥，一直从开春忙活到夏末。然而到了秋天，他家地里的黄烟仍是歉收。因为有一点老祁家的人没想明白，种粮食的丰歉在天，但是烟草这东西吃地，一般的地，种一年黄烟得歇三年，这三年种别的也不长，摊下来一算，还不如种三年庄稼。而老关家之所以能靠种黄烟发财，是他们家那块地厚，可以年年种黄烟，等于人家一年能赚三四年的钱。

在当时来说，庄稼人种一年吃一年。老祁家这一大家子人耕种为生，一连两年没收成，又因开挖水渠耗费了不少家底儿，一家老小人吃马喂，可就维持不住了。不当家不知柴米贵，到了这个节骨眼儿，祁家老二再后悔也没用了，只能去借粮。借粮倒不难，可是有粮的地主家无不是"大斗进，小斗出；借一斗，还两斗"，两斗还不上，来年得还四斗，那跟借高利贷没什么两样。借这么一次，十年八年也不一定还得上，说不定还越欠越多，到头来债台高筑，被迫出让土地。祁老爷子摊上这么个不肖之子，辛苦半辈子挣来的家业全打了水漂。正好老关家有钱，把祁家卖的地全收了，人家收了地也不在这儿种黄烟，仍是种粮食，因为这个地不适合种黄烟。

庄户人家没了地，等于没了根儿，接下来是一年不如一年，到最后坐吃山空，又卖了房产，分了家各奔东西，一大家子人就这么散了。祁家老二连急带气一命呜呼，扔下一个小儿子，按大排行来说排在第六，都叫他小六子。小六子二十来岁一条光棍汉，淡眉细眼黄脸膛，支棱着两只扇风耳朵，从小让他娘宠坏了，恶吃恶打，除了祁老太爷没人管得住他，从来不务正业，四体不勤，五谷不分，肩不能挑担，手不能提篮，整天跟一帮懒汉厮混，一屁俩谎没实话，老祁家败家，也有他一份功劳。

小六子种庄稼不行，玩儿起来倒是挺走心，专爱听书看戏，钱没少花，戏没少学，锣鼓打得有板有眼。一有跳单鼓的他就去看，挤到头一排，跟其中一拨人里的一个小寡妇眉来眼去，明铺暗盖勾搭到了一处。跳单鼓也叫"唱阴阳戏"，祭祀天地祖先、免灾除病、祈求昌盛、恭贺婚嫁，什么事都管。尤其到了过年，跳单鼓的更是闲不住。主家提前备下供品，跳单鼓的掌坛主持祭祀，手拿一面铁圈圆鼓，用羊肋骨、竹片做成的鼓鞭打鼓，边打边唱，把天上地下各路神仙和主家的列祖列宗全请下来，好吃好喝好招待，吃饱喝足再给送走。干这一行的，甭论男女，大多是些个好吃懒做的闲人。掌坛的兴许有点儿真本事，自己能编能演，其他人要么是唱二人转野台子戏的，要么是跳大神的帮兵。掌坛的唱一句，后边三个跟班的敲打小鼓，接着尾音附和一句，装神弄鬼，连比画带蹦。乡下人好看热闹，谁家请了跳单鼓的，左邻右舍都得来卖呆儿。

祁家败家之后，小六子为了有口饭吃，托小寡妇引荐，想给跳单鼓的掌坛当跟班儿。当着掌坛的面，小六子唱了一段《请九郎》。掌坛一听觉得挺好，真是高门亮嗓，又浪又俏，竖着大拇指称赞道："祁少爷，您还真有这根儿筋！"小六子脸一红，忙摆手道："可别叫我少爷了，我苦巴苦业跟要饭的差不多，您能不嫌弃，收下我当个打杂的，我就知足了。"打这天起，祁家小六子跟了跳单鼓的混饭吃。咱不说这小子是蜜罐里泡大的，从小也没吃过什么苦，而今东奔西走，起五更睡半夜，谁家给钱都得恭恭敬敬地去伺候，分到他手里那几个钱，根本不够吃喝，忍饥挨饿是家常便饭，心里能不堵得慌吗？

这几个跳单鼓的常年在双岔河一带转悠，跳完这家跳那家。小六子看着双岔河塔头沟全是老关家的田产，包括自己家里人挣了这么多年，勒紧裤腰带攒下的土地，都让老关家给捞走了，他能不恨老关家吗？小六子可从来不想，如果不是他爹财迷心窍非得种黄烟，祁家又怎会落到这个地步？然而他恨归恨，却恨不掉老关家一根毛儿，人家家大业大，关家大院土匪都打不进去，他一个穷光棍掀得起什么风浪？尽管如此，他这报仇的心也没死。常年跟这帮跑江湖的混在一起，好的没学会，坏门倒学了不少，总惦着找个机会，把姓关的搅个家破人亡！

3

跳单鼓也是走江湖的。总说行走江湖，江湖有多大呢？按江湖中人的说法，"江有两步长，湖有一步宽；江中无根草，湖中一条鱼"。

这是说江湖是一步一步走出来的，走到什么地方，什么地方就是江湖。闯江湖到的地方越多、走的路越远，越受江湖人敬重。"江中无根草"这句话，指行走江湖的都是无根草、苦命人，身不由己，随波逐流。"湖中一条鱼"则是说江湖人像鱼离不开水一样离不开江湖，生在江湖，死在江湖。江湖一大什么鱼都有，五个手指头伸出来不能一般齐，有好鱼就有恶鱼，江湖中的人也是一样。什么人是江湖中的人呢？宽泛点儿说，"士农工商"四民之外的都是江湖人。很早之前有"海湖"一说，专干"坑蒙拐骗、偷窃抢劫"的勾当。江湖中人不犯王法，海湖中人正相反，后来都归为江湖了，所以说江湖中龙蛇混杂，其中不乏真有本事的，也有很多是混迹江湖。真正的高人，无一事不懂，无一事不明，经的见的事越多，越不肯显山露水，一怕招人嫉恨，二怕仇人上门。无论好人坏人，做了恶事都怕遭报应。江湖上的事，也真说不清，有的就那么邪乎！

在当时来说，江湖上有这么一伙人，称为"厌门子"。在南方也叫压门子，到了北方叫厌门子，写出来都是"厌恶"的"厌"字。这些人神出鬼没，行事并无一定之规，不仅各有绝活儿，身份也杂，有盗墓的，有贼偷，有木匠，有土匪强盗，有阴阳仙儿，三教九流干什么的都有。领头的多是旁门左道，善使"神术"。这一门子的人，平时不联络，各有各的营生，有事则聚，无事则散，全听领头的调遣。一般的小活儿不干，干就干大买卖，一桩买卖短则一年半载，长了十年八年也是它，专坑那些大地主、当官的、有钱人。

小六子跳单鼓的时候，结识了一个厌门子，彼此臭味相投，一来二去成了酒肉朋友。此人见小六子一肚子花花肠子，不似安分守己之辈，又是个无牵无挂的穷光棍，便在酒桌上拉他入伙，带他拜见领头的。那是一个南方人，成天啃鸡爪子，诨号"鸡脚先生"，三十来岁，面黄如蜡，长了一对斗鸡眼，两个小眼珠子贼光闪烁，下巴上留着几绺山羊胡，身量不高，说话慢条斯理，舌头不会打弯儿。据说他踏过鬼山，蹚过冥河，有一身走阴串阳的本领。这一次也是碰巧，领头的为一桩买卖藏身于同伙家中，见小六子能说会道，又是本乡本土的人，当有可用之处，于是让他起咒立誓，一同做这桩买卖。

　　厌门子要做什么买卖呢？原来当地有一户从关内迁来的宋财主，早在一年之前，宋财主的媳妇儿死了，宋财主请地师选一块风水宝地埋葬。地师带宋财主寻遍周围的沟沟坎坎，终于选定一处所在。宋财主怕不稳妥，私底下又找另外一个地师来看，也说这是风水宝地，前有案、后有靠、左青龙、右白虎，可助人财两旺，富贵显达。宋财主放下心来，将媳妇儿安葬于此。怎知从此之后，家里一件接着一件出事，房顶漏雨、骒马受惊、后院起火、半夜闹黄鼠狼子、走山下边山上都掉石头，倒不是什么大事，可挺让人糟心，折腾个没完。宋财主求神拜佛都不顶用，他这样的土财主，钱越多心里头越发虚，整天怕钱跑了，再加上十分迷信，以至于食不知味、夜不能寐。

　　便在此时，鸡脚先生扮成一个阴阳仙儿，穿一件皂色长袍，鼻梁子上架着一副水晶镜片眼镜，手里揉着俩铁球，在宋家门口转悠。宋财主刚一出门，便与阴阳仙儿撞了个满怀。鸡脚先生"哎哟"一声跌坐在地，手里的铁球也掉了。宋财主忙上前扶住。两人一对眼神，鸡脚先生大叫一声："这位老爷，你印堂发黑，元神涣散，东岳西岳斜纹深陷，山根之上密布阴云，必是宅中有事，恕我直言，此事不破，怕要死人！"

宋财主吃了一惊:"何出此言?我家里能有什么事?"

鸡脚先生道:"不瞒老爷你说,我看你眉精眼细,是个白手兴家之人,本应安享后半生,怎料家宅不安,恐会祸及满门。"几句话戳中了宋财主的心窝子,他额头鬓角直冒汗,瞅这阴阳仙儿年纪轻轻,说得可是真准。

大门前不是讲话之所,他将鸡脚先生让到家中落座,又是递烟又是倒水,好酒好肉地款待,恳求阴阳仙儿指点迷津。鸡脚先生吃饱喝足,砸吧砸吧嘴,掐指巡纹推算了半天,故弄玄虚地对宋财主说:"宅子分阴阳,你这件事不在阳宅,许不是阴宅坟地出了岔子?"宋财主脸上变颜变色,求鸡脚先生去他媳妇儿坟上看看。鸡脚先生端起酒碗一口喝干,让宋财主头前带路。到了坟地上,鸡脚先生手持罗盘,迈开四方步,前后左右看罢多时,倒吸一口凉气,瞪着眼睛问宋财主:"谁给你选的地方?这个地方东有双岔河,卧着一条龙;南有锅盖山,落着一只凤;西有蜈蚣岭,趴着一条虫;北有塔头沟,藏着一条鱼。这是龙凤虫鱼汇聚的宝地,你家坟穴正在宝地当中,占据形势,辈辈发财,代代当官。"

宋财主顺着鸡脚先生手指的方向,往东南西北四面乱瞧,晕头转向地问道:"既是宝地,那咋还这么不顺心呢?"鸡脚先生皱着眉头摇晃着脑袋:"坏就坏在东边这条龙上!它不在河里待着,偏偏来占你家坟地,成了一条地龙。按说有了这条地龙,形势格局仍是极贵,怎么看都是块风水宝地,却埋不得女子!只因这条地龙是公的,你把你媳妇儿埋在此处,不是等于让她跟地龙过了吗?它迟早害得你死无全尸,连带你的后人也不放过。否则,等你百年之后也埋在此处,这个媳妇儿归谁?"

宋财主听得心惊肉跳，求鸡脚先生大发慈悲，救他一命。鸡脚先生说难倒不难，却须破财免灾，当即吩咐宋财主备好一应物品，又找来几个帮手（其实全是厌门子的同伙）在宋财主媳妇儿的坟前搭了个台子，一丈多宽，两丈多长，号称"骗龙台"，两把给牲口去势用的刀子磨得飞快，放在台子中间。厌门子一众人等断断续续折腾了一宿，围着坟头钉下十八枚大铁钉。

转天早上辰时，正当云蒸龙变，鸡脚先生手持桃木剑，焚香烧纸，开坛作法。周围来了许多看热闹卖呆儿的老百姓，都想看看阴阳仙儿怎么"骗龙"。鸡脚先生冲围观的人说："各位，地龙已被擒住，有没有不惜力气的过来帮帮忙，摘下龙卵子宋财主有赏！"一听说有赏，当时就出来几个卖呆儿的闲汉，小六子也混在其中。鸡脚先生给他们一人分了一把铁锹，手指坟前一片蒿草，说了个"挖"字。几个人将信将疑，往下挖了得有一丈来深，挖出来的全是胶泥，不见有何异状。小六子装作撂挑子，把铁锹往地上一扔："我说先生，你那法术灵不灵啊？到底让俺们挖啥啊？这都挖了多半天了，八字也没见着一撇啊！你这儿使唤傻小子哪？"鸡脚先生催促道："接着挖，接着挖，下边准有东西！"众人又往下挖了三尺，果真刨出两个斗大的圆石，大小相仿，溜光水滑，布满细纹，一个不下几十斤。小六子挠了挠头，随即瞪圆二目，大惊小怪地叫道："哎呀妈呀，这是龙卵子！"在场之人无不骇异，这地方从没出过这样的石头，而且连泥带土，地头上又长了草，肯定不是刚埋下的，可见是天造地长，并且一长就是一对儿，大小也一样，再没见过这么出奇的，不是"龙卵子"又是什么？鸡脚先生大喝一声："闪开了！"话音未落，使了一招"癞狗钻裆"，猫腰低头，两把骗龙刀从胯下飞将出去，插入泥土之中。小六子嚷嚷道："都说天底下的事，信则有不信则无，可是有的事，你信不信它都有！今天真是开了眼，咱没见过真龙，见着了龙卵子，不也是沾了龙气？"

所谓"眼见为实"，再加上小六子帮腔作势，紧着在一旁打托，围观百姓尽皆叹服。宋财主原本只信八成，此时已信了十二成，瞅见"龙卵子"连吓带气，两条腿都软了，万幸鸡脚先生摆下骗龙台，给恶龙去了势。他庆幸之余，掏钱打发了卖力气干活儿的闲汉，又按鸡脚先生所言，拿出大批钱财，交由鸡脚先生做功德，给他消灾免祸。鸡脚先生告诉他："眼下不是心疼钱的时候，倾家荡产也不打紧，等把这个事破了，老爷的富贵不可限量。"宋财主连连称是，恨不能把自己的心肝肺腑也摘下来，卖了钱拿给鸡脚先生。

其实从头到尾，全是厌门子布的阉龙局。当初给宋财主看风水的地师，也是厌门子的人，他是真会看风水，精心选了块风水宝地，不怕旁人验证。两个"龙卵子"是他们从关内带来的花卵石，当地山里方圆几百里没有这样的卵石。宋财主的媳妇儿下葬不久，擅长盗墓的同伙在坟前打洞，将花卵石深埋地下。过去一年之久，石头与泥土长在一起，上边也已蒿草丛生，再加上挖洞的手艺出众，埋上之后外人根本看不出痕迹。宋财主家出的那些糟心事，皆为厌门子暗中搞鬼，怪事越多，宋财主越是疑神疑鬼，到最后不得不信。

鸡脚先生得手之后跟同伙分赃，分到小六子手上的钱最少。分赃多少讲究先来后到，这也是厌门子中的规矩。小六子不敢多说什么，却心有不甘，窥见鸡脚先生身边有一部古旧残破的《厌门神术》。他趁着分赃那天，鸡脚先生灌饱了黄汤，倒在炕上不省人事，悄悄从古册上撕下一页，记下三两招旁门左道的邪术，也等于没白忙活。

厌门子讲究干大买卖，做事缜密周全，捺得住性子，三年五载做不上一次，做一次足够吃三五年。何况领头的鸡脚先生并非真让小六子入伙，用完他就完了。小六子没了饭辙，还得跟着跳单鼓的四处跑。

关外自古有斩瘟断疫之俗，这一年塔头沟老关家也请了跳单鼓的消灾，来的正好是小六子这拨人。腊月二十七下午，小六子跟着跳单鼓的掌坛来到关家大院。以前只在院子外面溜达过，进来还是头一次，进门后绕过花墙影壁，瞅人家这个大院套，大得没边了，一水儿的青砖大瓦房，房屋均有回廊相连，院落之间有垂花大门，要是没人领着，三绕两绕就蒙圈。别人看了顶多眼馋，小六子却暗憋暗气，恨得直咬牙。

关家的大管家叫关长锁，不到四十岁，为人老成持重，从小在关家长大，跟着老爷学种烟、晒烟，还在县城的关家货栈学过买卖，老关家里里外外的大事小事，均由他一人操持。对大户人家来说，趋吉避凶属于头等大事，关长锁早派人将院中收拾齐整，黄土垫地，正位上摆放供桌，供着神像、家谱，供桌底下的笊篱里扣着一只大公鸡。

跳单鼓的掌坛换上行头，头戴黑色八角帽，耳边缀一个红绒球，身穿黑色对襟扣襻武生服，腰缠红带，挂着腰铃，斜背明黄色挎包，脚踩云勾鞋，脸上涂唇敷面，额间勾红。几个跟班也是描眉打脸，披红挂绿。掌坛的手摇羊皮太平鼓，伴着锣鼓点唱起九腔十八调："文王鼓，柳木圈，上头拴着八根弦，八根弦分两面，四根北来四根南。四根朝北安天下，四根朝南定江山。中间安上金刚圈，上面串上八吊钱，八吊钱分两半，敬了祖宗敬神仙……"嘴里紧忙活，身子也不闲着，一会儿坐在椅子上，一会儿蹿到供桌前，几个徒弟跟在他屁股后头随声唱和。关家大院上上下下两百多口子人来了一多半，挤在周围看热闹，喝彩声此起彼伏。

大户人家请单鼓，讲究请十二铺，从开坛鼓开始，把天上的神仙、地下的亡人、家里的列祖列宗，全请过来赴宴，其中穿插二十四节气、天干地支、十大贤良等唱段，最后来上一段"送神"，将这些神灵挨个儿送走。到别人家跳单鼓兴许还能敷衍了事，跟老关家可不敢胡乱对付。掌坛嗓子都唱劈了，连着唱了半天一宿，趁天光未亮，小六子把箩筐里那只大公鸡拎出来，手起刀落斩下鸡头，鸡血往供桌前一淋，以此驱邪挡灾。掌坛接过管家关长锁给的赏钱，带着几个跟班告辞离去。

可不作怪，转过年来，关家老太爷坐在家中无疾而终。要说这个老爷子已经七十多岁了，在那个年头可以说是寿终正寝。按照关外的风俗，一家老小、使唤用人都换上丧服，老太爷口含制钱，头朝西停在炕前床板上，取下祖宗板用红布包好，也搁在床板上。床板不能走屋门，得卸下窗棂子，等到大殓之日，关长锁叫几个长工帮忙，由这几个长工把老太爷从窗户抬出去，再行装殓入棺。关外用的棺材又叫"鞑子荷包"，棺盖状如屋脊，中间隆起，两边倾斜，上尖下方，棺材头上钉着风火翅，挂一块貂皮，从内到外彩绘日月星辰，棺底铺上谷草、栗树枝子。下葬之时，孝子站在棺材两侧，只见头顶不见面目。一行人浩浩荡荡奔了坟地，将老太爷埋入祖坟。回来服丧百日，没等脱去孝服，老太爷的长房长子——关家大爷也过世了，此后又莫名其妙死了两口人。半年之内，老关家没了四口人，关长锁没干别的，净忙活白事了，成了棺材铺的老主顾。

所谓"家有千口，主事一人"，越是大户人家，越不能少了当家做主之人。关老太爷在世时，已安排了大儿媳妇儿当家。大儿媳妇儿如今也有五十多岁了，办事公道，素有威德，上下人等没有不服气的，都称她为"大奶奶"。大奶奶手段向来了得，心知接二连三地死人绝不寻常，便闭门焚香，摆出从娘家带来的一个金丝楠木匣子，跪下磕了三个头，恭恭敬敬打开小铜锁，请出一个画轴。画轴白玉做轴头，古檀为轴身，展开来有两尺宽，四尺长，画中一物周身灰毛、牙尖嘴利，半似狼半似狐，名为"纸狼狐"。大奶奶把纸狼狐挂在墙上，她则盘腿打坐、闭目冥思，让保家的纸狼狐去查一查此事。这一查不要紧，敢情年前请跳单鼓的来家里做法事，有人暗中做了手脚，并没有把活公鸡的头剁掉，那只公鸡不死，老关家还得死人！

可这个人是谁呢？怎么跟老关家这么大仇？大奶奶再让纸狼狐查下去，得知此人是双岔河对岸的老祁家小六子。这小子一直以为是老关家坑害了他们家，借厌门子中的损招下了"鸡头殃"，接连害死老关家四口人。既然结下了死仇，那有什么可说的，大奶奶以牙还牙，命纸狼狐去勾祁家小六子的三魂七魄。

再说这个小六子，年前在老关家跳完单鼓，出来天刚蒙蒙亮，抱着那只半死不活的公鸡躲进山里，找了个破马架子窝铺容身，拿一枚大针穿过红线，把鸡脖子上的刀口缝合，当祖宗一样供着，他吃什么，给鸡吃什么。果不出他所料，老关家一个接一个地死人，坟地上的野草都踏平了。小六子自以为大仇得报，怎知好景不长，接下来他夜夜梦见纸狼狐，一觉醒来浑身盗汗，气色一天不如一天，谁见了都说他一脸死相。小六子自知大事不好，他心里头又有鬼，不敢跟跳单鼓的掌坛说，怕掌坛知道他暗中使坏不会轻饶。小六子思来想去，记起行走江湖这几年听说的事。猫儿山一带有个跳萨满的神官本事不小，请神送鬼的手段了得。他急匆匆跑去求那位神官救命。萨满神官听出蹊跷，问他到底惹上了什么人。驱遣纸狼狐会折损自身阳寿，不是死对头，可不会用纸狼狐来对付！如今性命攸关，小六子不敢隐瞒，把前因后果怎么来怎么去，仔仔细细地说了一遍。神官听罢，闷头抽了几口旱烟袋，这才对小六子说："你这件事我管不了，纸狼狐乃奇门神物，我未必对付得了，何况过错在你不在关家，你爹种黄烟败家，又不是老关家设的套，你却用厌门子的损招给人家下了鸡头殃，以至于引火烧身。除非你把那只鸡宰了，上老关家去认个错，求人家把你饶了。"小六子心里凉了半截儿："老关家让我整死了四口人，我抱着一只死鸡找上门去，能饶得了我才怪，您这不是给我指道儿，是把我往死路上送！"

过了没两天，小六子那只大公鸡就死了。他跑也没地方跑，躲也没地方躲，甭管上天入地，纸狼狐都能找着他。天上下雨地下滑，自己跌倒自己爬，索性也不躲了，在林子里找了个大树杈子，解下裤腰带往上一搭，系成个死扣，脸冲老关家那个方向，当了个吊死鬼。三天之后，有个打猎的进了树林子，抬眼看见树上吊着个人，已被群鸦啄成一具白骨。道是人走出来的，辄是车轱辘轧出来的，凡事都有个前因后果，虽然老祁家人死绝了，两家人的冤仇，却仍没解开！

4.

从这儿往后的若干年，塔头沟一带风调雨顺，连深山老林里的獐狍野鹿都比以往多了不少。关家辈分最高的这位大奶奶，自打化解了关家的祸事，在家族中的威望更高了，关上门就是皇太后，在当地也是说一不二，官府都要给足她面子，上下人等皆以"老祖宗"相称。由于上了岁数，平日里她深居简出，只在后堂烧香敬神，极少再过问闲事。

老祖宗有个孙女，小名大兰子。这个姑娘高鼻梁、大眼睛，齿白唇红，一条大辫子又黑又亮，长得挺带劲儿，可是二十七八老大不小了，却一直嫁不出去，因为她打小可以通灵。十三四岁那年，家里给老祖宗祝寿，请来唱蹦蹦戏的戏班子，戏台就搭在关家大院里。关外老百姓常说"看场蹦蹦戏，冻死也乐意"，关家大院的男女老少，除了当值的炮手更夫，全聚到台底下看戏。散戏已是半夜，大兰子走到自己那屋门口，刚推开门，突然眼前一晃，扑啦啦一阵声响，一只黑鸟扑入屋中。大兰子惊叫一声，喊来老妈子，两人进屋点上油灯找了半天，什么也没找着，以为自己眼花耳鸣，没太往心里去。不过从此之后，大兰子常听见屋子里有响动。又过了没多久，大兰子居然成了顶仙的出马弟子，偷偷在家中摆设香堂，供了一块木头牌位，上书"碑主"二字，屡次替人消灾了事，应验非常。当地人口口相传，无人不知，无人不晓。

在关外来说，碑主的"碑"字与"悲"相通，在供奉出马仙的堂口中鬼不叫鬼，男子称"清风"，女子称"烟魂"，统称"悲子"，全是大庙不收、小庙不留的孤魂野鬼，无不是身遭枉死、怨气冲天，常人避之唯恐不及。东北深山古洞中的五路出马仙，分别是"胡黄常蟒鬼"，皆为修灵之物，得了些个风云气候，下山收纳有缘弟子，借弟子形窍替人消灾了事，以此积累功德。民间相传"胡黄能跑道，常蟒会炼药，悲子串阴阳"，所以老百姓有句话"没有家鬼，引不来外神"，没点儿邪乎手段，非但不能替别人了事，反倒会给自己招惹灾祸。

大兰子把香堂设在一间小屋里，关上门谁都不让进，窗户用黑纸糊上，大白天屋里也是黑咕隆咚的，不点灯什么也看不见。家里人不敢再跟她说话了，见到她如同见了瘟神，避之唯恐不及。有时她出去一趟，买些个糖块儿、零嘴儿什么的，拿给家里的小孩吃，没一个孩子敢接。大户人家吃饭不同于穷老百姓，规矩多讲究也多，平时各房自己吃自己的，逢年过节或是长辈做寿，这一大家子才坐在一起吃顿饭，在堂屋摆上两张大桌子，长房大爷带着兄弟儿孙坐一张桌子，女眷坐另一桌。每到这个时候，大兰子都得自己坐一个小桌，因为家里的女眷全怕她。谁敢娶这么一个顶仙拜鬼的姑娘过门？连那位"碑主"一并接到家，屋子里摆个供桌，前面是香烛长明灯，后面供一块牌子，整得家中烟熏火燎，来的人不是中了邪就是丢了魂，那可不叫过日子，嫁妆再多也不行。

常言道"闺女不出门，到老不成人"，家中长辈没少为大兰子的事争吵，后来闹得厉害了，惊动了后宅的老祖宗。老祖宗一听这可不行，出马弟子大多是苦命之人，步步有险阻、处处遇难关，如有闪失，轻则折福损寿，重则不得善终，甚至牵连家人。当即命人把大兰子带过来，亲自劝她改教嫁人。那个年头已有洋人来关外传教，占仙缘的人可以礼佛、可以问道，唯独信不得洋教。老祖宗让大兰子改信洋教，按以前迷信的说法，改教等于更改了之前的因果，烟魂悲子缠不了改教的人。大兰子不肯依从，老祖宗说一句，她犟一句。大兰子从小长得俊，老祖宗也挺稀罕这孩子，想不到长大了这么不听话，气得老祖宗大发雷霆，吩咐下人请出家法，打了大兰子

070

一个死去活来。老祖宗余怒未消，又抡起手里的烟袋锅子，这烟袋杆儿得有二尺多长，平时饭可以不吃，旱烟不能不抽，睡觉也不离身，睁开眼就得抽上几口。哪个儿孙或者下人不听话，抡起来没头没脸来一下子，刚抽完的烟袋锅子滚烫滚烫的，砸到身上一下一个坑，十天半个月也好不了，就是为了让他们长记性。老祖宗抡圆了烟袋锅子，一下子将供在香堂上的木头牌位打落在地，狠狠踩了两脚，供奉的点心果品也都扔了。

虽说请神容易送神难，无奈胳膊拧不过大腿，大兰子迫不得已改了教、服了软，不挑不拣，任由老祖宗做主，招了个外乡来的上门女婿。外乡人是一个贩烟客商带的伙计，常来双岔河塔头沟贩烟，身量长相都说得过去，浓眉大眼，标杆儿溜直，尽管没什么出息，但总归是本分忠厚之人，这就不容易。老关家大门大户，他能攀上这门亲事，无异于祖坟冒了青烟，八辈子修来的福分。至于"换帖下定合八字"之类的繁文缛节一概全免，大宾保都没请，选定良辰吉日，大兰子穿上缎子面大红衣裤，头上蒙块红盖头，跟新郎官拜堂成亲。门不当户不对也没什么，两口子皆为良善之人，挺投脾气，日子过得十分和睦。上门女婿贩过几年黄烟，懂这个行当的买卖，在塔头沟老关家帮得上忙，不至于吃闲饭招人白眼。转年开春，青草发芽，大兰子身怀六甲有了喜。上门女婿乐得合不拢嘴，本以为可以踏实下来过日子了，谁承想大兰子却如同中了邪，头也不梳、脸也不洗，成天两眼发直、胡言乱语，屋子里的瓷瓶瓷碗，院子里的花盆鱼缸，逮什么砸什么，任谁也拦不住。到了晚不晌儿闹得更厉害，披头散发，举着个鸡毛掸子在院子里乱跑，口中咿咿呀呀，像唱戏又像念经，不折腾够了不回屋。上门女婿上去抱住大兰子，大兰子连丈夫都不认识了，连踢带打，挠了他一脸血道子。家里人干着急没咒念，不得不让丫鬟老妈子轮流值守，不错眼珠地盯着大兰子，只怕出点儿什么闪失。老祖宗得知此事，觉得不是什么好兆头，任由大兰子闹腾下去，指不定会惹出什么乱子。本想命人给大兰子堕胎，终归于心不忍，再怎么说也是自家血脉。关家老祖宗并非常人，当即沉下脸来，屏退众人，取来明晃晃的菜刀，一边在口中喃喃咒骂，一边在大兰子身前身后、上下左右一通乱削。别说还真顶用，经过这一番折腾，大兰子安安稳稳睡了一觉，早上起来也知道梳头洗脸了。

怎知到了夜里，大兰子浑身哆嗦，脸色蜡黄蜡黄的，披了三床棉被缩在炕上，嘴里头嘟嘟囔囔没一句人话。老祖宗也有招，命下人找来厚厚一沓黄纸和一张红纸，拿剪子将红纸裁为人形，四肢齐备，画以五官，夹在黄纸中间，又压在大兰子枕头底下，十二个时辰之后拿出来，于东南方辰巳位烧为灰烬。大兰子的脸色这才好转，也能起来吃东西了。可是没出三天，大兰子又闹上了，而且越来越凶。

老祖宗房前屋后转了一遍，瞅见南墙根儿下摆着七八口大酱缸。关外人吃饭离不开大酱，家家户户都有下黄酱的瓦缸，大户人家两百多口子，一年到头得用多少大酱？酱缸再寻常不过。不知老祖宗瞧见什么了，死死盯住其中一口大酱缸，招呼两个使唤人上前，斩钉截铁地吩咐一声"砸"。两个下人抡起锹砸开酱缸，黄酱淌了一地。旁边众人看得真切，一只死乌鸦被黄酱汤子冲了出来。

经过这一番折腾，大兰子彻底消停了。眼看着肚子一天比一天大，原以为这件事就这么过去了。不承想大兰子临盆那天夜里，老祖宗做了一个梦，梦见一只黑鸟飞入堂中，落地化为人形，黑衣黑裤、白帽白鞋，伸手点指老祖宗，问道："你可认得我？"老祖宗怒道："管你干啥的，赶紧滚蛋！"黑衣人恶狠狠地说道："你逼得我走投无路，又毁我牌位、拆我香堂，我也得砸了你的堂口，整得你家破人亡！"老祖宗怒从心头起，口中喃喃咒骂："你个横踢马槽的犀眼子，今儿非把你整出尿来！"一烟袋锅子打出去，正砸中黑衣人肩膀。那个人发声怪叫，翻身往地上一滚，化作一缕青烟，竟此踪迹全无。老祖宗也从梦中一惊而起，忽听下人在门外禀报——大兰子要生了！

正值隆冬时节，窗外大雪纷飞，平地齐腰深的积雪，望出去白茫茫一片。老祖宗心里头如同打翻了五味瓶，穿上大皮袄，裹严实脑袋，顺着下人用木锨铲出的走道，顶风冒雪来到大兰子那屋门口。上门女婿在院子里急得要上房，见老祖宗到了，连忙跪下磕头。老祖宗看也没看他一眼，推开门进了外屋，坐在下人搬来的太师椅上等候。大兰子正躺在里屋炕上连哭带喊，稳婆老妈子一众人等进进出出，端热水，抱被褥，忙得不可开交。下人将稳婆叫过来给老祖宗行礼，这个婆子远近闻名，十里八村经她手接生的孩子多了去了，擦着脑门儿上的汗珠子回话："老祖宗，您家大兰子这是头一胎，兴许横生倒长了，您别着急，我正给往下顺呢！"老祖宗冷冰冰地说了四个字"你瞅着办"，眼皮子往下一耷拉，就不再言语了。

稳婆让这句话噎得上不去下不来，只好干笑两声，又进屋接着忙活。大兰子迟迟生不下来，双手抓着炕褥子，豆大的汗珠子湿透了枕头。稳婆顾不上天寒地冻，让人把外屋门敞开一道缝子，窗户纸捅上俩窟窿眼儿，又将屋中箱子门、柜子抽屉都打开一道缝，一遍遍念催生歌："大门敞，二门开，有缘之人早出来；柜子箱子开了口，有缘之人往外走……"直至鸡叫头遍，大兰子的脸憋得青紫，叫喊声越来越弱，忽听稳婆大叫一声："生了生了！快拿盆来！"紧接着

"哇"的一声啼哭，孩子降生落地了。

老祖宗也坐不住了，迈步进了里屋，稳婆抱起光溜溜的孩儿走到老祖宗面前讨赏："给您道喜了，老关家又添了个小少爷！"老祖宗从稳婆手中接过孩儿来看，只见这个孩儿闭着双眼，小手紧握，肩膀上一块血红色的胎记，正如烟袋锅子打中的瘀伤。老祖宗不由自主地打了个寒战，想想大兰子怀胎这十个月，闹得家里鸡飞狗跳、猪上房驴打滚，方才那个噩梦更是不祥之兆，有心当场摔死这个孩子，以免后患无穷。躺在炕上的大兰子见老太太脸色阴沉，颤巍巍喊了声"奶奶"，两行泪珠滚落到枕头上。这当口上门女婿也推门进了屋，眼巴巴看着老祖宗，张了半天嘴，愣是没敢吱声儿。老祖宗犹豫再三，到底狠不下心肠，叹了口气，将孩子还给稳婆，返身出门而去。

大兰子得了个儿子，两口子欣喜若狂，按关外的规矩，要请年岁大、有见识的人来给孩子看相采生。本来老祖宗最合适不过，但大兰子明白，老祖宗指定说不出好听的，于是让丈夫请来一位赶骆驼贩烟的老客。这个骆驼客走南闯北、见多识广，把孩子抱在怀里左瞅右瞧，点点头又摇摇头，对大兰子说："孩子面相不错，只是额头上有川字纹，右眼底下有疤，命逢驿马，劳碌奔波，这辈子不容易啊！"两口子并未多想，看相采生无非是走个过场，人这一辈子得经历多少事，哪能刚落生就注定了？这孩子不爱哭不爱闹，吃得饱睡得香，两口子越看越稀罕，一天到晚抱在怀里不撒手。大兰子白天照顾着孩子的吃喝，晚上坐在灯下给孩子做小衣裳，缝鞋袜。看到大兰子终于消停了，家里头上上下下的人都挺高兴，只有老祖宗心里闹得慌，仿佛压了一块千斤巨石，怎么看这孩子怎么不顺眼！

第四章 血蘑菇破关

1

　　一晃过了三年，这一年清明之后，农历四月十八，赶上庆云庙保花娘娘显圣，地方上大办庙会。木头杆子搭起一座戏台，连开三天台子戏，有唱京戏的，也有唱蹦蹦戏、二人转的。方圆几百里地的老百姓接闺女唤女婿，全来赶庙会看热闹。保花娘娘庙门几里之外便搭起彩门牌楼，两边草棚子一个挨一个，打把式卖艺跑江湖的，戏法、杂耍、皮影戏，五花八门应有尽有，卖黏豆饽饽、红枣芸豆切糕、冰糖葫芦、椁椤叶饼、吊炉烧饼各类小吃的，还有卖小孩玩意儿、女人用的胭脂水粉针头线脑、皮货布货衣服鞋帽、烟袋锅子烟袋嘴儿、烟袋杆子烟荷包、牛皮羊皮狍子皮做的烟口袋，挤挤插插一直摆到庙门口。道路上人头攒动，哪年都得挤死几个。人群里也混迹了不少要饭的，关外叫"跟腔花子"，蓬头垢面，身上又脏又臭，跟从茅房坑里捞出来的差不多，走到哪儿人们都捂着鼻子往两边躲。跟腱花子凑到切糕摊前，伸手就抓，脏手摸上切糕，冲着摊主一龇牙，摊主只得认倒霉，赶紧让他拿了切糕走人，滚得远远的。有逛庙会的手里举着刚买的吊炉烧饼，正往嘴里送，被跟腱花子从后面一把抢过去，朝烧饼上吐几口唾沫再还回去，人家哪儿还吃得下？吊炉烧饼只能便宜了要饭的。最可恨这些个要饭的当中，还躲着不少拍花拐小孩的人贩子，所以说哪一次庙会上都有丢孩子的，只不过大多数老百姓不知道。

保花娘娘保佑多子多福，在关外香火极盛，大殿前悬挂着一个圆咕轮墩的金钱，比铁锅大上三圈，当中是个方孔，上下左右分别铸以"子孙保重"四个大字，老太太小媳妇儿站在大殿门口，争着往钱眼中扔铜子儿，能掷进去的必定诸事顺遂。掷完了铜子儿，轮番跪在保花娘娘神像前面焚香拜起，求娘娘保佑自己想啥来啥，有的求来年得个一儿半女，有的求子孙后代消祸免灾、多福多寿。

上门女婿和大兰子带孩子去看热闹，正是乍暖还寒的时候，孩子长得虎头虎脑，小脸儿洗得干干净净，头戴六块瓦的小皮帽，穿一身青灰色绸布棉袄，脚底下一双簇新的熟牛皮小靰鞡鞋，纵然老祖宗不待见，架不住家大业大，吃的穿的差不了。出了家门看什么都新鲜，东瞅瞅西瞧瞧，一双眼睛不够他忙活的。到了晌午，当爹的去饭棚子给他买牛肉馅儿饼。庆云庙集市的牛肉馅儿饼远近闻名，面团揪出剂子，擀成薄皮，包上鲜牛肉馅儿，按扁了甩到刷着薄油的平底锅上，煎得滋滋作响，两面焦黄，隔皮透馅儿，那个香味儿，顶着风都能传出八里地。大兰子拉着孩子在路边等着丈夫，忽听那边有人高喊："保花娘娘显圣了！"这一嗓子可不要紧，周围的人群立时炸了锅，你推我挤全往庙门口拥，唯恐落于人后。大兰子忙蹲下身抱孩子，却被人撞了一下，就这么一错眼，低头再看四周全是人腿，两个要饭花子挡在前头，孩子不见了！大兰子慌了手脚，用力推开要饭花子，扯开嗓子连喊带叫，人群中乱乱哄哄，谁能听她的？那真是叫天不应叫地不灵，急得大兰子要上吊。这时候上门女婿捧着几个油乎乎、热腾腾的牛肉馅儿饼回来了，两口子碰了面，哪儿还有心思吃馅儿饼逛庙会？前前后后找了一个遍，逢人就问见没见着一个三岁大的"小嘎豆子"。一直找到天黑也没找着，抹着眼泪回了关家大院。

有道是"十个指头连着筋，儿女元宝动人心"，大兰子把孩子整丢了，心里头憋了巴屈，回到家吃不下喝不下，瘫在炕头上拿不起个儿。上门女婿更没主意，坐在一旁低头耷脑，只顾唉声叹气。两口子一宿没合眼，挨到转天早上，又带了下人四处去找，一连三天没找到孩子，大兰子急得寻死觅活。此时有个猎户打扮的人上门来找管家关长锁，自称是给土匪通风报信的花舌子，说给您家带个话，小少爷让走长路的拐子拍走了，又带上孤山岭，转给了迟黑子的绺子，限你们三天之内带十根金条上山赎人，过时不候。东北的土匪又叫胡子，团伙叫绺子。胡子绑票的手段很多，有的砸窑直接抓，有的设局蒙骗，还有的摸清行踪在路上抢夺，也会把拐来的孩子妇女转手倒卖，搁你手上要不出钱，换到我手上说不定就能把赎金要出来。反正只要让胡子惦记上，躲过初一躲不过十五，根本防不胜防。大管家关长锁忙跑进去通禀。大兰子得知孩子的下落，可以说是悲喜交加，喜的是孩子还活着，悲的是不知在土匪窝里遭了多少罪。她跌跌撞撞奔到门房，一把抓住花舌子的衣襟，央告花舌子把孩子送回来。能干上花舌子这份差事，打枪使棒不一定行，却要能言善辩、巧舌如簧，一手托两家，甚至于两股土匪之间发生冲突，都得靠他去谈判。孤山岭的花舌子说话不卑不亢："这位少奶奶，咱绺子追秧子啃富，吃的就是这碗饭，怎么可能空口白牙说还就还？不多不少，您掏十根金条，三天之内准能让您见着孩子。"大兰子眼中含泪不敢发作，大户人家规矩多，各房零用开销，均由管账的按月支给，她在家里吃家里喝，一年到头存不了几个钱，要说拿个一根两根的，两口子兴许凑得够数，十根金条真是掏不出来，把首饰家当全卖了也不够，只能拽上花舌子，去后堂求老祖宗开恩。

老祖宗也听说孩子丢了，正发愁怎么打发这个孩子，丢了倒是桩好事，真是老天爷开眼，如同移开了压在胸口的一块大石头，总算缓了一口气。正在这个当口，大兰子带着花舌子求见，说孩子让土匪绑走了，求老祖宗赏下十根金条赎人。老祖宗稳稳当当坐在太师椅上，眼皮子都没抬，不紧不慢地把碎烟叶装进烟袋锅子，拿手指按得实了，打上火抽了两口，问那个花舌子："哪个山头的？"花舌子恭恭敬敬地回话："孤山岭上的绺子，大当家的报号迟黑子。"老祖宗略一点头，眯缝着眼告诉花舌子："回去告诉你们大当家的，这个孩子太小，长大了也不知道是个葫芦是个瓢，我们不赎了，让他跟山上待着吧！"大兰子听闻此言，如遭五雷轰顶，脑袋里"嗡"的一声，一屁股跌坐在地，哭成了泪人儿。

花舌子当了多年土匪，不知干过多少追秧子绑肉票的勾当，头一次遇到这么狠心的人家，眼下这个当口多说无益，只答了一声"好"，转身出了关家大院扬长而去。回山给迟黑子传话，迟黑子也觉得无可奈何。通常来说，土匪把秧子绑上山，秧子房的崽子为提防秧子逃跑，便使出各种手段折磨被绑之人，不让吃饱、不给水喝、不许睡觉，不出三天，秧子便被折腾得有气无力，全身如同散了架，让他跑也跑不了。如果主家尽快拿钱赎人，秧子可以少受几天罪；若有个迟缓，轻则割耳朵、削鼻子、剁手指，抹了尖儿给主家送去，重则直接"撕票"。孤山岭迟黑子是耍清钱的绺子，虽说也是马上过、打着吃，刀头舔血、杀人不眨眼，可是号称替天行道，劫富济贫，在白山黑水之间威名赫赫，即使干了绑票的勾当，也不能无缘无故撕票，何况是这么小的一个孩子。但这话说回来，老关家不给够了赎金，迟黑子绝不可能把孩子送回去，绿林道上没这个章程。

迟黑子左右为难，溜达到后山秧子房，抬头往里一看，那个小孩正坐在草垫子上啃手指头。秧子房的崽子一看大当家的来了，赶忙过来回禀，说这孩子头一天上山时哭闹了半日，随便给他点儿吃的喝的，也就不哭不闹了。迟黑子见这小孩挺听话，那真叫"上人见喜，祸不成凶"，心里头一高兴，干脆把孩子留在山上，认成义子干儿，吩咐手下一个老胡子，用个大皮兜子背上小孩，走到哪儿带到哪儿。山上这个老胡子，岁数可不小了，头发胡子全白了，匪号"老鞑子"，杀人越货、砸窑绑票的勾当是干不动了，专门给绺子烧火做饭、买办粮秣。老鞑子不仅经得多见得广，还识文断字，平常没事的时候，总有几个小土匪围着他，听他讲深山老林里神鬼妖狐、江湖上的奇闻逸事，在山上人缘混得挺开，尽管不是四梁八柱，在大当家的面前说话也有些分量。老鞑子挺稀罕这个孩子，熬了点儿小米粥，一口一口地喂，又见他肩膀上有一块血痕般的胎记，形如山林中的蘑菇，灵机一动给他起了个匪号叫"血蘑菇"。血蘑菇三岁当了土匪，要说也够倒霉了，可老祖宗却不这么想，这孩子掉进土匪窝子，是死是活没个定论，只要他不死，这件事没个完！

2

一手将血蘑菇带大的老靸子，身边还有一个干儿子，报号"白龙"，是个半大小子，当初家里穷得揭不开锅，欠了一屁股两肋饥荒，上山投奔迟黑子当了土匪。匪号虽叫"白龙"，浑身上下却跟"白"字不沾边，长得黑不溜秋，站起来像个黑炭头，躺下赛过黑泥鳅，脸似黑锅底，一对扫帚眉，两只大环眼，时常穿青挂皂，腿快力气大，整个一小号的"黑旋风"。当年上山的时候，本该取个匪号叫"黑龙"，他说那可不行：一来大当家的迟黑子名号中有个"黑"字，他不敢借大当家的威风；二来他常听县城里说书的讲《三国演义》，最佩服白马银枪的常山赵子龙，因此报号"白龙"。白龙比血蘑菇大了十岁，挺讲义气，也拿血蘑菇当亲兄弟，处处为他着想，吃的喝的都尽着他。爷儿仨整天在一起钻山入林，老靸子背累了，血蘑菇就骑白龙脖子上。血蘑菇管老靸子叫老叔，按说老靸子的岁数，足够给血蘑菇当爷爷，可是只能叫老叔，只因血蘑菇是大当家的义子干儿，老靸子岁数再大，也是大当家手下的崽子，水大漫不过山去，不能乱了辈分。

再说山下关家大院这一大家子，孩子被土匪绑走，老祖宗除去了眼中钉，拔掉了肉中刺，暗中庆幸不已，大兰子可不干了，在老祖宗门前磕破了头，哭干了眼泪，跪了三天三夜不吃不喝，老祖宗仍是无动于衷。到了第四天早上，大兰子万念如灰，那个年头兵荒马乱，谁不知道胡子杀人不眨眼，三岁孩子落在土匪窝，不啻羊入虎口，三天没消息，定然小命不保。大兰子没指望了，用饭勺子舀了点儿凉水，来到大门口，把水洒在地上，再拿饭勺子往门槛上连磕三下，磕完一下喊一声孩子的大名。大管家关长锁在一旁看得明白——她在给孩子叫魂儿。无奈老祖宗发了话，上下人等谁也不敢过问。大兰子在大门口喊了三天三夜，出门投河而亡。老祖宗经过祁家小六子那件事，也是一朝被蛇咬，十年怕井绳，就说大兰子改教不成，又是投河死的，欠着地府里的债，业障太深了，不能进祖坟。先命人收殓了尸首，搁到白骨庙中，又托堪舆先生远寻一个四煞俱全的凶穴，离双岔河越远越好。

常言道"干活儿不由东，累死也无功"，堪舆点穴的收了钱，就得按主家说的办，不该问的人家也不问。恰好当年在外方行走，途经十三里铺，见到一处荒坟凶穴，于是画了一张图，交给关家老祖宗。老祖宗即刻让人置办一口上过十八道大漆的棺材，给大兰子穿上一身新娘子的装裹，这意思是打发她出了门子，从此不是老关家的人了，然后用黑白纸剪了两个小纸人，心口上各剜一个窟窿，黑的扔到河里，白的放入棺中。吩咐前去送棺材下葬的人，棺材不许入土，坟前不许立碑，堆起一个坟头，把棺材竖着插在坟头上。这样的棺材，没有哪个盗墓贼敢动，一看就知道里面的主儿惹不起，谁动这口棺材，谁就得填进去一条命，替老关家还上地府的债。上门女婿身为外姓，又不是本乡本土的人，按关外的规矩，生下孩子随媳妇儿的姓，岳父家的祖宗牌位和家谱，上门女婿连瞅一眼的资格都没有。如今媳妇儿死了，儿子也没了，这个家还怎么待？只好一咬牙一跺脚，来了个远走他乡不告而别。

关家老祖宗本以为土匪索要赎金不成，一定会撕票，自此一了百了，这一篇儿就算翻过去了。没想到过了几年，又听说孩子不但没死，反而被占据孤山岭的迟黑子收养了。老祖宗暗暗心惊，孤山岭上的胡子非同小可，若不斩草除根，等这孩子翅膀硬了，说不定就会上门寻仇。老祖宗便在家中设下堂口，摆放香案香炉，供上保家的纸狼狐，作法勾取这个孩子的小命。

血蘑菇那时候还小，只记得梦见身处一片荒凉之地，眼前一条大河哗哗淌水，河上有个木板桥，自己在河边玩，不知从哪儿跑来一个白纸人，白衣白帽，一尺多高，脸上画了五官，跟头把式引着他往桥上走。血蘑菇好奇心重，而且从小胆大，见这纸人竟能走来走去，便想捉住了带给白龙看，于是追着纸人往前走。刚走了几步，背上突然挨了一鞭子，他大叫一声，登时从梦中惊醒，睁开眼看见老鞑子手拎一条黑蟒鞭站在他身旁，二目炯炯，亮得吓人，旁边的白龙还打着呼噜。血蘑菇坐起身来，揉着眼睛问老鞑子："老叔您咋的了？我又没惹祸，急赤白脸地抽我干啥？"老鞑子一言不发，全是皱纹的脸上阴云密布。当土匪的素来行事乖张、喜怒无常，瞪眼就宰活人，血蘑菇也不以为怪，让老叔打一鞭子又能咋的，倒头接着睡吧！

转天一早，血蘑菇想起梦中的纸人，又去问老鞑子，梦见纸人主什么吉凶？老鞑子仍不理会，他不敢再问了，心里却还嘀咕。血蘑菇在土匪绺子里长大，学了满嘴黑话，一肚子迷信忌讳。比方说，喝茶叫"上清"，吃饭叫"哨富"，只因"茶"和"查"同音、"饭"和"犯"同音，这些字眼儿从谁嘴里叨咕出来，谁就要倒大霉。土匪十分信梦，梦见老头儿，那是要迎财神爷；梦见大姑娘小媳妇儿，出门遇上贵人；梦见穿黄衣服的，走路能捡金疙瘩；梦见红棺材，可以招财进宝。如果大当家的或四梁八柱做了这一类梦，绺子就会下山劫掠，甭管是砸明火、掐灯花还是别梁子，决计不会失手。血蘑菇做了这么一个怪梦，心里头没着没落，怕惹老鞑子不高兴，又去缠着干爹迟黑子，问梦见纸人是啥意思，是吉是凶？迟黑子哈哈一笑，说门神爷管不了庙里的事，一个八竿子扒拉不着的乱梦，你屁大的小孩子胡琢磨啥？血蘑菇毕竟岁数小，没过两天就将此事忘到了九霄云外。

而在血蘑菇十二岁那年，有天夜里又梦到一个黄纸人，黄衣黄帽，身长六尺，描眉打脸，脸蛋儿上抹着腮红，不由分说背上血蘑菇便走，一边走一边在口中念叨："睁开眼，往上看，通关大道连着天，三头六臂是神仙；三步两，两步三，背着小孩到河边，弯腰施礼问声安；晃三晃，颠九颠，水自有源河自流，龙王行雨浪滔天……"血蘑菇趴在纸人背上听得入迷，不知不觉到了河边，但见河水湍急、波涛翻涌，一座木板搭成的破桥架在河上，让河水冲得左摇右晃，随时可能倒掉。血蘑菇心生怯意，用力从黄衣人背上挣脱下来，扭头往回跑。黄衣人三步并作两步追上来，两人一通撕扯。血蘑菇是在土匪窝子长起来的，整天翻山越岭、骑马蹚河，身手矫捷，远胜常人，却在黄纸人面前全无招架之力。黄纸人一把拢住血蘑菇，顺势扛在肩头，大步流星奔向木桥。血蘑菇双拳乱打、两脚乱蹬，口中大呼小叫，可都无济于事。

正当这个节骨眼儿上，猛听"啪"的一声脆响，一条黑蟒鞭打在黄纸人肩膀上。黄纸人冷不丁挨了一鞭子，丢了魂似的，一撒手将血蘑菇扔在地上。血蘑菇出了一身冷汗，立时从梦中惊醒，一骨碌身坐起来，只见老鞑子二目圆睁，白胡子翘得老高，手持黑蟒鞭，一脸的凝重。此时的血蘑菇已经懂事了，老鞑子不能再瞒着他，跟他说："有人给你下了断桥关，要置你于死地，一旦过了桥，你的小命就没了！有此一而再，必有再而三，从今往后，你须处处小心！"

血蘑菇丈二的和尚——摸不着头脑，分明是做梦，难不成能在梦里整死我？他问老鞑子："老叔，什么人这么恨我？我是打哪儿来的？我爹我娘在哪儿？"大当家的之前有言在先，不让这个孩子知道他的身世，担心他长大之后会去找老关家报仇，以免冤冤相报，没完没了。所以老鞑子没跟血蘑菇说实话，只说他是半路上捡来的。有道是"一饮一啄，皆为前定；事无巨细，无非因果"，命中注定的躲不了，偏偏是怕什么来什么！

3

当土匪不可能一年四季在山上打家劫舍，尤其是几百人的大绺子，冬天大雪封山，再在山里待着不免冻饿而死，因此一下头场雪，大当家的就会把人马召集起来，分发红柜大饷，藏起长枪，带着短枪，约好来年开春上山的日子，四梁八柱和崽子们各处躲藏猫冬。有家有口的回家，就说在外面做了一年买卖，带着钱回来过年；光棍儿一人的，有的躲进林场给人看套子，有的躲在山下相好的窑姐儿家中；实在没有去处的，可以找个大车店落脚，过几天安稳日子，不必再和往常一样出生入死。当然也有不少胡子在猫冬时被人告发掉了脚儿，落到官兵手里，八成人头不保。

老鞑子也年年带血蘑菇和白龙下山猫冬，由于是耍清钱的绺子，只干劫富济贫的勾当，老鞑子又不是四梁八柱，分到的钱不多，很难维持一冬。他曾是吃皇粮砍人头的刽子手，在北京城金銮殿上给皇上太后磕过头，后来大清国连年给洋人割地赔款，国库空虚，吃了多少代人的禄米也断了。他为了糊口，凭着身上的萨满法，在龙江当过一阵子神官，打着鱼骨响板，到处行医驱魔。由于世道太乱，神官也填不饱肚子，无奈之下上了孤山岭，投奔迟黑子落草为寇。每年下山猫冬，老鞑子仍到龙江落脚，听说谁家撞了邪、闹了妖，就去给人家做场法事，血蘑菇和白龙跟着打下手。白龙浑拙猛愣，吃饱了不认大铁勺，血蘑菇可比他机灵多了，一来二去，通晓了其中许多门道。虽说装神弄鬼的东西伪多真少，可总有些真的。比如说老鞑子会一手截根拿病的绝活儿，那时候缺医少药，老百姓有个三灾六病，诸如头疼脑热、跑肚拉稀、腰酸背痛、失眠盗汗之类，常求助跳萨满搬杆子的，遇上邪祟附身的状况，老鞑子这手针法也顶用。总之甭管是何症状，老鞑子一针下去，往往会有奇效，可是针法并无一定之规，谁都看不出端倪。任凭血蘑菇和白龙死说活求，老鞑子只道："你俩小崽子记住了，等到我蹬腿儿那天，谁在跟前伺候我，给我养老送终，我就把针法传给谁。"

兔走乌飞，冬去春来，转眼又是六个年头。老鞑子脸上沟壑纵横，皱纹又深了，但腿脚尚且灵便，能跑能颠。白龙长成了糙老爷们儿，一脸连鬓络腮的胡子，拿土匪黑话说这叫"沙拉子"。血蘑菇也快十八了，长得浓眉细目，一张细白净脸，相貌挺周正，举止果敢，智勇过人。只是血蘑菇为匪多年，身上的匪气越来越重，不仅如此，还练成了一身胡子的本领。首先来说，他从三岁起钻山入涧，炀起蹶子来没人撵得上；其次是枪玩得熟，十步装枪自不必说，炮管子也直溜，不敢说指哪儿打哪儿，那也是八九不离十，跟并肩子"打飞钱"没输过；另外一个就是脑袋瓜子里带转轴，心眼儿比谁都多，主意比谁都正，为人讲义气、懂规矩，没有歪门邪道的，深受大当家的器重。

正所谓"船在水中不知流"，血蘑菇在山上当他的胡子，却有人一直没憋好屁。这天半夜，血蘑菇又梦到走在河边，对面飞也似的来了一个纸人。不同于前两次，这个纸人黑衣黑裤，头顶黑纸寿帽，面目怪诞，身高在八尺开外，晃荡荡拦住血蘑菇，口出人言道："小兄弟过河不？前边有座桥，我来给你带路！"经一番挫折，长一番见识，血蘑菇吃过两次亏，已知来者不善，善者不来，没好气地说："老子身在绿林道上，来也独来，往也独往，不惯与人同路。"黑纸人唏唏冷笑道："话虽如此，却由你不得！"说话伸出铁钳般的大手来抓血蘑菇。血蘑菇骂道："直娘货，老子怕你不成！"正待上前厮打，怎知黑衣黑帽的纸人有备而来，抬手抛出一条绳索，如罗网降下。土匪最忌讳的就是"网"，出门遇上渔民撒网捕鱼、猎户张网逮鸟，土匪非得跟他玩儿命不可，只因触了"天罗地网"的霉头。血蘑菇一见这网，心中暗道不好，再想躲可来不及了，被捆了个结结实实，任由黑纸人拎在手中，身上有劲儿也使不出来。

血蘑菇常年和老鞑子、白龙同吃同住，这一天半夜，那两人发觉血蘑菇不对劲儿，在梦中咬牙切齿连呼哧带喘，浑身上下冷汗淋漓。老鞑子一看就明白了，忙拽出黑蟒鞭用力抽打。这黑蟒鞭并非等闲之物，据他所言，刽子手每砍下一颗人头，都会把辫子上带血的头绳解下来带走，年复一年，日复一日，绞出一条黑蟒鞭，是件辟邪挡煞的镇物。几鞭子下去，血蘑菇仍双眼紧闭、嘴唇青紫，如同死过去一般。老鞑子急得够呛，万般无奈想出个下下策，他让白龙帮忙，先在血蘑菇身子四周点上七盏油灯，又在黑蟒鞭上挂了七枚铜钱，捆住血蘑菇四肢。白龙大惊失色："干爹，您要给他捆七窍？"旧时所说的捆七窍，是用咒语把人的七窍封住，邪魔外道再也不能上身。而被捆了七窍的人如同死上一遭，至少折损十年阳寿，死了也是孤魂野鬼。老鞑子摆手示意白龙别多说了，步行门迈过步，在口中念念有词："天清清来地明明，日月神光显圣灵；阴阳桥上脱横骨，疙瘩溜秋有乾坤；三脚踹开鬼门关，生死簿上除名姓；六道轮回别打站，有人有鬼有神仙；令旗宝印手中剑，天兵天将护身前；度人本是度鬼根，捆身只为捆心苗；彻地方可言通天，无人知晓在阳间！"念一段掐灭一盏油灯，然后扯下一枚铜钱，最后一句念罢，七盏油灯全灭，窝铺里一片漆黑，血蘑菇也睁开眼了。

　　老鞑子告诉血蘑菇："捆七窍非同小可，等于在阴曹地府除了名，鬼差找不到你的人，邪祟也上不了你的身！"说完又把黑蟒鞭交到他手中，让他时时傍身，危急关头可以保命。血蘑菇似懂非懂，见老鞑子又救了自己一命，心下感激不尽，挣扎起身跪在地上，给老鞑子磕了三个响头。老鞑子心知肚明，血蘑菇虽然躲过了此劫，又捆了七窍，却非长久之计，想保住这条命，唯有毁掉老祖宗设在家中的堂口，让纸狼狐再也不能兴妖作怪才行。他长叹一声，对血蘑菇说道："就在十五年前，吃长路的拐子带上山一个小嘎豆子，说是塔头沟老关家的小少爷。大当家的见这孩子长得挺白净，穿得齐齐整整，不是寻常百姓家的小孩，拐子吃的是江湖饭，借他一百二十个胆子也不敢忽悠孤山岭上的胡子，除非脑袋不想要了，想必所言不虚，便用三匹快马换下，将那个孩子搁在秧子房，派花舌子下山去给老关家捎口信，让他们带十根金条上孤山岭赎人。怎知关家老祖宗不肯出钱，并非拿不出十根金条，只因老祖宗疑心这孩子是转世讨债的恶鬼，就此死在土匪窝里才好。可怜的是孩子娘，一时想不开投了双岔河，孩子他爹远走他乡，不知去向。"

血蘑菇听得全身发抖，呆愣了半晌，颤声问道："老叔，关家那个小嘎豆子……是我？"老鞑子点了点头，又说："大当家的本以为你早和关家断了道儿，一直不许我跟你说这些事，怎奈关家老祖宗不肯放过你，不惜折损自身寿数，屡次三番摆下断桥关取你性命！让你说我咋知道这么清楚呢，当初塔头沟祁关两家有些个是非恩怨，老祖宗用纸狼狐逼得祁家小六子走投无路，那时我还不曾上山为匪，在猫儿山跳萨满为生。小六子求我救他一命，但这个事我管不了，一来各有因果，二来凭我这两下子，不一定对付得了纸狼狐。不过此一时也，彼一时也，既然走到这一步了，咱爷们儿横不能坐以待毙，明天一早，我带你和白龙下山走一趟！"

白龙替血蘑菇鸣不平，噌地从草垫子上蹦起来，拔出插在腰里的"十五响"，发着狠说道："不如禀告大当家的，点齐兄弟，多带枪马，趁月黑风高，掐了灯花摸进关家窑，铲了他一门良贱，给我老兄弟出这口恶气！"

老鞑子说："万万不可，塔头沟老关家并非为富不仁之辈，砸这个窑不合咱们绺子替天行道的规矩，大当家的断然不允。只能咱爷儿仨下山，设法混入关家窑，破了供奉纸狼狐的香堂！"

4

夏末秋初，关外的天气凉飕飕的，早上山风一吹，能刮起人一身鸡皮疙瘩。老鞑子带上白龙、血蘑菇，爷儿仨装扮成收黄烟的客商，套上一辆大车，马粪兜子里暗藏短枪、短刀，上边盖了半兜子马粪。老鞑子坐在车辕子上，挥起鞭子"啪"的一声脆响，鞭梢轻轻往回一钩一带，口中拖着长腔吆喝一声"嘚儿——驾"，牲口四蹄蹬开，车轮滚滚向前，下山直奔塔头沟。白龙坐在车上哼着小曲儿："日头出来照西墙呀，东墙底下有阴凉，酒盅没有饭碗大呀，老娘们儿出嫁前是大姑娘啊……"一旁的血蘑菇眼神儿发拧，紧锁双眉，脸憋得通红，一声不吭。关家大院在本地首屈一指，土匪讲黑话叫"关家窑"，到那疙瘩不用打听，远远望见一个大院套子，墙高壕深，布局森严，四角炮台耸立，门口吊桥高悬，两边摆放两只大石狮子，雄狮在东雌狮在西，雕得活灵活现，狮子嘴里含着一个圆球，真叫一个气派。血蘑菇思绪如潮："我原是地主家的少爷，怎么就成了落草为寇的胡子？"他心里头又是愤恨又是委屈，也说不出是个什么滋味。老鞑子瞧出血蘑菇的心思，低声对他说："再咋说你也是老关家的人，咱又是耍清钱的绺子，可不兴滥杀无辜。"血蘑菇点头道："我听老叔的。"

关家大院钱多粮广，雇了许多看家护院的炮手、棒子手，况且墙高壕深，上百土匪也未必近得了前，老鞑子却有办法。正赶上收头茬儿烟的季节，从四面八方来关家大院收烟的客商络绎不绝。他自己扮成收黄烟的商人，头顶瓜皮小帽，一身青布裤褂，腰里别着短杆烟袋，上面吊着个烟荷包；血蘑菇和白龙扮成两个伙计，也规规矩矩、像模像样的。他们赶着大车上门收烟叶子，身上又没带刀枪，瞒过盘查的炮手不在话下。

秋天正是下烟的时候，关外交通不便，尽管老关家的黄烟名声在外不愁卖，但对上门收黄烟的客商一概恭恭敬敬，不曾有半分怠慢，皆因这是祖祖辈辈传下来的规矩，做生意以诚信为本，远来的即是客，买卖不成仁义在，没这点过人之处，也不可能置下这么大一份家业。主事大管家关长锁在老关家干了一辈子，如今头发花白，腿脚也不那么利索了，脑子可还是那么好使，一瞧老鞑子的穿着打扮，就是个跑生意做买卖的，再听老鞑子说起黄烟的品种，像什么黄金叶、小叶黄、大青筋、蛤蟆头，如数家珍一般，销路、价码更是门儿清，不过这个人的脸儿生，往年没来过，便多问了几句。

老鞑子说打十年前就在塔头沟一带收黄烟，老关家的烟名气太响，那时候本小利薄，不敢来收，最近两三年赚了点儿钱，人往高处走，今年这才认定了关家大院。老鞑子一边挑黄烟，一边指点血蘑菇和白龙，说的全是内行话："这关东烟好不好，一是看烟叶薄厚，二是闻味儿够不够香，还得装烟锅子里吸一口，把烟闷在肚子里，再从鼻子里返出来，如果这个时候出来的烟仍是熏心醉鼻，那就是一等一的好烟叶子……哎哟大管家，整个关东山也没有比您更懂烟的，您看我这是班门弄斧，关公面前耍大刀，圣人门口卖字画，这叫什么事儿啊！让您见笑了。"

大管家倒不在意，干了一辈子黄烟的买卖，这套生意经可听不腻，怎么瞅怎么觉得眼前之人就是个收烟的老掌柜，更无半点儿疑惑，把老靴子爷儿仨带到西跨院，上等黄烟都在那边。几个人往里一走，只见院子里、屋檐下，全是搭起来的烟架子，一绳一绳的烟叶晾在架子上，白天太阳暴晒，晚上露水浸润，就像抹了金漆、抹了香油一般。仓房里一捆捆黄烟用草帘子包好了，扎成两三百斤一个大烟包，狗咬纹式的交错摆放，摞得跟小山相仿。血蘑菇看得心头起火，暗暗思酌："就凭这家底儿，十根金条都不想掏？害得我当了这么多年土匪，生在你们老关家我可是倒了大霉了！"老靴子见风使舵，能说会道，跟管家聊得火热，口头定下四百斤黄烟，瞅见日头已经往西沉了，便悄悄给管家塞了几块银圆，赔笑说道："您看光顾着说话，天色可不早了，道路偏远，这当口出去恐怕无处投店，赶上眼下这兵荒马乱的，万一遇上胡子，我们爷儿仨可对付不了，还得劳您多费心，留我们在关家大院借个宿。"大管家收了好处，就安排他们仨在牲口棚中对付一宿。

白龙把大车赶进院子，卸了车辕，喂上牲口。爷儿仨在牲口棚里吃了几口随身带的干粮。老靴子叮嘱血蘑菇，那个老祖宗供了保家的纸狼狐，你纵有黑蟒鞭在手，也须多加小心。血蘑菇摸了摸腰里的鞭子，使劲儿点了点头。待到夜半更深，从马粪兜子里取出短刀短枪，摸黑从牲口棚中出来，抓住一个倒脏水的老妈子，捂住嘴拽到无人之处，刀尖顶着嗓子眼儿，问清了老祖宗住在哪屋，出哪门进哪门怎么走、什么地方有炮手、什么地方有狗、打更巡夜的在什么位置，然后捆成五花大绑，堵上嘴扔到墙脚。三人避过巡夜的棒子手，七拐八绕来到老祖宗住的香堂。借着月色细瞧，四扇木门做工考究，下半截雕刻如意云纹，上半截木棱拼花外面糊着高丽纸，刷着桐油。扒着门缝往里看，屋中设一座香案，墙上悬挂一幅古画，一尺多长，纸张已然泛黄，画中一物，周身灰毛，牙尖嘴利，一半似狼一半似狐，形如纸折，四周遍布符咒，香炉里点了三炷香，屋内烟雾缭绕、阴气沉沉，两边摆设点心馒头，香案一角放着一盏油灯，地上是个炭火盆。蒲团上盘腿坐着一位老太太，背对着屋门，甭问这就是关家老祖宗，老得都快成人干儿了，身穿黑衣黑裤，宽袍大袖，头上绾着发髻，口中哼哼唧唧听不清在念叨什么。

老鞑子和白龙打起十二分精神，守在门口把风。血蘑菇咬了咬牙，伸手推门，屋门没插着，吱扭扭一声轻响，打开了一道缝。血蘑菇闪身而入，抬手抖开黑蟒鞭，啪的一声甩将出去，鞭鞘在老祖宗身上缠了一圈。老祖宗年岁太大了，再加上事出突然，盘坐在蒲团上躲闪不及，被黑蟒鞭死死缠住，惊骇之余，张着嘴一个字也说不出口。血蘑菇另一只手拔出明晃晃的短刀，上前用刀尖抵住老祖宗的脖颈，厉声问道："你认不认得我是谁？"老祖宗定了定神，喘了口气，借着油灯的光亮，侧歪着身子仔细端详，哪儿来这么个愣头青？虽然从未见过此人，可又觉得格外眼熟，思来想去恍然大悟："你是大兰子下的孽种！我咋就整不死你呢？"

血蘑菇怒火填膺，打从记事以来，头一次见到自己的血肉至亲，对方竟然骂自己是孽种，咬牙切齿地问道："我也是这家的人，三岁就落入土匪窝，咱们再没见过面，我到底干过什么对不起老关家的事？你凭什么把我当成孽种？"血蘑菇心神激荡，一颗心怦怦狂跳，拿刀的手直哆嗦，接着问道："你不掏钱赎我也就罢了，为何一门心思置我于死地？还有比你更狠心的吗？我娘……是不是也让你逼得投了河？"

老祖宗啐了一口，疾言厉色地骂道："你个小王八犊子，还敢来问我？要不是你，你娘能投河吗？"

血蘑菇怒道："我娘投河时我才三岁，分明是你蛇蝎心肠容不下她，死后还抛棺在荒坟凶穴，你怎么能这么歹毒？"他有心一刀捅死这个老祖宗，却说什么也下不去手。

常言道"人老奸，马老滑，兔子老了鹰难拿"，老祖宗活了这么大岁数，经得多见得广，已然看透了血蘑菇不敢杀自己，一张老脸上布满了杀机："不把你这讨债的孽障除掉，老关家迟早让你祸害得家破人亡！"

血蘑菇越听越怒，牙关咬得咯咯作响，却没忘老靶子交代的话，心想：我三岁上山落草为寇，连个名姓也没有，只得了一个匪号，在别人眼里我是打家劫舍的土匪，我却从没干过伤天害理的勾当，一向跟着大当家的替天行道，不曾坏过绿林道上的规矩，不能你说我是妨人的孽障，我就是了，如今我若是杀了你，岂不被你言中了？他心灰意懒，不想多做纠缠，砸香堂的心思也没了，收了黑蟒鞭抹身就走。老祖宗暗中思忖，此人这一走无异于猛虎归林，将来短不了纠缠。她见血蘑菇心神不宁，暗觉机会来了，口中念动法咒："五雷请将，金刀斩头！"霎时间一阵怪风卷地，老祖宗脸色苍白如纸，画中的纸狼狐已经入了她的窍，一下立起身来，抓起桌角的油灯，举过头顶砸向血蘑菇。谁料灯油卷着火苗滚落了下来，燎着了自己的袖口，灯油随即倒灌下来。老祖宗浑身起火，瞬间烧成了一团，惨叫声中满地打滚，引燃了供桌上的帷幔，一时烟腾火炽，烈焰飞空。

血蘑菇心乱如麻，怔在原地不知所措。守在门口的老靶子和白龙发觉屋内火光冲天，急忙踹门闯入，将血蘑菇拽到屋外。只听大院中巡夜的急打梆子，高叫"走水"，三个人不及多说，喊一声"扯呼"，往外就跑。老关家仓房环列，黄烟堆积如山，到处是过火之物，大院里挖了八道土沟防火，墙根儿底下、犄角旮旯都有存水的大瓦缸，然而此时月黑风高，风助火威、火趁风势，从屋顶上过火，一烧就是一大片，这边还没来得及扑救，那边已经着了起来。火头越烧越大，火势蔓延迅速，熊熊烈火照红了半边天。整个关家大院一片大乱，上下人等争相逃命。爷儿仁混在当中一路狂奔，跑到墙角下解开老妈子的绑缚，冒烟突火冲出关家大院。三个人也顾不上大车牲口了，一口气蹿出三五里，回头再看，火光映红了半边天，关家窑已成一片火海。经此一事，老关家一蹶不振，后来又遭乱军洗劫，人几乎死绝了。血蘑菇也认命了，从此死心塌地在山上当他的土匪，这才引出"调兵挂帅，摆阵封神"一连串奇事！

/

爷儿仨趁乱冲出关家窑，跑得滴溜甩挂，连呼哧带喘，帽子也歪了，衣襟也开了，凉飕飕的天，鼻洼鬓角却是热汗直流。跑到高处转头观望，但见风威火猛，屋瓦炸裂，泼水成烟，老关家的宅院庄田变成了一片火海。血蘑菇胸膛中的一颗心，直似断线的风筝，忽高忽低没个着落。白龙则是心里发虚，自言自语地嘀咕："咱这个娄子捅大了，瞒着大当家的携带枪马下山，火烧关家大院，只怕瞒不住啊！这倒在其次，要命的是大牲口、大车扔在关家窑没抢出来，多半也给烧没了，咋跟大当家的交代啊？"土匪最看重的两样东西，一个枪一个马，枪是土匪的胆，马是土匪的腿，也可以说是土匪的"局底"，所以顶忌讳拐带枪马。他们爷儿仨没经过大当家的允许，擅自带着枪和马车下山，马车还没了，这可咋整？老鞑子说："咱大当家的吃顺不吃戗，上了山你俩谁也别吱声，我先去跟大当家的认个错儿，且看他如何发落。"

老鞑子带着血蘑菇、白龙上了孤山岭，来到分赃聚义厅，当着绺子里四梁八柱的面，跪在地上禀告大当家的，把前后的经过一五一十说了一遍。

"只因关家老祖宗心肠歹毒，不肯放过血蘑菇，三番五次以纸狼狐置血蘑菇于死地，我才擅作主张，带着白龙和血蘑菇赶了马车下山，扮成贩烟的客商混入关家窑，想趁夜毁了供奉纸狼狐的香堂。怎知关家老祖宗用油灯砸血蘑菇，意外引起火头，关家大院及周边庄田，还有我们爷儿仨带下山的马车，均被大火焚毁。万望大当家的开恩，念在他们两个小的不懂事，都是我让他们跟着干的，是打是罚还是掉脑袋，均让我一人承担。"

迟黑子倒没发火，上前扶起老鞑子，当众说道："我不让你们跟血蘑菇说他的身世，就是怕冤冤相报没完没了，结果还是没躲过去。看来火烧关家窑实乃天意，因果上的事，岂可由人计较？按说老关家本本分分，没干过坑害老百姓的勾当，咱不兴无故祸害人家。可这是血蘑菇家里的私事，谁家没个糟心事呢？谁的葫芦爬谁的架，他自己去做个了断，山上不便干涉。不过你们不该不听号令擅自下山，倘若崽子们都这么干，咱这孤山岭岂不乱了套？没规矩不成方圆，没五音难正六律，因此死罪可免，活罪难饶，各罚你们一年大饷，下不为例。"大当家的断得明明白白，还给山上省了钱粮，四梁八柱和老鞑子他们仨心服口服。只是打这儿起，血蘑菇仿若变了个人，终日闷着头跟在老鞑子后面，干些个烧火做饭的杂活儿，时不常杵山梁子上发呆，谁也猜不透他心里在想什么。

天气一天比一天凉，刀子般的老北风吹光了树叶子，孤山岭上灰茫茫一片，眼瞅就要大雪封山了。跟往年一样，到了这个时节，大股土匪又会下山猫冬。大当家的把人马集合到分赃聚义厅，先分大饷，大当家的、四梁八柱拿头份，剩下的崽子按这一年的功过，谁分得多谁分得少，账房字匠记得一清二楚，钱不够分就拿东西抵，像抢来的烟土烟枪、皮帽子皮袄皮裤子、金银首饰之类，按价值分成若干份，各取所得。众土匪跟过年一样，一个个眉开眼笑，分完了大饷，喝罢辞行酒，接着就要"插家伙"。各人下山只带短枪，把长枪埋起来，埋在什么地方，只有大当家的和四梁八柱清楚，其余崽子一概不知。山上的牲口马匹大伙儿分头骑走，谁骑走的，谁还得骑回来，如果说转年上山，分给你的牲口坐骑没了，你就得拿出相应的财物抵偿。约定好转年开春上山的日子，土匪们下山各奔东西，或者投亲靠友，或者去会相好的，或者去"海台子"找暗娼，还有"拉帮套"的，找夫妻两口子，仨人明铺暗盖，搭伙过日子，吃饭一张炕桌，睡觉一个炕头。要么就躲在大车店里喝大酒、抽大烟，组织赌局，放签抽红，总之兜里有钱，胆子又大，想干啥干啥。

老鞑子的家在猫儿山，离龙江县城不远，年年带着血蘑菇和白龙回乡下过冬，家里头还有个女人，跟老鞑子搭伙过日子。他以前当过跳萨满的神官，当地人都以为这爷儿仨每年开春后到外地跑营生，大雪封山前回来，可想不到他们是杀人越货的胡子。老鞑子爷儿仨不是四梁八柱，往年分到手的大饷，勉强刚够维持一冬，有时还得去周边给人家断病消灾。老鞑子跳大神，白龙帮兵击鼓，血蘑菇做金童助威，爷儿仨配合得十分默契。乡下很多地方不用钱，老百姓拿"高粱小米"当酬劳，隔三岔五挣点儿粮食，倒也足够吃喝。老鞑子蒸小米干饭最拿手，先把小米淘洗干净了，放进高丽大铁锅里，加水煮到米粒儿开了花，用铁笊篱捞出来装进小盆，搁铁锅里扣上锅盖继续焖熟。盛在碗里的小米干饭颗粒饱胀，香味儿赛过大米饭。

搁到往年，他们爷儿仨带着大饷下山，准是先奔县城赶大集。关外的大集热闹非常，镰刀锄头、刀剪锅铲、衣服鞋帽、山楂冻梨、活鸡活鱼，吃的喝的、穿的戴的，乡下人常用的东西，在集市上摆得满满当当。还有杀猪的，把肥猪捆在板凳上当场宰杀，旁边放个大木桶，里头盛满滚烫的开水，猪头砍下来扔进去燎毛。要吃杀猪菜，少不了粉条子和冻豆腐，紧挨着的小摊上顺手就能买着。爷儿仨逛上半日，采买些个布料鞋帽、烟茶酒肉，再在县城里吃一顿好的，这才把大包小裹拎回家，几乎是年年如此。

今年可不一样了，爷儿仨刀头舔血忙活一年，一个大子儿没分着，家还是得回。白龙心里憋屈，嘟囔道："空着俩爪子下山，这一冬可咋过啊？"老鞑子白了他一眼："别吵吵，不说话没人拿你当哑巴，只管跟着我走！"这件事难不住老鞑子，到了龙江老家，照旧先奔县城。进了城门洞子，随着人群来到十字街心，看东边一家当铺，门前挂着幌子，写斗大的"当"字，立着旗杆，杆顶挑起两串木制大钱，悬着红布飘带，离老远就能看见。仨人迈门槛进当铺，老鞑子以前当过刽子手，在金銮殿上给皇上磕过头，见识过午门上比馒头还大的金疙瘩，有一件御赐的黄马褂，过年时请出来跟祖宗牌位供在一起，平常舍不得穿，搁家里不放心，塞在包袱里走哪儿都带着。如今迫于无奈，解开包袱皮儿，把黄马褂递到柜上，叫了一声"朝奉"！各地当铺多为徽州人所开，徽州管有钱人叫"朝奉"，渐渐成了当铺掌柜的称呼，关外也是如此。朝奉瞄了一眼，鼻子里"哼"了一声："您往前走两步吧！"那意思是让老鞑子去别家典当。

老辄子问他为啥不能当？朝奉不耐烦地答道："这都什么年头儿了，谁还稀罕这破马褂？"老辄子无奈地摇摇头，收起黄马褂，又脱下一件皮袄，这件皮袄唤作"乌云豹"，用沙狐颔下的皮毛拼成，挡风御寒、油光水滑。有一年下山砸窑，抢来的东西里有这件皮袄，以前这可是往宫里进贡的宝袄，等闲难得一见，迟黑子觉得老辄子年岁大了不禁冻，便把这件皮袄给了他。关东人讲究翻穿皮袄毛朝外，这乌云豹穿出去太招眼，老辄子在皮袄外面套了件夹袄，风钻不透、雪打不漏，又轻又暖和，数九寒天浑身冒汗。朝奉头也没抬，问了句："当多少？"老辄子没含糊，要了个"祖宗价儿"，左手比画一个八字："八百龙洋！"朝奉一撇嘴，满脸的不以为然，乌云豹非同小可，这爷儿仨又不像达官显贵，所以他认定东西是偷来的，故意往下压价。老辄子不舍得皮袄，可也没别的招了，经过讨价还价，当了龙洋八块，就这八块龙洋，那也是相当可观了。朝奉接过皮袄，高喊一声："写，虫吃鼠咬，光板无毛，挡风大毛一件，当龙洋八块！"这也是规矩，多好的东西进了当铺，账本上一律要写"破旧"两字。老辄子心知当铺规矩历来如此，所以那个年头老百姓才有一句话"冤死不告状，穷死不当当"，没必要跟人家置气，当下更不多说，揣好当票，带着血蘑菇和白龙出了当铺。

爷儿仨当了皮袄，兜里又有钱了，定然要去饭庄子大吃大喝一顿。当土匪的有钱就花，讲究狠吃猛造，从没有舍不得这么一说。毕竟干这一行的，成天把脑袋别到裤腰带上，指不定哪天就没了，所以是宁可翻江倒海一瞬间，也不想细水长流五百年。那么说上哪儿吃呢？龙江县城有个"四味居"，乃是地方上数一数二的饭庄子，两层的楼房，前堂后灶，一楼散座、二楼雅间，四道热炒远近驰名。老板姓左，相识的称他"老左"或"左师傅"，早年间在十字街口搭个棚子，支起一口铁锅，专做过路之人的生意，只卖四道菜：爆腰花、炒肝尖、熘肉段、烧茄子。老话怎么说的？"要想富，半夜穿棉裤；要想穷，睡到日头红。"左师傅做人规矩本分，手勤、眼勤、脚勤，每天天不亮就起来，到集市上买肉，早去为了能挑到最好的猪肝、猪腰。干什么都讲熟能生巧，切菜看刀口，炒菜看火候，天天炒这四样菜，打晌午一开火，热锅凉油，葱姜末炝锅，香味蹿出八丈远。用多少作料，什么时候翻勺，什么时候勾芡，什么时候出锅，闭着眼也不差分毫。吃过一回的人没有不想第二回的，生意差得了吗？左师傅起早贪黑攒了些钱，惦记着开个小饭馆，就兑下一间破破烂烂的小门脸房，请来个老木匠拾掇一下。那时候盖房修房的瓦匠、木匠，活儿能串着干，一两个人全包了。老木匠带个小徒弟，爷儿俩干活儿不惜力气，连着好几天，从天不亮开始，叮叮当当锛凿斧锯之声不绝于耳，一直忙活到天黑掌灯。左师傅也是仁义厚道，亲自给一老一少两个木匠烧火做饭，顿顿好吃好喝，比他这当东家的吃得都好。木匠偷偷告诉左师傅："这个地方风水极盛，干什么成什么，做买卖的沾上了能发财，老百姓住了人丁兴旺，就是建座庙也比别处香火旺，所以连仙家都惦记，将来说不定会有什么东西来占你的地方。"老左刚才还挺高兴，听完最后这句心都凉了，忙问木匠该当如何是好。木匠说道："不用担心，你老左是忠厚之人，果真有那天，自当逢凶化吉、遇难成祥。"然后他在打木头门时做了些手脚，门底下有点紧，一开一合吱扭扭作响，叮嘱左师傅门户千万别改，就让它响，这饭馆将来发了财，无论怎么整，都别动这个门！

左师傅晚上睡在饭馆里屋，天不亮就去集上买肉，他的门一响，周围邻居都听得见，或嘴里或心里，难免嘀咕一句"老左起来了"，以至于饭馆生意越来越好，老左真的"起来了"。爆腰花、炒肝尖、熘肉段、烧茄子卖出了名声，号称"龙江四绝"，饭馆的生意兴隆，四味居成了金字招牌，扩充为两层楼的大饭庄子。左师傅没忘老木匠的话，保留了原来的门户，自己进进出出仍走这道门。

饭馆这个行当，怎么干的都有，有的大馆子可以做几十道上百道菜，堂倌报菜名都费劲儿，四味居却只有这四道热炒，各是各味儿，搭配些冷拼凉菜，再来一大碗热热乎乎的酸辣汤，爽口开胃，大个儿的肉馅儿蒸饺当主食，解馋解饱还实惠，谁家也比不了，生意越做越红火。凡是进饭馆来的主顾，不论穷富贵贱，左师傅全都客客气气、笑脸相迎，周周围围的谁家有个急难之处，他该出力的出力，能舍钱的舍钱。

老鞑子他们爷儿仨每年下山猫冬，一定到四味居大吃一顿，太馋这口儿了。以往来这个饭馆得排队等座，今天格外冷清。正是吃晌午饭的时候，饭庄子大门敞着，进去一瞅，居然没做生意。柜上坐着一人，粗眉大眼，两撇小黑胡，相貌忠厚，正是左师傅，不过俩眼发直，气色低落。老鞑子吃了半辈子龙江四绝，深知左师傅为人板板正正，做事勤勤恳恳，一年到头风雨无阻，除非身体抱恙，落炕下不了地，或者当天集市上的肉不新鲜，没有上等的好腰子，那才不做生意，不知今天是何缘故。老鞑子到柜上一拱手，叫道："左师傅！"左师傅见是老熟人，忙起身相迎，从柜台后头绕出来："哎哟老哥哥，快请快请！总没见您了，您这是从哪儿回来的？"老鞑子说："在辽西葫芦岛跑了大半年，不瞒您说，我们爷儿仨出门在外，天天惦记四味居的热炒，您今天咋没做生意呢？"左师傅先将老鞑子爷儿仨让到靠窗一张桌子前，招呼伙计端茶倒水，递上热毛巾擦把脸，这才叹了口气说道："别提了，这一阵子饭庄子里不太平，整得我头昏脑涨，半夜睡不踏实，白天多站一会儿，两条腿就发软，啥活儿也干不成。您说这生意还咋做？"老鞑子会扎针，问明左师傅头疼之处，从怀里掏出个牛皮夹子，捏出一枚大针，吩咐白龙用"崩星子"点燃手取灯儿，将针在火上燎了三下，然后在左师傅头顶和后脖颈子上各扎一针。不到一袋烟的工夫，左师傅晃晃脑袋，觉得舒服多了。血蘑菇和白龙暗挑大拇指，问老鞑子："您戳的这是啥穴啊？"老鞑子随口说了仨字："哈拉穴。"两人听得直发蒙，有这么个穴位吗？

老鞑子坐下喝了口茶，又问左师傅："饭庄子怎么个不太平？"左师傅也知道老鞑子是萨满神官，就把来龙去脉原原本本地说了一遍。平时他都住在饭庄子楼上，最近这一个多月，夜里常听得楼底下叽里咕噜乱响，点着灯下楼去看，又什么都没有，他以为是饭庄子里闹耗子。干勤行的最怕闹耗子，一粒老鼠屎能坏一锅汤。左师傅不敢掉以轻心，上板之后不干别的，就是带着几个小伙计逮耗子。楼上楼下的窟窿、墙裂，均以洋灰封死，布上捕鼠夹子，下了耗子药。从乡下要来一条大黄狗，乡下的狗爱管闲事儿，拿耗子是家常便饭。折腾了这么十来天，没逮到一只耗子，倒是这条大黄狗，天一黑就趴屋角呼呼大睡，到晌午才起来。左师傅又托人从江北带回来一只八斤大花猫，头圆爪利，尾长过尺，身上虎纹斑斓，都说甭管多大个儿的耗子，见了八斤猫都得吓尿了，可是也不顶用，到得三更半夜，该怎么闹还怎么闹。左师傅整天恍恍惚惚、提心吊胆，一躺下睡觉就听见怪响，觉得有东西压在身上，哪还做得了生意？好在前几天，一个打南方来的斗鸡眼阴阳仙儿路过此地，跟左师傅说："你这个饭庄子妖气冲天，一定有什么东西作怪，而且道行不浅，迟早出来吃人！"左师傅忠厚老实，从来没跟人耍过心眼儿，听他说得对路，当时就慌了，忙问如何是好。阴阳仙儿自称可以捉妖，不过遣将召神，须当舍得钱财。左师傅辛辛苦苦忙活大半辈子，开了这么一个饭庄子，照这样折腾下去哪还做得了生意？只得认头掏钱消灾。打从那天起，左师傅更没心思做买卖了，砸锅卖铁东拼西凑，好不容易把钱凑齐了，只等阴阳仙儿上门捉妖。

左师傅说完一把抓住老辙子的手："要知道您回来了，我还请那阴阳仙儿干啥？您快帮我想想法子、拿拿主意！"

老辙子久在江湖上行走，对这些个门道一清二楚，所谓的鬼怪妖狐，一百个里面不见得有一个真的。四味居这么大一个饭庄子，开在人来人往闹市之中，整天做着买卖，灶上点着明火，怎么可能有妖怪呢？多半是有江湖人布局设套忽悠人，来诓左师傅的钱财。又听左师傅说那个阴阳仙儿是打南方来的，长了一双斗鸡眼，不由得心念一动，莫非是厌门子的首领鸡脚先生？久闻此人名号，做局极有耐心，十年八年不嫌久，称之为"养宝窑"，凡是让厌门子盯上的，轻则倾家荡产，重则家破人亡。这伙人平日里行踪诡秘，各有营生，时聚时散。自古以左为尊，故左在上右在下，常人衣襟往往是左边压着右边，厌门子的人穿衣则是以右压左，腰带上环扣则相反，用于同伙之间相认。据说鸡脚先生近几年收了个会放蛊的女子，来自湘黔之地，是个六指，人称"六指蛊婆"。平时都是鸡脚先生带着手下勒索钱财，六指蛊婆躲在后头放蛊害人，手段十分了得，自此为祸更深。厌门子还供奉着一只口衔银元宝的花皮貂，这个邪物称为"厌门银子貂"。这伙人本来只在关内出没，听说到关外是为了找"魇仙旗"，可没少坑害无辜。还有大清国的时候，老鞑子当过刽子手，曾跟他师父奉刑部调令进京，在菜市口处决了厌门大盗龙飞天，所以知道个中内情。说不定当年那个木匠就是厌门子的人。左师傅的生意好，绝不是因为一扇门，四味居真材实料、手艺高明，没有这个门，照样能发财，怎能轻信那个木匠的鬼话？既然让老鞑子撞上了，绝无袖手旁观之理，他劝左师傅把心放肚子里："不打紧，龙江县城才多大点儿地方，能有什么不得了的东西？等我给你瞅瞅。"随即吩咐血蘑菇和白龙："你俩到处找找，看看有什么不该有的东西。"二人领命，楼上楼下里里外外找了一个遍，什么也没找出来。老鞑子对血蘑菇说："平日里就你最鬼道，要让你在饭庄子里藏点儿啥，还不能让别人找着，你该往啥地方搁？"血蘑菇转了转眼珠子，一指大门口："我搁到那块匾后头！"老鞑子"嗯"了一声，又问左师傅："瞅没瞅过那块匾后头有啥？"左师傅使劲儿摇了摇头，赶紧叫小伙计去搬梯子。

　　饭庄子门楣之上高挂一块木头牌匾，涂着透亮的黑漆，上写三个金光闪闪的大字"四味居"。血蘑菇爬上梯子，探头往后边一看，竟有一张黑乎乎的刺猬皮，皮肉相连贴在匾额背面，已经干透了，似乎是活剥下来粘上去的。老鞑子让血蘑菇揭下刺猬皮，拿去后院埋了，告诉众人不要声张，这一定是厌门子所为。常言道："好汉莫被人识破，识破不值半文钱。"那个阴阳仙儿不是说要来捉妖吗？咱看他如何收场！

2

左师傅明白自己上了当，心里立马敞亮了，眉头也舒展开了，对老鞑子抱拳作揖，千恩万谢："得亏老哥哥来得及时，我得好好请您喝几杯。"招呼伙计们把买卖做起来，在饭庄子二楼收拾出两间屋子，备好全新的枕头被褥，安排爷儿仨住下，没事就在屋里喝茶唠嗑、到点吃饭，都是左师傅亲自掌勺。左师傅熟知这爷儿仨的口味，炒的时候浪荡着点儿，火大油大多放蒜。当土匪的都是牛肠马肚，逮着好酒好肉可劲儿造，吃得脑门子直往外冒油。

三天之后的晌午，四味居饭庄子里闹闹哄哄，伙计跑前跑后，左师傅在灶上掌勺，老鞑子爷儿仨在一楼喝酒。这时进来两个人，其中一个阴阳仙儿，留着山羊胡子，穿一件皂色长棉袍，脚下一双翻毛皮鞋，头发梳得挺顺溜，面黄如蜡，进得门来挺胸昂首，踱着四方步，手里揉着俩铁球，一双斗鸡眼四处踅摸，谁也没放在眼里。身后一个跟包的，一身靛蓝色棉裤棉袄，补丁摞补丁，邋里邋遢，背着大包袱，扛了个阴阳幌子。老鞑子爷儿仨相互使个眼色，甭问，厌门子的首领鸡脚先生到了。

鸡脚先生找张桌子坐下来，跷起二郎腿，掏出盒纸烟，抽出一支在桌子上蹾了几下，装上翡翠烟嘴，划洋火点着，深吸一口，烟盒和洋火盒"啪"的一下拍到桌子上，显得派头十足。跑堂的上次见过这个阴阳仙儿，站在跟前点头哈腰地伺候。鸡脚先生慢条斯理地问道："老左在不在啊？"跑堂的忙去灶上通禀。左师傅挑帘出来，快步走到鸡脚先生面前作了个揖。鸡脚先生皮笑肉不笑地说道："老左啊，钱备好了？"左师傅恭恭敬敬地说："备好了、备好了，您放心吧，等您捉了妖，自当拱手奉上！"鸡脚先生又问："是我说的数儿吗？"左师傅连连点头："当然、当然。"鸡脚先生慢悠悠站起身来："行了，我让你开开眼！"说罢吩咐跑堂伙计，在大门口摆上一张八仙桌，让跟包的打开包袱，取出一应之物，将一块写有"道炁长存"四个大字的坛布围在桌前，立好牌位，摆上素酒、供果，以及朱砂、黑墨、毛笔、玉笏、黄表纸、三清铃、五帝钱、八卦镜、龙角吹等法器，往香炉里插了三炷香。鸡脚先生一手持令牌，一手举法印，踏罡步斗，念念有词："兵随令转，将逐令行，敢有不从，寸斩分形……"

　　鸡脚先生在饭庄子门口作法，摆的阵势不小，吃饭的不吃了，走路的不走了，全挤在周围卖呆儿看热闹。老鞑子爷儿仨混在人群里，就听有个卖呆儿的议论："这耍啥呢？耍大刀呢？"另一个跑单帮打扮的买卖人搭腔道："一听这话你就不懂，这是阴阳仙儿作法降妖，前两年我在省城瞅过一回，那家伙，老厉害了！"刚才那个人又说："我就不信了，饭庄子是吃饭的地方，能有啥妖怪？"不知其中门道的老百姓，以为这是看热闹的说闲话，东扯葫芦西扯瓢，老鞑子可是心知肚明，江湖上管这叫"托屁的"，又叫"贴靴的"，在一旁装作互不相识，敲边鼓腻缝儿接下茬儿，推波助澜打圆场，这两人都是厌门子里的同伙！

　　爷儿仨不动声色，但见鸡脚先生挺卖力气，围着八仙桌子闪转腾挪折腾了半天，突然往饭庄子门口那黑底金子的牌匾上一指，断喝一声："妖物在此！"几个伙计搬梯子上去，摘下匾额一看，匾后空无一物。鸡脚先生一张脸由黄变红，又由红转青，心知有人搅局拆台，却不知是何方神圣。他毕竟闯荡江湖多年，见过大风大浪，仍故作镇定，不慌不忙地念了几句口诀，走到供桌前放下法印，手指蘸上几滴酒水，抹在双眉之间，抓起令牌点指门头："别以为我看不见你！念在你修行不易，不想赶尽杀绝，再不退去，定以天雷殛灭！"随即一抖袍袖，打出一道掌心雷，霹雳炸响，惊得围观之人一片哗然。

老鞑子低声骂道："损王八犊子，掌心雷有从袖子里打的吗？"鸡脚先生借这一招下了台阶，走到左师傅近前打个哈哈："老左啊老左，你也挺厉害啊！我让你这饭庄子生意兴隆！"说着话在左师傅两肩和头顶各拍了一下。这三下瞒得过老左，可瞒不过老鞑子。俗传人的头顶和两肩各有一盏灯，称为三昧真火，这么一拍就把三昧真火拍灭了。厌门子这么干，暗指取人性命。老鞑子心说"水贼过河，甭使狗刨"，立刻挤上前来，将烟袋锅子摆在左师傅头顶上，吧嗒吧嗒紧抽了几口，等于给左师傅的"火"续上了。"行家一伸手，便知有没有"，鸡脚先生被烟熏得直咳嗽，瞥了老鞑子一眼，已然看出这才是对头，只是大庭广众之下不便发作，就用黑话低声问道："哪路的合字儿？是韭菜是苗儿？"老鞑子冷笑道："吃生米儿的，就瞅你不顺眼，你能咋的？"鸡脚先生眼中凶光一闪，却不再理会老鞑子，冲左师傅一抱拳，脸上挤着笑说："老左啊，在你饭庄子里作祟的东西，已经被我吓跑了，我一念之仁，放它一条生路，也不收你的钱了，山不转水转，咱们后会有期，告辞告辞！"说罢瞪了老鞑子一眼，带上跟包的扬长而去。

不待围观的人群散尽，老鞑子就对血蘑菇和白龙使了个眼色，让他们俩随后跟上。鸡脚先生手段非常，既然被戳穿了坏门，必定回来寻仇，他们爷儿仨不可能天天守着左师傅，躲得了初一，躲不过十五，不如来个快刀斩乱麻，今天就送鸡脚先生上西天！

　　血蘑菇和白龙点头会意，摸了摸揣在身上的短枪，远远跟着鸡脚先生和那个跟包的，见这二人七拐八绕，连同那两个在饭庄子门口打托的，鱼贯进了一家烟馆。哥儿俩互相递了个眼神，并肩迈步，大摇大摆走入烟馆，瞅见前边四个人穿过前堂直奔后院，烟馆伙计和掌柜的如同没看见他们。当土匪的眼贼，一看就明白了，这个烟馆是厌门子落脚的地方。大中午的正赶上饭口，一个烟客也没有，掌柜的和伙计见这二位饭都顾不上吃就来抽大烟，准是憋得够呛了，开门做生意，进来的都是客，忙上前招呼。哥儿俩一人伺候一个，打倒了伙计和掌柜，又关上大门，穿堂过屋，溜到后院，趴在后院正房窗户根儿下，手指蘸唾沫点破窗户纸，见屋内有十多个人，或盘腿坐炕头上抽烟，或蹲在地上愣神儿，或在屋子里来回走溜儿，穿着打扮各不相同。其中有窄衣小帽的飞贼、有打把式卖艺的、有摇串铃卖野药的、有治瘊子点痦子的游医、有那个跟包的，还有那俩在饭庄子门口打托的。鸡脚先生烟瘾不小，正躺在炕上抱着大烟枪喷云吐雾。

　　鸡脚先生一边抽着大烟，一边骂不绝口，说今天出师不利，有对头挡道拆台，险些栽了跟头，这个仇不可不报。另一个人劝道："咱在烟馆熬了那么多白面儿，也是没少赚，多一事不如少一事，还是闷声发财为好，免得耽误了盗取魔仙旗，那才是头等大事。"鸡脚先生大怒："光棍不挡财路，不让他们领教些个手段，如何咽得下这口气？今夜三更，你们摸入四味居，给他来个鸡犬不留！"血蘑菇和白龙听得分明，以往只知道厌门子坑蒙拐骗、偷窃讹诈无所不为，居然还躲在烟馆熬白面儿，挨着茅房准长狗尿苔，鸡脚先生身边能有什么好货？干脆来个一勺烩，结果了这帮鬼头蛤蟆眼的坏种！

哥儿俩用黑布蒙了面，各自拔枪在手，踹开屋门闯进去。一屋子人一愣，看着这两人不知所措。白龙和血蘑菇二话不说，劈头盖脸一阵乱枪打下去，疾如迅雷闪电，厌门子这伙人横七竖八死了一地。鸡脚先生从炕上蹦起来，想要跳窗逃命，血蘑菇甩手一枪打在他后腰上。鸡脚先生挨了这一枪，趴在炕上嘴里直哼哼，鲜血洇红了炕褥子。血蘑菇抢步上前，一把拽住他的脚腕子，从火炕上拖下来，又往脑袋上凿了一枪。与此同时，白龙跑到烟馆前边，结果了老板和那个伙计，卷了柜上的钱钞和几包上等大烟膏。血蘑菇也搜出不少财物，像什么镶着白玉、象牙的大烟枪，金丝边水晶片的眼镜，鸡脚先生身上的银圆、钞票、洋火、洋烟、纯金怀表，手指上带宝石的大金镏子，全撸了下来，又扯下炕上的被单子，将财货裹成一个大包袱。正当此时，门外的碎锣声、叫喊声响成了一片，原来县城保安队长听见枪响，以为是胡子劫城，赶紧传令抵御。哥儿俩背上大包袱，顺手放了一把火，爬上屋顶，朝天开了几枪，高声叫嚷："孤山岭的绺子进了县城，大当家的和四梁八柱都到了！想活命的任你纵横，不怕死的放马过来！"保安队一听真是胡子，还是孤山岭的绺子，那可惹不起啊！登时乱成一锅粥，谁也不敢上前。又怕长官责罚，只得乱放空枪，但听枪声四起，更不知来了多少胡子。

正晌午的时候，大街上车水马龙人来人往，叫买叫卖的十分热闹，听得枪声大作，又哄传土匪打进了县城，到处杀人放火，全都吓坏了，女人叫孩子哭，躲的躲藏的藏，各个商号忙着上板关门。有在路边拿两条长凳支块门板卖干鲜果品的，还有支起炉灶卖馒头、包子、烤地瓜之类的小贩，东西也不要了，抱着脑袋纷纷奔逃，苹果、鸭梨、花生、核桃、地瓜、土豆子、包子、馒头、钱匣子里的散碎铜子撒了一地。老实巴交的都吓跑了，却有胆大的二混子、讨饭的叫花子、歪毛淘气的嘎杂子琉璃球，恨不得天下大乱，以便趁火打劫，壮着胆子出来，划拉起地上的东西就往兜里塞。保安队收拾不了土匪，对付这些二混子的能耐可大了，举起枪托没头没脸一通乱砸。这么一闹腾，龙江县城里更乱了。白龙和血蘑菇扯下蒙面的黑布，混在奔逃的老百姓中间，跑到四味居门前，跟老鞑子碰了面。爷儿仨来不及多说，趁乱跑过十字街，如脱兔奔鹿，无人可挡，直奔城门口。老鞑子对县城保安队的路数一清二楚，只要没打死当官的，城门关不上。很多做买卖赶集的不在县城住，担心让保安队当成土匪砍了脑袋，连人带牲口，争相往城门洞挤。保安队有意不关城门，但是许出不许进，他们存心把土匪放出去，以免受困的土匪狗急跳墙。都是混口饭吃，谁愿意跟土匪拼命？留着脖子上的脑袋吃饭不好吗？

爷儿仨一路逃出县城，躲到猫儿山下一片老林子里，清点劫掠来的财物。银圆、钞票揣入怀中，金怀表、金镏子、大烟膏之类的东西，以及他们仨人的短枪，全藏在树窟窿里，等来年开春再带回山上。血蘑菇从包袱里捡出一个油布包，这是从鸡脚先生尸身上搜出来的，里外三层裹了一本古书，纸张泛黄发脆，残破不堪，书皮上写着四个字《厌门神术》。老鞑子拿过来看了一眼，说这是厌门子的妖术邪法，告诉血蘑菇千万不可翻看，赶紧拿去烧了！

此时节天干物燥，林子里不能点火，血蘑菇走到后山，找了个背风的地方，将《厌门神术》扔在一旁，掏出一根洋火划着了。许是前世因果，蓦地刮起一阵怪风，卷着白雾将火吹灭，合上的古书也被风吹开。血蘑菇明知不该看，可是好奇心起，忍不住一页一页翻看。书中所载，尽是搬财、借寿、缺天、损地之类的术法。血蘑菇看得入神，不知不觉翻到最后一页，猛然记起老叔的话，忙点上火将妖书烧成灰烬。回去跟谁也没提，寻思只是一目十行地翻看一遍，过几天就忘光了。怎知打这天开始，血蘑菇三天两头做梦，总能梦见《厌门神术》，一页一页的残书历历在目，不但忘不掉，反倒越记越牢，如同印在了脑子里，自知这本《厌门神术》定有古怪，更不敢对老辫子说了。

爷儿仨这一次下山猫冬，收拾了厌门子，得了不少财货，既是打着绺子旗号得来的东西，就该按绺子的规矩分赃，大局归山头，小局归自己。爷儿仨过了一个肥年，开春之后，将劫掠来的大局带上山，原封不动交给大当家的迟黑子，又把这件事原原本本讲了一遍。迟黑子听罢拊掌称快，说："这爷儿仨干掉了作恶多端的鸡脚先生，大闹龙江县城，替绺子扬了名、立了威，还掠来许多财货，此乃大功一件！"在场的四梁八柱和一众崽子纷纷道贺，挑着大拇指称赞老辫子爷儿仨有勇有谋。大当家的迟黑子一高兴，就派血蘑菇和白龙去县城"走亲戚串门子"！

3

迟黑子他们在山上落草为寇，虽然号称替天行道，可再怎么说也是土匪，东北话讲叫"胡子"。当时的关外遍地是胡子，杀戮朝廷命官、劫掠府库财物，干的全是掉脑袋的勾当，不是迫于无奈，没人愿意走这条路。话又说回来，土匪也得有个奔头，所谓"杀人放火受招安"，还有一句老话"不当胡子不当官，不下窑子不为太太"，自古以来，当胡子落草为寇，大多是奔着招安去的，混个高官得坐、骏马得骑的不在少数。无奈生不逢时，赶上天下大乱一天一换旗的年头儿，司令满街走，土匪多如毛，今天招安当了官军，说不定明天又改朝换代了，还得再去当土匪，与其折腾来折腾去，倒不如一直在山上当胡子。

像血蘑菇和白龙这样的崽子，除去在砸窑之时逢山开路、遇水搭桥，给大当家的前挡后别，平常还得把风放哨、铡草喂马，干的都是辛苦活儿。上一次爷儿仨大闹龙江县城，替绺子立了威，大当家的破例开恩，让这小哥儿俩去白河县城"走亲戚串门子"，对于山上的土匪来说，绝对是一桩肥差！

怎么叫"走亲戚串门子"呢？土匪还有亲戚吗？其实说白了，就是找地主大院的炮手、县城里的保安队收钱。无论官府的保安队，还是给地主看家护院的炮手，无非也是混口饭吃。这些人都有两个"东家"，一是那些大地主、当官的，按月给他们关饷钱，无多有少，这是明的。暗地里还有一个"东家"，就是土匪。拿保安队来说，他们私底下跟土匪串通一气，土匪佯装进城砸大户，双方打得越热闹越好，但有一节，只开枪不死人，子弹全往天上打。不懂其中门道的人都以为是保安队打跑了土匪。土匪故意丢下三五匹老马、十来件衣物，让保安队捡回去邀功请赏。土匪也不能白跑一趟，两边拿这笔赏钱对半分账，谁也不吃亏。这就叫"猪往前拱，鸡往后刨"，各有各的道儿。

到了约定分账的日子，白龙和血蘑菇起了个大早，如同出笼的鸟儿，打马扬鞭上了官道直奔白河县城。远远望见一座城楼子，下半截以青石为基，上半截用青砖砌成，牢不可破。城墙上垛口齐整，远端设有角楼。城门大敞四开，三丈来宽的护城河上吊桥平放，骑驴的、挑担的、推独轮车的、拉板车的、赶大车的、坐小轿的，从城门洞中进进出出。早有保安队的人穿得整整齐齐，候在城门口远接高迎。两人走到近前，先把枪支和短刀交给保安队的人，拿个兜子装起来，临走原样奉还。此乃约定俗成的规矩，以防他们喝多了酒在城里闹事。保安队的人带他们哥儿俩过吊桥进了城。别看这个县城不大，却是交通要道，从关内来做生意的商贾络绎不绝，饭店客店一年到头忙多闲少，虽是县治，尤胜州府，比龙江县城热闹十倍。血蘑菇和白龙的眼都不够使了，瞅见啥都觉得新鲜，城隍庙、土地祠、药王庙、地藏庵、县衙门、守备营、警察署分立两厢，一水儿的青砖灰瓦、敞亮大门。越往前走越热闹，道路两侧有的是做小买卖的，车马喧闹，行人穿梭，烧锅、油坊、染坊、皮坊、山货店、成衣店、首饰店、药铺、铁匠铺、饭馆、茶楼、烟馆、妓院、客栈、大车店，五行八作的商铺店面应有尽有，这叫"麻雀虽小，五脏俱全"。

保安队的人把他们俩带到一家饭庄子，是一座二层楼房，位于大片平房瓦屋之间，抬头看牌匾上写着四个大字"长顺馆子"，煎炒烹炸的油烟香味儿扑鼻而来。店伙计把众人让到楼上雅间，递过热毛巾，先沏上香茶，摆上四个压桌小碟儿，分别是糖蒜、雪里蕻、地葫芦，以及切成细丝的芥菜疙瘩。没过多会儿，七冷八热摆了一大桌子，像什么熏鱼酱肉、松花香肠、水爆羊肚、血肠白肉、锅包肉、熘肉片、红烧肘子、四喜丸子，特别是炖菜，酸菜炖五花肉、小鸡炖榛蘑、排骨炖豆角、鲇鱼炖茄子，大盆大碗地端上桌子，呼呼冒着热气，满屋子飘香。俗话说"姑爷领进门，小鸡吓掉魂"，在关外请客离不了小鸡炖榛蘑，鸡必须是长到一百天的小笨鸡儿，加上关东山的野生榛蘑，紧烧慢熬，炖得酥烂入味，吃上一口就停不下来。长顺馆子还有一道风味菜，叫作牛羊锅铁，端上来一个炭火炉，架起锅铁片，涂上牛腰窝油，切好的牛羊肉片在锅铁上烤熟，蘸着用酱油、辣椒油、卤虾油、韭菜花、芝麻酱调成的小料来吃。伙计又抱来两坛上等"龙泉酒"，本地烧锅自酿，清亮透明、酒香绵厚，敞开了随便喝。保安队吃饭不用给钱，全记在账上，到年底下给不给就不一定了，反正饭庄子老板绝不敢去要账。

白龙和血蘑菇平时在山上顺垄找豆包，土坷垃里刨食，捞不着什么嚼裹儿，咸菜疙瘩都舍不得大口吃，酒倒是有，是老鞑子自己用土法子酿的苞谷烧，喝一口感觉嗓子眼儿往外冒火。这一次可逮着了，不错眼珠盯着一桌子菜，哈喇子流到了下巴颏儿，头也不抬可劲儿造，顾不得猜拳行令，滋溜一口酒，吧嗒一口菜，到最后嘴都喝麻了，吃得沟满壕平，盆干碗净。酒足饭饱之后，跑堂伙计从街对面点心铺叫来四样小点心——牛舌饼、鸡油饼、海棠果糕、芙蓉糕，再递上来热毛巾、牙签、漱口水，保安队的人备上大烟枪，从堂子里叫来几个姑娘陪着，唱小曲儿喝花酒。血蘑菇和白龙是来者不拒，拒者不来。到最后不能忘了正事，保安队的人给足了该给的钱，还给这哥儿俩一人封了一个红包。

两个人心满意足，由保安队的人送出城门，顺原路打马回山。血蘑菇平时在山上吃不着好的，又正是能吃的岁数，在县城中贪嘴吃多了熘肉片，骑着马一通颠簸，肚子里的东西翻江倒海，半道上跑肚拉稀。他怕耽误了差事被大当家的责罚，就让白龙带上钱先走，自己在后边慢慢儿嘎悠。

他们这个绺子占据一座孤山岭，山头又高又陡，形同一把锥子，上顶着天下杵着地，谷深数里像个口袋，两侧山连山水连水，岭连岭沟接沟，堪称天然屏障。左近有个地方唤作"剪子口"，传说这一带有吸金石，无论山坡、石缝、小沟岔，到处是金疙瘩。清朝末年挖出过金脉，出过"狗头金"，留下许多大小不一的金眼子，以及一座供奉"金灯老母"的小庙。关外挖金之人向来尊耗子为仙，据说金灯老母就是只大耗子，金帮下金眼子之前，必先备下供品，什么饽饽馒头、好酒好肉、香油果子都少不了，由金把头率众焚香跪拜，求金灯老母保佑他们多拿疙瘩。后因关外战乱，金帮的人都被打散了，长年不见人迹，庙宇失了香火，而今山墙半塌，门歪窗斜，残破不堪，四周长满了蒿草，荒凉中透着一股子瘆人的寒气。

分赃聚义厅就在破庙后的孤山上，血蘑菇捂着肚子一路往回走，行至破庙附近，本想继续赶路，不料起了一阵怪风，卷起阵阵白雾，紧接着风云突变、闷雷滚滚，天黑得如同抹了锅底灰，正所谓"老云接驾，不是刮就是下"，料是行走不成，只得把马拴好，跑入供奉金灯老母的破庙中躲避。老话儿说"二人不放山，一人不进庙"，皆因没了香火的破庙中，常有贼寇强人落脚，行路的孤身一个去庙中投宿，万一遇上歹人，恐受其害。血蘑菇本就是杀人越货的土匪，倒没这个忌讳，只怕屋顶塌下来，把自己砸在下边，便蜷缩在供桌下闭目养神。脑袋里头昏昏沉沉的，不知不觉睡了过去。不知过了多久，掩上的庙门突然让风刮开了，打外边进来一个黄袍老道。可也怪了，孤山岭下连个打猎的也没有，哪儿来这么一个牛鼻子老道？

4

　　土匪专干杀人越货、砸窑绑票的勾当，疑心最重，成天担心遭人报复，谁都不会相信。即便同一绺子中的弟兄，也常相互猜忌。血蘑菇也是如此，孤山岭土匪出没，行人避之唯恐不及，方圆几百里更没有什么道观，哪儿来的这么一个老道？他摸不透对方是什么来头，不便轻举妄动，就掏出火折子点亮供桌上的油灯。金灯庙中破破烂烂，房顶子上蛛网密布，墙根儿横七竖八堆着破木板子烂砖头，泥胎塑像上彩漆斑驳、面目模糊、裂纹密布，在忽明忽暗的油灯光亮下，显得分外诡异。再瞅眼巴前儿这个老道，五十来岁的年纪，个子不高，身材瘦小，半新不旧的土黄色长袍盖到脚脖子，两只袖子又宽又长，脚踩十方鞋，一张脸面黄肌瘦，下巴上稀稀拉拉几根黄胡子，一对小黑眼珠子滴溜溜乱转，脸上全是邪气。带的家伙什也不少，背着一柄木剑，盘得锃明瓦亮的大葫芦挂在腰上，手握一杆短柄烟袋锅子，黄铜烟锅、玛瑙烟嘴，拂尘插在脖子后头。

　　血蘑菇后退两步，拱了拱手："这位道长，我瞅你面生，不是这山里的人吧？"黄袍老道似乎没将血蘑菇放在眼里，阴阳怪气地说："道爷往来游食，仙踪不定。"旧时行走江湖的僧道头陀大多会说黑话，也受土匪敬重，所以血蘑菇又行了个匪礼，问道："既是游方的化把，不妨报个蔓儿、说个价？"黄袍老道一摆手中拂尘："久在深山不问尘，洪武身边伴过君！不怪你这山野小子有眼不识泰山，我道号辰松子，异名黄太公的便是！"血蘑菇听黄袍老道口气猖狂，而且上一眼下一眼打量自己，目光闪烁不定，看来绝非善类，只怕手段了得，敌他不过，不免下意识地撩开衣襟，伸手去腰里摸枪。

黄袍老道一眼瞥见血蘑菇缠在腰上的黑蟒鞭，油亮乌黑，恍若蛇蟒，立时改了口气，清了清嗓子，拿腔作调地说道："福生无量天尊，不可思议功德。不瞒你说，贫道受仙灵托梦指点，来此降妖除怪！"血蘑菇不以为然："孤山岭剪子口有金灯老母护佑，还用外来的老道降妖？"黄老道捋了捋胡子，挺了挺腰，把脸凑到血蘑菇鼻子尖上："你看你岁数不大，见识倒不小，我实话告诉你，金灯老母就是个千年耗子精，占据此山金脉，凭借吸金石兴妖作怪已久，当受天罗地网格灭。贫道观你气色极高，他日必成大功，位在诸侯王之上，可助贫道一臂之力，得了吸金石，咱俩二一添作五，就看你有没有这个胆子了。"

血蘑菇听到"吸金石"三个字，不由得动了心思：有了吸金石，金疙瘩不求自得，能给绺子找到狗头金，无异于立下大功一件，四梁八柱都得对我刮目相看，也让干爹和我老叔脸上有光。转念又一想：虽然听当过萨满神官的老鞑子提及，山里头有吸金石，可自己在这山前山后十多年，从未见过半个金粒子。而今这个老道顺口一说，还能当真不成？他一时拿不定主意，半信半疑地问道："但不知如何相助？"黄袍老道伸出细长的手指，往血蘑菇腰上一指，说道："庙后有个金眼子，等贫道掐诀念咒、布阵施法，必然会有一道妖气从里边冲上来，到时候抡起你这盘条子，狠狠抽打金灯老母的泥胎塑像，有多大劲儿使多大劲儿！"血蘑菇奇道："你这牛鼻子老道挺识货啊！瞅出我这条黑蟒鞭厉害了？"黄袍老道"嗤"的一笑："道眼通天，术法通玄，岂能把朱砂当成红土，棒槌看作萝卜干儿？你这鞭子非比寻常，乃是断头鬼辫子上带血的头绳绞成，一鞭子能打掉地仙五百年道行！"不等血蘑菇再问，黄袍老道已拔出背后的木剑，画地为圆，撩道袍盘腿坐在当中。血蘑菇冷眼观瞧，见道袍下是毛茸茸两条腿，不觉暗暗心惊，又看老道瞪着眼，口中念念有词："北斗星君，太上仙师，诸天神灵，奉道真人，黄龙显圣，速助我行！"供桌上的油灯越来越暗，紧接着一道灰烟冲入破庙，急速盘旋，如同扶摇羊角，绕着黄袍老道打转。

黄袍老道坐地岿然不动，口中吐出一道黄烟，又细又长，与灰烟缠斗在一起。血蘑菇看得真切，心下吃惊不已，冷不丁想起黄袍老道的吩咐，手中紧紧握住黑蟒鞭，正要去打金灯老母的塑像，忽地刮来一阵怪风，血蘑菇打了个寒战，脑中又闪过一个念头："金灯老母是金帮供奉的地仙，香火曾百年不绝，虽没有灵验显圣，可也从未听说它兴妖害人，倒是这个穿黄袍的老道，形貌不正，来路不明，我可不能因为一时贪心，上了妖道的当！"黄袍老道不知血蘑菇在打什么主意，见他迟迟不出手，喝骂一声："秃露反帐的玩意儿，你等啥呢？"血蘑菇听黄袍老道出言不逊，不由得心头冒火，他本就是土匪秉性，当堂不让步，下手不留情，从不瞻前顾后，当即手腕子一抬，猛听"啪"的一声脆响，黑蟒鞭正打在黄袍老道身上，立时闻到一股子恶臭，比屎尿更胜十倍，急忙捂住口鼻退开几步，再看庙中两道怪烟踪迹不见。

血蘑菇被臭气熏了一下，脚下也站不稳了，不得不靠在墙角稍作喘息。金灯老母忽然显圣，变成一个老妇人，朗目疏眉，满脸皱纹，玄色绢帕包头，灰袄灰裤绣着金边，外罩一件藏青色斗篷，脚底下一双平底绣鞋，与供在庙中的泥像一模一样。金灯老母念在血蘑菇护驾有功，传给他一个法门，可以调遣耗子兵拿疙瘩。"拿疙瘩"是金帮的黑话，意指挖到成形的金粒子，也就是狗头金。但须"约法三章"：其一，拿疙瘩不可贪得无厌，一旦挖绝了金脉，以后就没金子可挖了；其二，调兵法门绝不可告之旁人；其三，孤山岭剪子口的耗子兵，皆为金灯老母徒子徒孙，持了灰家法咒，便不可伤及此辈。

血蘑菇一一应允，指天指地立下重誓。金灯老母让他附耳过来，传给他调兵的法咒，血蘑菇暗记于心，随即打了个冷战，从梦中惊醒。揉着眼四下观瞧，香案上的油灯还没灭掉，地上扔着一件黄袍，裹有一具白骨，旁边还死了一条大黄鼠狼子，毛色黄里透红油光水滑，已然气绝身亡。血蘑菇六神无主，见外边满天星斗、月满如盘，估摸时辰已近午夜。这么晚没回山，干爹和老叔肯定着急，匆匆忙忙出了破庙。回山推说跑肚拉稀走慢了，又赶上变天，躲在破庙里打个盹儿，迷糊了一觉，别人也就没多问。

从此之后，血蘑菇钻一次金眼子，就能带出几个金粒子。整块的金粒子自古罕见，民间根据形状称之为"狗头金"或"马蹄金"，有大的也有小的，大的捡到一块半块就不得了。不过山上有山上的规矩，拿了疙瘩他绝不敢私吞独占，全得交给大当家的，记下大账存入库房。迟黑子赏罚分明，分给血蘑菇好酒好肉，额外赏给他四个成色好、分量足的金粒子。别的土匪看在眼里，也纷纷去钻金眼子，却连一粒金沙子也找不着。土匪们议论纷纷，有人说血蘑菇走运，有人说他能跟金耗子说话，疙瘩全是金耗子给他叼来的，反正是众说纷纭。

5

孤山岭绺子里有个土匪，挑号"双林"，已经跟着迟黑子当了十几年土匪，有一次下山探望老娘，一走三个月，音信皆无。上山为匪是挂柱容易拔香难，土匪对绺子中的情况了如指掌，万一背信弃义扒灰倒灶，绺子必定遭难。所以山上有规矩，谁想拔香头子，谁就得把命交出来，能活着退伙的少之又少，也许当面应允，同意你拔香撤伙，还送你些银圆烟土，等你扭脸一走，背后就打黑枪。真想退伙的也不敢说，只能找机会逃出去，远走他乡不告而别。迟黑子见双林下落不明，便让老鞑子下山办差，查清此人到底出了什么事，若是让官府逮住掉了脑袋，就要找出告密之人，再伺机寻仇；如果是吃里扒外投靠了别的山头，那讲不了说不起，挖地三尺也得把他翻出来，按照山规处置。

老鞑子连着走了十几天，有一天深夜，一阵怪风刮开了窝铺门。血蘑菇迷迷瞪瞪地爬起来关门，听见白龙让梦魇住了，口中胡言乱语说着什么。血蘑菇忙把白龙叫起来，问他怎么了？白龙脸色不大对劲儿，可也没说什么。转天后响，白龙套来几只山鸡野兔，抓了一大把榛蘑，热热乎乎炖成一大锅，叫来血蘑菇，哥儿俩盘腿坐在炕头，喝着酒吃着肉，又是划拳又是行令，天上地下一通唠扯，二斤苞谷烧不知不觉喝见了底儿。白龙把酒碗往小炕桌上一撂，板起脸问血蘑菇："老兄弟，哥待你咋样？你还跟哥是一条心不？咱俩还是兄弟不？"这苞谷烧劲儿太大，血蘑菇喝得晕头转向，顺口说道："咱俩还说啥，啥时候你也是我亲哥啊！"白龙道："那你跟哥实说，同样一个金眼子，为啥别人下去两手空空？你下去就能找到金疙瘩？"血蘑菇支吾道："我……我就是瞎猫碰上死耗子——误打误撞呗……"白龙翻了血蘑菇一眼："你可拉倒吧，打你小子光腚哥就认得你，你忘了骑哥脖子上撒尿了？你心里想的啥，瞒得了天瞒得了地，瞒得了大当家的，瞒得了我干爹你老叔，可瞒不过我。让你自己说，你有啥事是我不知道的？是不是信不过你哥？咱都是老爷们儿，你就不兴敞亮点儿？"血蘑菇打马虎眼说："白龙哥，我要是真有那本事，不告诉谁也得告诉你啊！可我真没瞒你。"白龙叹了口气，端起酒碗仰脖喝干，又抄起酒坛子倒酒。那酒坛子已然空了，白龙空了半天也没空出几滴，一气之下把坛子扔在地上，一张大黑脸拉得老长，舌头都木了："咱哥儿俩这么多年，真是白交了啊！"血蘑菇见白龙生气埋怨自己，心里挺不是滋味。白龙不肯罢休，非要打破砂锅问到底不可，又拎来一坛子酒，跟血蘑菇一碗接一碗地喝，话里夹枪带棒，把血蘑菇埋汰得抬不起头。血蘑菇脸上红一阵儿白一阵儿，觉得自己简直是"猪八戒照镜子——里外不是人"，实在挂不住了，又加上酒劲儿往上撞，脑袋瓜子发蒙，嘴上没了把门的，就将金灯老母显圣一事说了，又在白龙的追问之下，说出了调遣耗子兵的法咒，说完一头倒在土炕上鼾声大作。

昏昏沉沉不知过了多久，血蘑菇觉得有人叫自己，睁开眼见是老鞑子。外头天刚蒙蒙亮，血蘑菇诧异地问："老叔，咋这么早回来了？"老鞑子说差事已然办妥，自己本想在山下待两天，可总觉得心神不宁，这才急着往山上赶，又问："为啥就你一人，白龙干啥去了？"血蘑菇睡眼惺忪，转头往四周看看，炕桌上杯盘狼藉，平日正是他和白龙蒙头大睡的时候，此刻窝铺里只有他一个人，却不见白龙的踪影。他拍打脑门仔细回想，自己酒后失言，对白龙说了调遣耗子兵的法咒，当时惊出一身冷汗，心说要坏，忙把心头所想告知老鞑子。老鞑子听罢也吃惊非小："白龙得了法咒，多半是下金眼子拿疙瘩去了，若真如此，只怕凶多吉少！"

　　二人出门找了一个遍，果然不见白龙的踪迹。老鞑子越琢磨越不对劲儿，爷儿俩赶忙抄家伙绕到后山，来到金灯老母的破庙附近分头找寻。血蘑菇眼尖，瞅见一个金眼子边上挂着绳索，他叫来老鞑子，一老一少点上油灯钻了金眼子。金眼子里阴气森森，侧面岩壁时而传来滴水之声，脚底下又湿又滑，周围有几条黑魆魆的坑道，不知通往何处。爷儿俩摸索着往前探路，绕进一处坑道，血蘑菇被什么东西绊了一下，打了个趔趄，借着油灯光亮低头一看，脚下竟是一具白森森的人骨，仍有十几只耗子围在上边乱啃乱咬。爷儿俩将那些耗子赶开，蹲下身仔细观瞧，被咬碎的皮肉和碎布条与白骨粘连在一起，血腥之气刺鼻，地上丢着一支"十五响"，正是白龙傍身的家伙，旁边扔着一把铁锹，甭问也知道，白龙已被耗子啃成了白骨。

　　老鞑子伤心欲绝，颤颤巍巍去给白龙收尸，可又无从下手，坐在原地茶呆呆发愣，忽然吐出一口鲜血。土匪都有股子狠劲儿，老鞑子心知大限已到，拼上这条命，舍了这身皮，也不能放过金灯老母，当即掏出一个纸马，点火烧成纸灰吞下去。只见他须发倒竖，二目圆睁，口中念道："阴兵借阴马，阴风助火灵……"随后喷出一口黑血，烧过的灰烬也在其中，化作一缕缕黑烟。血蘑菇惊道："老叔，您要借马烧庙？"老鞑子略一点头，喃喃说道："我活到这把岁数，早该去见列祖列宗了，还有啥舍不得的？"说完又喷了一口血，晃了三晃摇了三摇，一头栽倒在地。血蘑菇以为老鞑子咽气了，扑在他身上呜呜大哭。谁知老鞑子还没死透，又睁开眼说："哎呀，老叔忘了给你交代个事，扎针的秘诀还没传给你……"血蘑菇哭得满脸是泪："老叔啊，您甭传了，这一时半会儿哪说得清……"老鞑子气息渐弱："就两句话，你记好了……扎针不认穴，哪儿疼往哪儿戳……"血蘑菇听得目瞪口呆，再看老鞑子已然气绝身亡。

眼瞅着打小把他背大的老叔死于非命，情同手足的白龙成了一堆白骨，血蘑菇怒火中烧，胸膛几乎炸裂开来。他刨坑埋了二人，跪在地上磕了几个头，抹去脸上泪水，咬着牙爬出金眼子，一脚踹开庙门冲进去，抽出黑蟒鞭，点指金灯老母的塑像，破口大骂，越骂越生气，一不做二不休，抡起黑蟒鞭，一鞭子下去，塑像摇了三摇，晃了三晃，破庙墙下、塑像底下、供桌下面钻出了不计其数的金耗子，眼珠子金中泛红，耳尖尾短，一身细绒毛，背上长了一条金线。这些金耗子密密麻麻堆成了山头，"吱吱"乱叫着拥了上去，有的用爪子刨，有的用身子撞，有的用脑袋顶，顷刻拱倒了金灯老母的塑像。眼看金灯老母泥像上的颜色没了，"轰隆"一声摔得粉碎。血蘑菇不解恨，在庙中挥鞭乱打，使尽了浑身气力，直到抽断了黑蟒鞭。此时一团阴火从天而降，落在破庙屋顶，破庙顿时起火，大小耗子烧死无数。血蘑菇心里头凄凄惶惶，跟跟跄跄往山上走，但觉身后冷飕飕的，似乎跟着什么东西，转头看了多时，又什么都没有。

6

血蘑菇接连遭受重创，如同霜打的茄子、拉秧的黄瓜。迟黑子见他整天垂头丧气，就劝他说："你老叔虽不是四梁八柱，却与我交情最厚，他撒手闭眼这么一走，我和你一样难受，瞅见你这样我更不放心，以后有啥事尽管跟我说，自有干爹给你做主，别自己闷在心里憋着。"血蘑菇感激涕零，觉得世上还有人惦着自己，冲这个也得打起精神，别让干爹再为自己操心了。

再说迟黑子占山为王落草为寇，总要补充枪马钱粮。这一年山上钱粮吃紧，眼瞅着天越来越冷，迟黑子和手下的"狠心梁"马殿臣商议，决定联络另外两个绺子的土匪，下山去姜家屯砸窑，干完这一票就去猫冬。胡子不做糊涂买卖，迟黑子早派插千的探子摸清了底细。姜家屯以前叫大营子堡，当年曾有八旗军驻防，后来闯关东的人多了，在周围开荒耕种，渐渐聚集了几百户人家。屯子里最大的大户，外号"姜老抠"，长得又矮又胖，冬瓜脑袋，倭瓜肚子，丝瓜胳膊，黄瓜腿儿，走起路来跟个屎壳郎相仿。他五十来岁的年纪，对长工佃户心黑手辣，为非作歹几十年，小斗放贷，大斗收租，私设地牢，欺男霸女，当地老百姓没有不恨他的。姜老抠这个名号真不是白给的，不仅对佃户抠，对自己更抠，舍不得吃舍不得喝，有了钱全攒着。姜家有个管家叫姜福，以前也是二流子，只因长了一张巧嘴，擅长溜须拍马，说话一套一套的，深得姜老抠欢心，不仅提拔他做了管家，还给他改了姓，成了老姜家的人。他揣掇姜老抠聚拢来一群大烟鬼、二流子，成立了一支保险队，勾结驻防县城的骑兵旅长官，有外省逃荒到此的，往往被其所害，割下人头冒充土匪，胡乱按上个匪号，拎到县城领赏。这个买卖只挣不赔，周周围围的屯子也得给他们出钱出粮，还可以给自己看家护院。保险队虽是乌合之众，但姜家屯四周环水，地势险要，姜家大院明有碉楼，暗有地排，而且离县城太近，一旦打起来，枪声必定会惊动驻扎在县城的骑兵旅，所以一般的绺子还真砸不动。

姜老抠在地方上有了势力，专横跋扈惯了，自以为上打下不费蜡，没有绺子敢来砸他的姜家窑，胆儿是越来越肥。他可不知道，胡子砸窑也讲究养肥了，因为遭受土匪劫掠一次，没个十年八年缓不过来。迟黑子觉得如今姜家窑的油水不小了，姜老抠的缺德事也没少干，该上姜家屯借粮了。为保速战速决万无一失，迟黑子给另外两个山头的土匪下了帖子，要合兵攻打姜家窑。那两个绺子也是赫赫有名，一个占据碾子窝，匪首是镖师出身，挑号"一杆枪段达"，脸红心热好面子，手底下一百多个崽子，八九十杆长枪炮筒；另一个出没于砂锅岭，大当家的常骑一匹快马，人称"快马门三"，手下也有百八十号悍匪，大多是盗马贼出身，马上来马上去，神出鬼没、快如疾风。

这一天"快马门三"与"一杆枪段达"两个匪首，各带十名崽子来到孤山岭碰码对盘子。迟黑子下山相迎，彼此互行匪礼，两手抱拳停在胸前，用力往右边一甩，寒暄几句，接入分赃聚义厅。三个大当家的坐定，有崽子倒上酒来，迟黑子先干为敬，哈哈一笑说道："两位挨肩儿，近来生意兴隆啊？兰头海不海？买卖顺不顺？"一杆枪是个粗人，说话直来直去："不怕兄长笑话，咱这关东山，从来是地广人稀，又赶上天下大乱，胡子比老百姓还多，狼多肉少啊，净喝西北风了！"快马门三也对迟黑子说："咱哥儿俩的绺子，比不得孤山岭兵强马壮，大的啃不动、小的吃不饱啊！"迟黑子说："姜家屯的姜老抠积下许多不义之财，囤了不少粮食，打下姜家窑，何愁日子难过？"快马门三沉吟道："姜老抠杀戮逃难灾民，诬为贼匪领赏，可以说良心丧尽、死有余辜。怎奈姜家窑距离县城太近，有县城驻军掣肘，这个响窑实在不好砸……"迟黑子等的就是这句话："咱这三个绺子，拎出哪一支，都砸不动姜家窑，弄不好扎了手，反让同道耻笑，除非三股绳子拧成一股，拉个对马，勾道关子，不信吃不下！"那二位美得好悬没从椅子上蹦起来，三个绺子凑在一处，至少五六百条枪，什么窑砸不开？正所谓"西北连天扯大旗，英雄好汉归绿林，你发财来我沾光，天下胡子一家人"！三个大当家的一拍即合，斩鸡头喝血酒，约定了攻打姜家窑的时日，以及各出多少枪马、如何分局等。土匪合绺子砸窑，得提前说明白怎么分赃，说黑话叫分局，又分"大局"和"小局"。大局指钱财、粮食、牲口、枪支，三一三十一，一个山头占一份。小局指皮袄皮裤、首饰细软之类的零碎财物，这得留给崽子们，谁抢来归谁。

到了砸窑那一天，三个绺子兵合一处将打一家，聚集了几百号土匪，黑压压一大片下了山。迟黑子有个顾虑，姜老抠作恶多端，千刀万剐也不为过，但是屯子里还有不少老百姓，他怕另外两个绺子乱来，反倒坏了自己的名声。因此在杀进姜家窑之前，迟黑子又交代了一句，叮嘱另外两个匪首和四梁八柱："把手底下的崽子们看住了，谁胆敢横推立压，当心吃瓢子！"土匪黑话中的"瓢子"，说白了就是枪子儿；"横推立压"指杀降和糟蹋女眷之类的恶行。那两个匪首齐声称是，分头告诉手下崽子："都给我听好了，谁也不许去姜家窑认老丈人！"

几百号土匪齐声吆喝，打马冲向姜家大院。大院里的保险队见道上烟尘四起，大股土匪前来砸窑，压山探海地一大片，实不知来了多少胡子，赶忙关紧了大门，拉起吊桥，爬到碉楼之上。土匪转瞬即到，却听一个大嗓门儿的糙汉喊道："里面的人听好了，今天我们迟黑子、快马门三、一杆枪段达三个绺子兵合一处，不为别的，就想找姜老抠借点儿粮食，帮个忙，把大门打开吧！"碉楼上的管家姜福尖着嗓子冲外高喊："不行啊！地方小容不下这么多人！你们还是赶紧走吧！"底下的土匪又喊话说："都是明事理的人，要多少开门钱，你开个数，咱们照数给，都为了混口饭吃，不难为你们看家护院的！"姜福的心眼儿也不少，怎肯轻信这等鬼话："当面银子对面钱，谁欠的账找谁还！老姜家又没得罪迟黑子，咱们远日无怨，近日无仇，若真是缺钱短粮，改日尽管让人来取，多个朋友多条道，多个冤家多堵墙，这都好商量！今天这阵势，我们是万万不敢开门啊！别最后闹得两败俱伤，有啥意思？"双方你有来言我有去语，过了好一阵子，渐渐变得粗野起来，开始对骂。姜家大院的保险队本就是一群二流子大烟鬼，骂起人来三天三夜不带重样的；那边的几百号土匪，也没一个嘴干净的，骂到热闹之处，匪群中还不时发出阵阵哄笑。

僵持了老半天，底下的土匪急了："别他娘的敬酒不吃吃罚酒，现在开门，饶你们不死，砸开姜家窑，可别怪老子不客气！"姜福不肯服软："咱们姜家屯吃葱吃蒜，就是不吃王八姜！有本事你打上来，鹿死谁手，可还不一定呢！"突然一声枪响，保险队不知谁先开了枪,众土匪岂肯示弱,立即开枪还击。保险队仗着地势负隅顽抗,一通乱打,双方就交上火了。土匪的家伙五花八门,像什么老套筒子、盖子枪、连珠枪、单出子儿、东洋炮、自来得、老双响、鸡蹄子,有什么是什么。别看枪不咋的,但个儿顶个儿是亡命之徒,四梁八柱的枪杆子又直溜,打出去的枪子儿如同长了眼,保险队死了十来个,其余的躲进碉楼再也不敢露头。马殿臣是出了名的炮头,两把盒子炮左右开弓,打断了吊桥的绳索,吊桥"哐当"一声砸落下来。崽子们抬着云梯冲过吊桥,后头跟着几十名敢死队,个个手持盒子炮,背插大刀,借着云梯往墙上爬。正当此时,姜家大院里边火光冲天,传来一片嘈杂之声,原来有事先潜入姜家窑的土匪放火策应,打开了大门。保险队全是些二流子大烟鬼,以往仗着姜老抠的势力为非作歹还行,此时大多吓破了胆,扔下枪四散逃窜。

当地县城不仅有保安队,更有骑兵旅驻防,不过当官的吃空饷,实际上没那么多兵。旅长听见姜家大院方向枪声密集,也自心惊肉跳,平时吃着姜老抠,喝着姜老抠,关键时刻不能不出动,只得命一个连出城剿匪。连长接到命令一肚子不情愿:你们都不去,凭啥让我去?这不等于送死吗?无奈军令难违,只好召集部下,先在驻地兵营列队报数,报一遍人数不对,再报还不对,报了五六遍,越报人越少。连长说:"就这么着了,今个儿谁没来,扣谁一个月的军饷。"接下来带领人马开出县城,奔姜家屯方向磨磨蹭蹭走出二里地。这个报告连长忘带枪了,那个报告连长忘带子弹了。连长叫住众人接着训话,爹娘老子连骂带卷,训够了一声令下掉头往回返。都准备妥当再出来,又忘了带旗号,等把枪马旗号全找齐了,也到吃饭的时候了,兄弟们吃军粮拿军饷,保境安民有责,可是不填饱了肚子,如何跟土匪干仗？连长一声令下，就地埋锅造饭。反正不等土匪走光了，说什么也赶不到姜家屯。

迟黑子率众打破姜家窑，活捉了姜老抠、管家姜福，连同姜老抠的五六个小老婆，以及十来个保险队的二流子，全被五花大绑带到场院之上，交由孤山岭上的狠心梁马殿臣发落。狠心梁乃迟黑子麾下的四梁八柱之一，专管拷问秧子。马殿臣也非常人，匪号"打得好"，骁勇善战，胆硬手狠。他把姜老抠从头到脚扒个精光，捆在大树上，拿凉水往身上浇。关外天冷得早，说话这时候都得穿棉袄了，几桶凉水泼下去，冻得姜老抠嘴唇都紫了。马殿臣一边泼凉水，一边逼问姜老抠，把值钱的金银藏哪儿了？姜老抠这辈子竟琢磨别人了，哪遭过这个罪？不住口地求告："好汉饶命，好汉饶命，我家没钱哪，种地的庄稼人在土里刨食儿，省吃俭用攒那俩钱儿，全置办田产盖了房舍，佃户交的租子也是粮食，那不都搁粮仓里堆着吗，哪儿来的金银细软啊？"

狠心梁马殿臣可不信姜老抠的鬼话，吩咐崽子烧壶开水，再找俩洗脚盆，其中一个装上半盆粗盐，先把姜老抠的脚摁在空盆里，往他脚上浇开水，烫出一脚燎泡，再往上搓大盐粒子。姜老抠惨叫哀号，真可以说钻心地疼，不单是脚疼，还心疼这么多盐。马殿臣只问姜老抠说是不说，姜老抠脑子都木了，可就一句话："真没有钱！"土匪有的是祸害人的损招，不怕姜老抠不招。马殿臣又让手下人找来一瓶子香油。那个年头乡下人家吃咸菜，也要放两三滴香油，姜老抠可不舍得，咸菜端上桌来，顶多拔下香油瓶上的塞子，他自己闻两下，再转着圈让姨太太们一人闻一下，多一下都不行，此事远近皆知。马殿臣就把姜老抠大头朝下吊在树上，拿香油往他鼻子眼儿里倒。姜老抠让香油呛了个半死，又见香油流了一地，不免心如刀绞、肝肠寸断，连哭带号地叫嚷："你们整死我得了，我不活了！"

这时有崽子来报，说在姜老抠住处的炕洞子底下找到一个地窖子，里边有两个柜子，装满了夹金怀表、白貂帽子、獭皮大衣、驼绒袍子、俄国毯子，还有几个箱子死沉死沉的，砸开一看全是银圆和金货。马殿臣命他们抬出来摆在场院当中，给三位大当家的过目。姜老抠见自己的家底儿全让土匪搜了出来，心里头彻底凉了。每天晚上临睡觉前，他都得把箱子打开，仔仔细细过一遍数，里面有多少块银圆、多少根金条，数都对上了才行，否则睡不踏实。他这辈子财迷转向，存了这么多年，一夜之间都归了土匪，这还怎么活？哭天抢地求老姜家祖宗显灵，收拾了这伙土匪。

马殿臣哈哈大笑："姜老抠啊姜老抠，方才交出财货还可以饶你一条狗命，而今你是甭想活了，今天爷爷让你死个阔的！"说完从箱子里捡出几个"韭菜叶"，这是土匪的黑话，其实就是大金镏子，走到姜老抠近前，一手掐住他腮帮子，另一只手挨个儿把金镏子塞进他嘴里，又将剩下的半瓶子香油给姜老抠灌了下去。姜老抠让金镏子坠破了肚肠，疼得昏死过去。两个崽子拔刀上前，给姜老抠来了个开膛破肚，把肠子中的金镏子挨个儿找出来。

管家姜福连同保险队的一众二流子，个个死有余辜，全被砍了脑袋，院子里血流成河。马殿臣又问迟黑子："姜老抠的几个小老婆如何处置？"迟黑子一摆手："让她们滚蛋。"马殿臣过去撵了半天，却没一个走的。再一问怎么不走呢？原来全是家里穷得吃不上饭，不得已卖给姜老抠当了小老婆，在老姜家待这几年，过的日子跟使唤丫头差不多，吃不好穿不好，还得给姜老抠暖被窝，半点儿积蓄没存下，走了就得饿死。迟黑子也没辙，只得把搜出来的钱财给她们分了一点儿，这才打发走。

有哭的就有乐的，一众土匪把姜老抠家中里外搜了个遍，砸开粮仓和堆房，能带走的满满当当装了三十几辆大车。后院牲口棚的牲口也牵出来，三个绺子三一三十一，哪家也没吃亏。带不走的全给老百姓分了，宣称替天行道，其实也是拉拢人心，替绺子扬名。老百姓见姜老抠和保险队的二流子差不多死光了，也没什么好怕的，家家户户拿着面口袋，排着队分粮食。迟黑子又命人在场院上摆好桌椅板凳，让屯子里的人做饭，包子、饺子、面条子，大锅猪肉炖粉条子。

大伙儿正吃得兴起，突然跑来一个老头儿，怒气冲冲指着迟黑子破口大骂！

7

这个老头儿腰弯背驼、步态蹒跚，脾气却不小，吹胡子瞪眼，说："你迟黑子不是有名的清绺子吗？俺们老百姓都敬重你是条好汉，向来劫富济贫，为什么单单祸害我们姜家屯？抢也抢了，吃也吃了，还要糟蹋我家姑娘，逼奸不从就杀人灭口啊！有你们这样替天行道的吗？"迟黑子当时就急了，耍清钱的绺子最忌讳"压裂子"，也就是奸淫民女，这是哪个崽子活腻了？他阴沉着脸，瞅了瞅身边的快马门三和一杆枪，心说：准是你们两个当家的，约束不住手下崽子，干出祸害百姓的勾当！

一杆枪是练武之人，最好面子，也觉得脸上挂不住，当场拔出枪来，冲天打了一枪，厉声喝问手下："老爷们儿敢作敢当，哪个干了伤天害理的勾当，赶快给老子站出来！"快马门三同样脸色铁青，往前走了两步，环顾手下一众崽子。此人一贯阴郁寡言，但是目光如电，一张刀疤脸让人毛骨悚然。场院上一时间鸦雀无声，几百个土匪面面相觑，半天也没一个吭气。饭是甭吃了，迟黑子立即把三股绺子的兄弟召集到一处，让老头儿挨个儿辨认。老头儿看看这个，瞅瞅那个，围着众人走了两圈，猛然分开人群，一伸手，从中揪出一个崽子，浓眉细目、白净脸膛。迟黑子一看不是旁人，竟是他的义子血蘑菇！

原来土匪打进姜家窑之时，保险队这群大烟鬼作鸟兽散。为了防备漏网之鱼躲在暗处打黑枪，迟黑子下令把逃散的保险队以及姜老抠的家眷全抓来。血蘑菇跟着一队土匪沿着小路，逐门逐户搜寻可疑之人。姜家屯当中是姜家大院，外围的庄户人家也不少，大多是干打垒的土坯房，又低又矮，盖得七扭八歪，道路更是纵横交错、坑洼不平。血蘑菇自从老鞑子和白龙死后，心里就憋着股邪火，撒狠一般追逐保险队的人，经过一个小院，猛然听到屋里传来一阵噼里扑噜的怪响。血蘑菇越墙而入，听响动在西屋，趴在虚掩的门缝之间往里头看，不看则可，一看之下倒吸一口冷气！

西屋这个土坯房也就一人多高，从门口进去都得猫腰缩脖子。墙皮上枯草外露，屋里一盘土炕，六尺来宽，一丈多长，占了多半间屋子。炕桌上油灯昏暗，一个老太太盘腿坐在炕头，头上包着玄色绢帕，一身锈金边儿的灰袄灰裤，分明是庙中的金灯老母，正不紧不慢把一片人皮往脸上粘，又拿起胭脂脂粉一通描眉打脸，变成了一个十八九岁的大姑娘，面带潮红，梨花浅笑，伸出纤纤玉手轻抚发鬓。

血蘑菇见了金灯老母，不由得搓碎口中钢牙，当即破门而入，抬手一枪，正中"金灯老母"的面门。"金灯老母"中枪毙命，死尸倒在炕上。血蘑菇扑将上去，眼前这张脸虽已被打烂，却仍可看出皮肤光洁，岂是七老八十的老太太？血蘑菇冷笑一声，心里骂道：天杀的老耗子，死了还跟我装？老爷非让你现了原形不可！三下两下撕扯开那女子的衣服，却怎么也剥不下那身画皮。血蘑菇忽然觉察到不对，不由得愣在当场，脑子里"嗡"的一声，心说：糟糕，贼咬一口，入骨三分，这一下怕是跳进松花江也洗不清了！就在此时，一个驼背老头儿冲进屋来，一把抓住血蘑菇的胳膊，再看那个女子，赤身露体死在了炕上，鲜血染红了半边土炕。血蘑菇心慌意乱，一时没了主意，推开老头儿夺路而逃。一众土匪在姜家屯中来往穿梭，谁也没在意他，迷迷瞪瞪来到场院之内，还没想明白刚才撞了什么邪，那个老头儿就跑来找迟黑子讨公道了。紧接着又冲过来，一把揪住他的脖领子，拽到迟黑子面前，哆哆嗦嗦指着血蘑菇的鼻子说："我闺女就是这个瘪犊子开枪打死的，土炕都让血染透了！"

迟黑子怒不可遏，抬脚踢了血蘑菇一个跟头。血蘑菇百口莫辩，他手背上甚至还有那个驼背老头儿挠出的血道子。此时此刻，血蘑菇再说什么也不会有人信，心想：这么死也太冤了，好歹我得留住这条命！忙往迟黑子面前一跪，磕头如同捣蒜，求大当家的饶命。可是这个头一磕下去，就等于当着众人的面，承认自己干了横推立压的恶事！血蘑菇磕破了脑袋，却见迟黑子不为所动，心知不给个交代，无论如何过不去这一关。咬牙抠下自己右边的眼珠子，连血带筋托在手上。迟黑子也舍不得打死血蘑菇，这孩子三岁上山，由他收为义子，交给老鞑子装在一个大皮口袋中，走到哪儿背到哪儿，好不容易拉扯大了，在山上当胡子打家劫舍，说不上行得正坐得端，至少没干过横推立压丧良心的恶事，之前还给绺子挖了那么多金子，不说有多大功劳，那也够得上功过相抵了。然而在众目睽睽之下，破了规矩如何服众？更何况另外两股绺子也在那盯着呢，这不是让外人看笑话吗？关外的土匪讲究五清六律，"五清"指要得清、打得清、传令清、缉查清、带路清。无论是开差砸窑，还是别梁子，不许强抢豪夺胡打乱砸，更不许伤及无辜，分赃时各拿应得之数，不能多吃多占，也不会亏了谁。"六律"是绺子的六道底线，分别是贪吞大饷、奸淫妇女、携枪逃跑、挑拨离间、抢饷劫柜、私放秧子。纵然是四梁八柱，坏了六律中的任何一条，那就得透马眼、活脱衣、上笼，也就是剜眼、扒皮、蒸熟了。如果说血蘑菇只是奸淫妇女，没整出人命，给够了人家赔偿，或者说当众剜下一个眼珠子，尽可以交代过去，却不该杀人灭口。事已至此，再说什么也没用了。迟黑子气得全身发抖，扭头冲马殿臣使了个眼色。马殿臣明白迟黑子的心意，当即叫两个崽子上前，下了血蘑菇的家伙，又吩咐道："拖去外边凿了，别让这个败类死在大当家的眼前！"

两个崽子得令，一前一后将血蘑菇带到大院门口，举枪说道："对不住了兄弟，你一人做事一人当，要怪别怪大当家的，也别怪我们哥儿俩，只怪你自己压裂子坏了山规。你可记下，来年的今天，正是你的周年祭日！"血蘑菇不甘束手待毙，从怀里掏出两个金粒子，求告那两个崽子，念在同是一个山头插香的兄弟，放他一条活路。

两个土匪一对眼神，伸手接过金粒子，做了个顺水人情，一人冲天开了一枪，放走了血蘑菇。本想谎称已将死尸踹入了河沟子，哪承想马殿臣远远听出枪声不对，追出来一枪一个打死两个崽子，再找血蘑菇，却已逃得不知去向。

1

　　血蘑菇用两个金粒子买了条命，捂着脸上的血窟窿，忍着钻心的疼痛，跌跌撞撞逃出姜家屯。听到身后马蹄声响，转头看见马殿臣骑马追出来，一枪一个打死了放跑他的两个崽子。他心慌意乱，连滚带爬躲入山沟，侥幸没让马殿臣追上。血蘑菇心知马殿臣眼里不揉沙子，只要他还没死，必定会派人追杀，自己往哪儿跑，瞒得过别人，可瞒不过狠心梁马殿臣。你孙猴子的筋斗云翻得再远，终究蹦不出如来佛的手掌心，不如来个灯下黑，躲在孤山岭下的金眼子中避一避风头，下一步再往深山老林里逃。等到天黑透了，他来到孤山岭下，找个金眼子钻进去，躲了三天三夜，渴了喝脏水，饿了逮蝲蝲蛄吃。这东西看着恶心，实则无毒，按乡下迷信的说法，吃蝲蝲蛄还可消灾治病。土匪落草为寇，难免刀枪之伤，多少都会些治伤的土法子，趁天蒙蒙亮偷偷爬出金眼子，揪了几把菩萨草，放在嘴里嚼得稀烂，一半咽进肚子，一半揉成团敷在眼窝中。关外深山老林里常见的林蛙，俗称"油蛤蟆"，满语叫"蛤什蚂"，母蛤蟆也叫"老母豹子"，产卵前肚子里有油，抠出指甲盖儿大小一块儿，用开水一冲，能胀成一大碗，实为上等补品。前清时慈禧老佛爷每天早晚各造一顿，到六七十岁两个眼珠子还是贼亮贼亮的。血蘑菇伤口渐渐愈合之后，趁天黑爬出去，扒开沟边潮乎乎的草丛、土穴、石头缝儿，见到从冰水拔凉的泥地里蹦出来油蛤蟆，血蘑菇就扑上去捉住，生吞活嚼扔进肚子。

而今他也想明白了，这是金灯老母使的坏，可是空口无凭，谁能相信他的话？要说从此隐姓埋名远走高飞，一来怕躲不过绺子的追杀，死得不明不白；二来不愿背上横推立压奸杀民女的恶名，死了还得让人戳脊梁骨；三来他打小落草为匪，说的是胡子话，吃的是胡子饭，除了当土匪不会干别的，在外又无亲无故，根本没有落脚容身的去处。血蘑菇遭此巨变，觉得眼前并无一条活路可走，有心一死了之，可是金灯老母不仅害得自己抠下一颗眼珠子，还整死了老靰子和白龙，此仇不共戴天，反正就这一条命，死也得拽上金灯老母，不过那个老耗子神出鬼没，实不知如何找寻。

血蘑菇还有一桩心思未了，当年老靰子下山办事，遇上八九个逃兵洗劫平民百姓。老靰子路见不平，开枪打跑了逃兵，救下一个寡妇，岁数也不小了，自称打关内来的，家破人亡无处投奔，愿意跟老靰子做个伴儿，也等于寻个依靠。老靰子可怜她孤苦伶仃，山上不能有女眷，就把她安置在老家猫儿山，搭伙过日子。老靰子是个老光棍儿，而今有个女人做伴儿，他自己也挺知足，每到下山猫冬的时候，就带白龙和血蘑菇"回家"。血蘑菇称之为"婶娘"，他浑身上下的鞋帽衣服，从头到脚全是婶娘一针一线亲手缝的。血蘑菇打小没爹没娘，拿婶娘当亲娘一样对待。婶娘也疼血蘑菇，娘儿俩感情极深。

当土匪没有不给自己留条后路的，啸聚山林等同于把脑袋别在裤腰带上，说不定哪天就得搬家，因此无多有少，总会攒下几个逃命钱。之前迟黑子赏的金子，血蘑菇自己不舍得用，埋了两粒在金眼子中应急。躲进金眼子这几天，他把两个金粒子挖了出来，想到老鞑子和白龙均已不在人世，担心婶娘无依无靠冻饿而死，打算去看看婶娘，也不露面了，留下金粒子就走。

血蘑菇打定主意，迷迷糊糊似睡非睡，挨到天黑爬出金眼子，避开巡山的土匪，朝分赃聚义厅方向跪倒在地，给迟黑子连磕三个响头，抹去泪水下了山。偷偷来到婶娘的住处，看篱笆院中那两间小土坯房，还是当年老鞑子带着他和白龙，燕子垒窝似的，一锹泥一把草搭成的。往年下山猫冬那几个月，血蘑菇和白龙住西屋，老鞑子和婶娘住东屋，真跟一家人似的。腊月二十三过小年，老鞑子带着小哥儿俩去集市上买来一应物品，天黑后祭祀灶王爷，在灶台旁供奉上关东糖，一家四口跪下来念念有词："请灶王爷灶王奶奶保佑，上天言好事，回家保安康。"这就开始过年了，婶娘蒸了几大锅黄黏豆饽饽，金灿灿、圆鼓鼓，煞是好看，搁院子里冻成冰疙瘩，随吃随蒸，能吃两三个月。到了腊月三十，对子、福字、窗花、挂笺儿把门楣、门框、窗户全贴得满满当当，大门口放一根拦门杠，院子里铺上芝麻秆、秫秸秆，踩上去噼里啪啦作响。天一擦黑儿，小院儿中立起一根灯笼杆，挂上大红灯笼，老鞑子带着白龙和血蘑菇烧香磕头，迎喜神、接财神。婶娘包上整整四盖帘儿饺子，一家人盘腿坐在热乎乎的炕头上，围着炕桌吃饺子。吃完饺子还有花生、瓜子、核桃、榛子，一宿也吃不完，屋子里的长明灯一直点到天亮。血蘑菇是有钱人家的少爷没当成，落草为寇的土匪没当成，老百姓的日子也过不上了，呆立在婶娘家门口思绪万千，一阵茫然；再瞅瞅婶娘住的小土坯房，八下子透风，连墙都快倒了，心里特别不是滋味。

正当此时，忽听身后有脚步声踢踏作响，血蘑菇是惊弓之鸟，担心马殿臣来追他了，忙转过头看，来的竟是金灯老母！他心头一紧，以为金灯老母要来加害婶娘，立时红了眼，下意识往腰里一摸，才想起来没有枪。情急之下冲上前去，伸出双手狠狠掐住"金灯老母"的脖子，磨牙凿齿怒斥道："你个老耗子，害死我老叔还不够，还要来害我婶娘！""金灯老母"两手乱摆，口中哼了几声，双腿一蹬没了气息。血蘑菇长出一口气，心说：可把这个仇报了。怎知再一看，哪有什么金灯老母，横尸在地的分明是疼他爱他的婶娘。血蘑菇大叫一声，扑到婶娘身上痛哭流涕，此时此刻，真觉得叫天天不应，叫地地不灵，这么一来，不仅对不起婶娘，更对不起老鞑子。他这边一叫一哭，不免惊动了屯子里的人，血蘑菇只得冲婶子的尸首磕了四个头，失魂落魄地躲入深山。

2

血蘑菇亡命出逃，在茫茫大地、山林原野、青纱帐里、烟雾丛中东躲西藏，暗恨马殿臣抓着葫芦当瓢打，只想有朝一日冤屈平反，干爹还能收留自己。赶上猫冬，山上的土匪散了，血蘑菇得以喘息，在县城附近躲起来。有一次在城外，遇上一个跑江湖卖耗子药的，摆个地摊儿，打着竹板现编现唱，口中吆喝叫卖："耗子多了人发愁，扒住墙缝上顶棚。狗皮褥子貂皮袄，耗子上去就撒尿。专啃炕头的绸子被，搅得您一晚上不能睡。东屋跑，西屋窜，偷完了麻油又偷面。仰着脸、抻着脖，光吃粮食它不干活儿。那您得买包耗子药啊，一包只花一大枚，一天少抽一袋烟，耗子不敢往屋里窜。走江北，逛江南，好药卖的是良心钱。一不掺、二不兑，耗子一闻就断气儿。来多少、熏多少，半只耗子也甭想跑。您不买、咱不怪，您家的耗子嗑锅盖！"血蘑菇恨透了金灯老母，听这卖耗子药的唱得热闹，他心里头也解气，站住多听了一会儿。见墙根儿戳着一根扁担，上边用麻绳拴了几串死耗子，有的刚死不久，嘴角挂着血丝，有的皮塌肉陷，都成耗子干儿了，个儿顶个儿都有狸猫么大，带到哪儿都能引人围观瞧个稀罕，是卖耗子药的招牌。血蘑菇听围观的老百姓议论，此人是有名的关东耗子王，祖上干这一行两三百年了，他们家耗子药用的是祖传秘方，耗子吃了当时不死，回到窝里互相咬，一死就是一窝。血蘑菇灵机一动，躲在一旁，等那人收了摊子，便一路跟在后头。趁卖耗子药的住宿过夜，偷走了穿耗子的麻绳，缠在自己腰上。这条麻绳非比寻常，积年累月不知拴过多少只大耗子，血蘑菇觉得有此物傍身，说不定金灯老母就不敢再来了。

当时的关外，逢山有寇，遇岭藏贼，遍地是胡子。离迟黑子占据的孤山岭不远，也有个绺子，匪首挑号"占东岗"。迟黑子与占东岗本无仇怨，但占东岗觉得迟黑子的绺子兵强马壮，迟早会将自己的山头吞并，可巧知道了迟黑子有个相好的窑姐儿，每年猫冬迟黑子都住到窑子里。占东岗一肚子坏水儿，去海台子嫖宿时勾搭上这个窑姐儿，许下不少好处，二人狼狈为奸。又勾结保安队长，定下毒计，暗中布置，将下山猫冬的迟黑子生擒活拿，枭首示众。可怜迟黑子英雄一世，却在阴沟里翻了船。

下山猫冬之前，迟黑子与众家兄弟约定好，来年三月初一上山重聚，再干几票大买卖。按胡子的规矩，猫冬结束头一个月必须"吃插子"，挨着个儿盘问崽子们猫冬时的所作所为，看看他们干没干伤天害理之事。发现哪个崽子没回山，要派踩盘子的去打探，若被人点了炮，就要查出凶手，砍下脑袋给死去的兄弟祭坟。若没回来的人是背叛绺子，那说什么也得给他抓回来，按匪规严惩。到了约定的时日，孤山岭的人马全到齐了，单单少了大当家的。"人无头不走，鸟无头不飞"，迟黑子这么一死，山上可就乱了套。多亏马殿臣主持大局，派人下山活捉了保安队长、占东岗和那个窑姐儿。这三人为了活命，一口咬定是血蘑菇把迟黑子卖给了官府。马殿臣恨得牙根儿痒痒，苦于一时找不到血蘑菇，就把这三个人绑到迟黑子灵位前，一刀一刀碎割了。从此马殿臣当了绺子里的"顶天梁"，发下毒誓要将血蘑菇点了天灯，给大当家的报仇，派出多路人马，下山追杀血蘑菇。

马殿臣这些手下，大多曾跟血蘑菇在一个山头为匪，血蘑菇往哪儿跑，能躲到什么地方，他们全都心知肚明，血蘑菇前脚刚到一个地方，追兵后脚就来了。这一日血蘑菇扮成种地的庄稼汉，想到老乡家买点儿粮食。刚到一个小屯子，就被几个追踪而至的土匪盯上了。慌乱中闯进一户人家的院子，见院子一角是个猪圈，他想都没想就钻了进去，顾不上脏净，翻过猪食槽子盖在身上，稀汤寡水臭气扑鼻的猪食撒了一身。几个土匪追上来扑了个空，连吵吵带喊骂不绝口。血蘑菇听出其中之一是"穿云山"，孤山岭的"四大炮头"之一。穿云山大骂血蘑菇不仁不义，大当家的打三岁起把他养大，没想到养了个白眼狼，竟勾结占东岗害了大当家的性命，亏得马殿臣义薄云天，带着兄弟们给大当家的报了仇，只恨这个血蘑菇逃得快，否则捉上山去，给他扒皮点天灯，挖出心肝下酒才解恨！几个土匪"只知路上说话，不知草中有人"，猪食槽子下的血蘑菇听得真真切切，干爹迟黑子居然让人害死了！只恨自己不能亲手给干爹报仇，那个马殿臣也是不辨是非，怎么就把迟黑子的死安在了我头上？

待到几个土匪走得远了，老乡从屋里出来，归置翻了个儿的猪食槽子。血蘑菇突然一下蹿出来，绕过老乡撒腿就跑。一口气逃入密林，趴在地上大哭了一场。迟黑子这么一死，他彻底绝望了，世上的好人全死绝了，再也没有他信得过的人了，这全是金灯老母造的孽，愈发觉得不能这么一死了之，遂了那个老耗子的心意。无奈金灯老母神出鬼没，他一时想不好该怎么报仇，只好东躲西藏，一天换一个地方，白天上树钻洞，夜里出去觅食，过得苦不堪言。当初听人说过，打猎的死在山里，会变成豺狗，手中猎叉就是利爪，不知自己死后能变成个什么？

窗前走马，似水流年，转眼又到了杨树叶子泛黄的夏末初秋，血蘑菇有自知之明，躲在深山密林中可过不了冬。所谓"留得青山在，不愁没柴烧"，不如先到江北避避风头，再想法子对付金灯老母！他听说江北的土匪多如牛毛，还都是不讲规矩的浑绺子，走单帮、砸孤丁的遍地皆是，所以关外老百姓有句话"江北的胡子不开面儿"，马殿臣的势力再大也到不了那边。他孤身一人出逃，手上没枪可不敢过江，上哪儿整枪去呢？思量来思量去，想起白龙以前有个相好的，住在一个叫马鞍子沟的小地方，是个"暗门子"。这个小娘儿们了不得，蜂腰肥臀，桃花眼，厚嘴唇，花名"架不住"，骚劲儿一上来，铁打的汉子也招架不住。但是"猪八戒玩老雕——专有好这一路的"，挂上之后离不开的大有人在。比方说白龙，脑袋别裤腰带上当土匪，出生入死挣那几个卖命的钱，十之八九扔进了架不住的小窟窿眼儿。

架不住是马鞍子沟当乡本土的人，自幼父母双亡，一个孤寡奶奶把她拉扯大，十六岁就嫁给了当地一个小伙儿。关外穷苦人家的妇女，有的自带针线笸箩给人缝补旧衣服，叫作"缝穷的"，也有的给小饭铺帮忙，做些粗粮稀粥、饽饽煎饼、豆腐脑咸菜，都能换点儿零花儿。架不住可干不了这些，丈夫外出谋生之后，生活无着，靠上一个剃头匠。剃头匠一年到头出门剃头，几乎不在家待着，架不住耐不住寂寞，又找了个闲汉姘居。谁料到了年底，丈夫和剃头匠都回来了，都觉得架不住是自己的女人。那闲汉也是个拔犟眼子的倔脾气，尝到架不住的甜头，更是不肯相让。三个老爷们儿为此掐成一团。架不住倒有绝招，她让三个男人抽签定输赢，结果剃头匠中签，独占了花魁。她这种脾气秉性，哪有心思过正经日子？后来剃头匠被她掏空身子一命呜呼，架不住仗着有几分姿色，索性做起皮肉生意，谁有钱就跟谁好，谁的钱都敢挣，不过犹抱琵琶半遮面，仍冒充良家。见人说人话，见鬼说鬼话，天生就是干这行的材料，心眼儿又活泛，场面上的事绝不洒汤漏水，身边常来常往的，没几个良善之辈，家里几乎成了黑窝子。如果有踩盘子的土匪、吃长路的拐子、偷东西的小蟊贼来嫖宿，架不住就在被窝里缠着问东问西，套问明白了，再转卖给打听消息的人，额外多挣一份钱。县城保安队抓贼拿人，都来她这儿打探消息。这几年她真没少赚，也特别能花钱，比当土匪的手还敞，恨不得挣一个花俩，穿绸裹缎、吃香喝辣，抽大烟、推牌九，有多少钱都不够她造的，行事也十分乖张，那真叫"隔着门缝吹喇叭——名声在外"。

血蘑菇以前跟白龙来过几次马鞍子沟，白龙进去嫖宿，他就在门口把风，与这女人打过两回照面。土匪毕竟是土匪，耍清钱的绺子也不约束吃喝嫖赌抽大烟，白龙嫖宿的去处，连老鞑子都不知道，想必马殿臣的手下不会找到这里。血蘑菇趁天黑进了马鞍子沟，摸到架不住的窗根儿底下，听屋内没什么响动，扭身来到门口，在门上轻轻敲了三下。架不住举着油灯开门，一看来人身上衣服破烂不堪，脸上全是黑泥，胡子老长，还瞎了只眼，当时吓了一跳，再仔细一看，才认出是血蘑菇，忙拉着他进了屋，关上门问道："哎呀老兄弟，你这只眼咋成这样了呢？你白龙哥咋老也不来了呢？"血蘑菇没敢说实话，只说山上土匪火并，白龙丧了命，自己黑了一个招子，如今想往外地逃，托架不住搞一支枪防身。架不住天天跟胡子打交道，烂眼子事儿见得多了，不以为怪，反倒抿嘴一笑："包在姐身上了，不就是喷子吗？来姐这儿的人，十个有九个都带着呢！说吧，你想要啥，是大肚匣子还是老六轮？是花帽子还是鸡蹄子？要多少瓢子？"血蘑菇道："姐呀，你可真敞亮，难怪我白龙哥那么稀罕你呢！"架不住一手搭在血蘑菇的肩膀上："别提那死鬼了，败兴，敞亮归敞亮，咱丑话可得说在头里，你姐我也不容易，拿多少钱，办多少事，不能坏了我的规矩。"血蘑菇从怀里掏出仅有的两个金粒子，"啪"一下轻拍在桌子上："你看这个够不？"架不住眼都直了，眼珠子好悬没瞪出来，一把抓起金粒子，借着油灯的光亮，翻来覆去瞅了半天，揣进怀中生怕掉出来，眉开眼笑地说道："哎呀妈，真是金的呀！够……够！别说枪，整出人命都够了！"说完又搂着血蘑菇往炕上坐："你瞅你冻得这小样，快到姐被窝里，咱俩好好合计合计！"血蘑菇连连摆手："不行不行，我我……我这眼不行……"架不住"扑哧"一乐："眼不行怕啥？吹了灯啥也不耽误！"

血蘑菇赶紧打岔："疙瘩我给你了，喷子搁哪儿呢？"架不住说："那还不容易吗？这阵子县城保安队一个姓胡的小队长，外号'烀地瓜'，天天缠着老娘，这小子有枪！"血蘑菇问道："找他买？"架不住摇摇头："买？金疙瘩归他？那不便宜这瘪犊子了？这小子一天恨不得来八回，白吃白喝不给钱，提起裤子不认账，老娘正烦着呢！你把他整死，枪不就有了吗？不过话说回来，你别看这个烀地瓜人不咋的，长得可是人高马大、虎背熊腰的，还会蒙古掼跤，恁俩人扳不倒他，你整得了吗？"血蘑菇说："行，我明白你的意思了，明抢明夺也容易惊动屯子里的人，咱俩先给他灌醉了再下手？"架不住说："那也不成，因为啥呢，这个人挺能喝的，别再他还没醉，咱俩先干趴下了。行了你甭管了，明天一早他准来，到时候你听我安排，我有法子整死他！"

血蘑菇洗了个澡，剪掉头发、胡子，架不住找身旧衣裳给他换上，这才有了个人模样。转天上午，果然有人来敲门，血蘑菇躲在里屋，偷眼往外瞧，进来一个黑不溜秋的傻大个儿，马勺子脑袋，母狗眼，鲇鱼嘴，长得别提多磕碜了，穿了一身保安队的官衣，敞胸露怀没系扣子。进屋之后，把大壳帽一摘，扣到炕桌上，外衣脱下来往炕上一甩，一屁股歪在炕头，跷起二郎腿，拉过烟笸箩，抄起烟袋锅子，这就自己点上了，一点儿也不见外。架不住挨着烀地瓜坐下，肩膀头往他身上一怼，再看烀地瓜母狗眼都乐没了，鲇鱼嘴咧到了腮帮子，脸上全是褶子，伸手来搂架不住。架不住一把推开，嗔怪道："哎呀胡队长，咋这么猴急呢？我跟你说个事儿呗？"烀地瓜道："有话你就说呗，啥事儿啊？"架不住抛了个媚眼儿："这不咱老家来戚了吗，就那谁……我大表哥，你大舅哥！嗯……他这次来吧，主要是看看你这个妹夫行不行。"烀地瓜听蒙了，张着大嘴愣了半天，心说：这么快我就成妹夫了？这幸福来得太突然了！

架不住接着说："我那大表哥啊，专好打个猎啥的，咱这山里飞禽走兽可多了去了，我就大包大揽，说你妹夫在保安队当队长，专门管枪，啥枪都有，带你打个猎还不容易吗，胡队长你说是不？"几句话把烀地瓜说得腾云驾雾，骨头缝儿都酥了，心里比吃了半斤蜜还甜，从炕头蹦了下来："你大表哥，那不就是我亲哥吗？我亲哥想用枪，我在保安队管枪，这还能叫个事儿吗？说吧，他啥时候要？"架不住说道："就今儿个呗，他昨个儿来的，早起出去溜达了。你待会儿把枪取来，下午咱仨一块儿去打猎，回来我给你们整俩菜、烫上酒，咱仨好好整几盅。"烀地瓜激动了，大脸蛋子憋得通红，觉得必须趁热打铁定下来，一把攥住架不住的小手："我说媳妇儿啊，咱家以后都听你的，你就是当家的！"架不住娇声答道："哎哟，那可不成，你没听过那句话吗？老娘儿们当家——房倒屋塌，过日子还是得听老爷们儿的，你才是咱家的顶梁柱！"

烀地瓜色迷心窍，可是架不住从不拿正眼儿瞄他，每回都是应付差事，一脸的嫌弃，换第二个人兴许就不来了，仗着他脸皮厚，又真是稀罕架不住，一趟一趟往这儿跑。今天这几句话说得烀地瓜心花怒放，没想到架不住面冷心热，人家心里一直没拿我当外人！他拍着胸脯打包票："媳妇儿啊，有你这句话，咱啥也不说了，我这就回去取枪！"

没过一个时辰，烀地瓜气喘吁吁跑了回来，左右各挎一支盒子炮，手里拎着一杆老套筒子。架不住把他拉进屋，伸手给他擦擦脑门子上的汗："胡队长啊，子弹带得够不够啊？"烀地瓜从腰里解下子弹带，往炕上一拍："能不够吗？必须够！"这时候血蘑菇从里屋出来了，故意装得二二呼呼，一惊一乍地说："哎呀，胡队长吧？久闻大名呀，我大表妹可是天天提你啊，我这耳朵都磨出茧子了！"烀地瓜不敢怠慢，上前一把拉住："哥呀，你可想死我了，咋不早来呢？哎呀，这……这眼咋整的，咋还少了一个呢？"血蘑菇苦着脸说："别提了，之前上山打猎追獐子，一不留神掉进深沟，让树枝子给戳瞎了！"烀地瓜拉着血蘑菇左看右看，边看边问："哥呀，你咋这么不当心呢？你听没听说啊，孤山岭那疙瘩有个胡子，也是一只眼哪！"血蘑菇故作吃惊："那咋没听说过呢？我在县城亲眼见过呀，几十个炮手棒子手拿不住他，噌噌噌上房就蹽了，咱跟人家是没法比啊……"说着话，他伸出袄袖子擦了擦鼻涕，又接着说："你瞅我这窝囊样儿，人家那是江洋大盗，吃香的喝辣的，我就是个啃咸菜疙瘩的！"

架不住插了一嘴："你们哥儿俩先别唠了，照这么唠下去，天都要黑了，这不枪也拿来了，咱仨进山打野獐子去呗！"烀地瓜自己挎了两支大红九盒子炮，把老套筒子递给血蘑菇："这个给我哥使，子弹咱有的是，可劲儿搂，跟自己家里的一样！"三个人兴高采烈出了屋，直奔北面的山坡。

其时薄云遮日，天气阴冷，树叶子已经冻掉了不少。一路上架不住挽着烀地瓜的胳膊，时不时凑到他耳边，低声说笑几句，香气吹进他耳朵眼儿里，给个烀地瓜美得，脚底下直拌蒜，北都找不着了。三个人走到一处山崖附近，架不住指着崖上一棵野柿子树，尖声道："胡队长，你快瞅啊，那树上长了老多柿子！"烀地瓜仰着脖子往上看，那棵树有两丈多高，枝丫密布，树上红彤彤的野柿子跟小灯笼一样，一双色眼瞧瞧柿子，再瞅瞅架不住，嘿嘿一乐："媳妇儿啊，让秋霜一打，这柿子准是又甜又软，就跟你那小舌头一样一样的。"架不住跟烀地瓜撒上娇了："胡队长啊，那你就上去给咱摘几个柿子呗？回到家我嘴对嘴喂你吃……"烀地瓜英雄难过美人关，别说野树上长的柿子，架不住让他把天上的月亮摘下来，他也得找梯子去。当下把外衣一脱，盒子炮连同子弹带一并摘下来，交给血蘑菇，朝手心吐了两口唾沫，来回搓了几下，抱住树干往上爬，摘了两个柿子扔下来。架不住冲上面喊："胡队长，上边那几个柿子大，你那啥……再往上爬爬，哎呀……你咋爬那么慢呢？咱这疙瘩大姑娘上树比猴快，你这个大队长咋还不如大姑娘呢？"烀地瓜脸上有点儿挂不住了，使出吃奶的劲儿往上爬，伸手去够树梢上的一个大柿子，忽听"咔嚓"一声，身下的树杈子断了。原来野柿子树长得久了，枝干当中都是空的，人爬上去很容易折断。架不住撺掇他爬树，是盼着他掉下来，摔不死也得摔残了。不料这个烀地瓜还挺利索，抓住旁边树杈子没掉下来，脚底下一蹬一踹，腰杆子往上拔，又把身子直了起来，够到最上面的大柿子，摘下来轻轻扔下去，低头问架不住："咋样啊，这柿子够大不？我下来了！"

架不住冲血蘑菇使个眼色，血蘑菇立刻拔出盒子炮，抬手啪啪啪连打三枪。血蘑菇的炮管子一向直溜，虽说没了右眼，手上的准头仍在，烀地瓜又在树上无从躲闪，成了个活靶子，立时中枪毙命，一头从野柿子树上栽下来。架不住在死人身上搜了个遍，一个大子儿也没有，骂了句"穷鬼"，这才和血蘑菇把死尸拖到山崖边，抬脚踹了下去。

两人又把枪分了，血蘑菇有一支盒子炮防身足够，另一支盒子炮归了架不住。老套筒是长枪，没法往屯子里带，索性也给扔了。关外土匪使用盒子炮，常把准星磨掉，只留下照门，因为平时把枪插在腰里，如若留着准星，紧要关头很可能卡在腰带上，拔不出枪耽误大事，说不定就得搭上自己一条命。而保安队的是官枪，不能随意磨掉准星。血蘑菇手上有了枪，立刻在旁边找了块大石头，蹲下来磨枪上的准星，口中对架不住说："我这就走了，要是有人问起来，你可别说见过我。"架不住成天跟胡子和保安队的人厮混，枪也用得很熟，她一边摆弄着手中那支枪一边说："老兄弟啊，咱可是说好了，两个金粒子换一支枪，枪也给你整来了，可没说替你守口如瓶，你这又整别的，是不是得再意思意思？你也知道你姐我这个嘴不严实，别人给够了钱，问啥我说啥。我可听你白龙哥说过，你会找山中金脉，捡疙瘩比捡土豆子还容易，不如这么着得了，你再给我整个大金疙瘩，姐也起个毒誓，决不点你的炮！"血蘑菇暗骂架不住不讲究，可并不想把事情做绝，商量着说："我手上确实没有金子了，等我将来得了疙瘩，一定给你送来，你看成不？"架不住啐了一口，枪口对着血蘑菇的心口说："你糊弄三岁小孩呢？你也不扫听扫听，老娘我是吃素的吗？你不给够我金子，我下山就给你卖了！"

血蘑菇见对付不过去，他就不再吱声儿了，低着头又磨了几下准星。架不住厉声呵斥："别乱动！我这枪可顶上火了！"血蘑菇打马虎眼说："行行行，生啥气啊，咱都自己人，这么点儿事，还能说不开吗？我这就给你拿疙瘩……"说着话站直身形，将盒子炮插进腰带。架不住见血蘑菇应允下来，脸色缓和了几分，把枪口往下一压："跟你说老兄弟，姐不是不讲理的人，没惹下塌天的祸，你也不至于往别处逃。我可听人说了，马殿臣要拿你的人头去祭迟黑子，你说我把你卖了，他们能不给我好处吗？不冲你是白龙的兄弟，又喊我一声姐，我早拿你的人头去换赏钱了！你挖金子易如反掌，多给姐留几个，有啥不行的？今天晚上姐好好伺候伺候你！"血蘑菇听明白了，纵然当场掏出金疙瘩，贪得无厌的架不住也得把他卖了。他闷着头一言不发，冷不丁抽出腰间盒子炮，抬手就是一枪。架不住虽然持枪在手，可没想到血蘑菇将盒子炮插在腰里的时候，机头的大钩已经张开了，拿起来就响，而且出手这么快，再举枪也来不及了，头上挨了一枪，瞪着眼倒地身亡。血蘑菇从架不住身上掏出那两个金粒子，金镏子、金耳环也给撸了，又将死尸踹下悬崖，让她跟烀地瓜做伴儿去了。

3

血蘑菇手上有了枪，多了几分过江的底气。白天藏在老林子里，夜里拼了命赶路，哪儿荒僻就从哪儿走，衣服刮得囵囵半片，吃不上饭，喝不上水，采些个野果充饥。这一天凌晨来到江边，天色微明，开阔的江面上水流湍急、雾气弥漫。有渡船血蘑菇也不敢坐，因为马殿臣派人四处追杀，妓院、饭馆、渡口、大车店这样的地方，必定有土匪的眼线。官办的渡口又有守军，逐一盘查过往之人，搜得那叫一个细致，遇上大姑娘、小媳妇儿、老太太，浑身上下一通乱摸，遇上男人，恨不能把裤裆都掏了，不留下买路钱别想过去，这叫雁过拔毛，比土匪还土匪。

太阳东升西落，他在江边转了七八天，看到一个军官骑着一匹枣红马在附近溜达，要雇民夫抬棺材过江。血蘑菇心知土匪不会去有军队的地方，仗着胆子走过去，见这军官年岁不大，相貌长得挺威武，穿一身土灰色军装，头顶大盖帽，腰扎牛皮武装带，脚蹬高筒马靴，斜挎手枪，在渡口上耀武扬威，大声嚷嚷着："有没有愿意卖力气的？咱这儿不仅给钱，还赏五个烧饼夹驴马烂儿！"在过去来说，烧饼夹驴马烂儿是关外常见的小吃，驴马牲口被宰杀之后，大块的驴肉、马肉在肉市售卖，或直接卖给饭庄子，剩下头尾下水、筋头巴脑一点儿也不糟践，趁着新鲜被小贩收走，清洗干净，配上佐料，在卤汤中炖得酥烂咸香，捞出来切碎了夹烧饼卖。老话说"天上龙肉，地下驴肉"，别看是边角下料，味道可也相当不错。血蘑菇倒不是为了解馋，只觉得是个过江的机会，两手揣进袖口里，装得窝窝囊囊的，猫着腰低着头凑上前去，说话还大舌头："老总，您看俺成不？"军官瞥了他一眼，手中马鞭子往他胸脯上戳戳点点："可得有力气啊！"血蘑菇讪笑道："吃饱了就有力气。"军官鼻孔中"哼"了一声，一脸嫌弃地骂道："妈了个巴子，没出息的吃货，上那边等着去！"血蘑菇老实巴交地往旁边一蹲，陆陆续续聚拢了二十几个干活儿的，全是吃不上饭的穷汉。两个军卒抬来个大笸箩，装满了烧饼夹驴马烂儿，刚出炉的烧饼外焦内酥，还冒着热气，到近前请示那个军官："王副官，是不是现在就发烧饼？"王副官点点头，吩咐当兵的，给他们一人发五个，谁也不许多拿。穷汉们领了烧饼夹驴马烂儿，顾不上烫嘴，一边往嘴里塞一边跟军卒们走。

一行人走了四五里路，来到一处大院子，门口停了一辆大车，车辕上拴着白布条。院门大敞四开，两侧有石墩子上马石，一边一个哨兵站得笔管条直，见到王副官过来，"咔嚓"打了个立正。王副官下了马，带队进大院，绕过影壁墙，迎面是一排坐北朝南的青砖瓦房，明三暗五，又高又豁亮。房前摆着花卉盆景，上边罩着白布，院子里高搭灵棚，乱哄哄的全是人。中间停着一口上等楠木棺材，前大后小，正面看恰似半边原木。棺材头上立粉贴金，雕刻着梅兰菊竹、桃榴寿果，两旁画的是碑厅鹤鹿、松柏宅院。

大屋之内出来五六个人，当中这位一身皂色长袍马褂，肥头大耳，狮鼻阔口，眼似铜铃，两撇八字胡，十分剽悍威猛。王副官立正敬礼："报告司令，全办妥了！"那人"嗯"了一声，眼中流下两行热泪："闺女儿啊，秀儿啊，爹不送了！"说罢猛一转身，迈大步进了屋。王副官立即指挥这二十来个汉子去抬棺材，血蘑菇发觉棺材死沉死沉的。抬起来走几步，就得停下来缓口气，怎么会这么沉呢？二十来人抬着棺材出了院子，平放在门前的大车上。出殡队伍浩浩荡荡，鼓乐班子吹吹打打，有开道的边走边撒纸钱，一撒节节高，二撒满天星，打发过路的孤魂野鬼。跟着就是纸人纸马，后面一人头戴麻冠，身穿重孝，扛着引魂幡，上写"西方接引"四字，岁数也不小了，走起路来一瘸一拐的，多半是雇来哭灵的，并非本家。

抬棺材的众人跟着大车走，王副官骑着高头大马，率领全副武装的卫兵在后，从大院到渡口走了一个多时辰，拉车的骡马都累趴下了。已经有大船等候在江边，船头船尾都包着白布。在王副官的喝令之下，血蘑菇等人抬棺上船，撑船掌舵的艄公吆喝一声，大船驶入茫茫江雾之中。血蘑菇坐在船尾，见水浪翻滚，心中感慨万千。正自出神，就听一个抬棺材的好事之徒，向身旁当兵的打听这是谁出殡。那个当兵的也是话痨，正憋得难受，低声告诉他，棺材里这位是保安司令的闺女，三年前嫁到江北大户人家，头几天司令做寿，闺女回娘家道贺，没想到染了急症不治而亡，可把我们司令坑苦了，膝下就这么一个独生女，待如掌上明珠，含在嘴里怕化了，捧在手里怕摔了，无奈人死不能复生，又是出了门子的外姓人，只得装殓入棺，送去江北婆家的坟地下葬。王副官听到这些人小声嘀咕，立刻瞪起眼珠子呵斥："我可告诉你们一个个的，都把嘴给我管住了！谁再乱讲，可别怪老子的枪管子不认识你！"

这么一来，再也没人敢吭声了，等大船驶到江对面，早有十来个人赶着大车等在那里。送葬队伍抬棺下船，装上大车继续前行。半路上"咔嚓"一声响，大车的车轴压断了。远远瞅见一个山坡，坡上是大片坟茔，坡下有祠堂屋舍。血蘑菇等人咬紧了牙，一直把棺材抬到坟地稳入坟中，累得都快吐血了。丈夫家的人下到坟坑中，钉上棺材盖子，填土添坟，挑幡之人上去把幡杆插在坟头上。血蘑菇正看得发呆，王副官把他们叫了过去，说到后山给大伙儿分钱。血蘑菇心明眼亮，见那棺材沉重异常，一定有随葬的金器，而且少不了，否则不可能那么沉重。他们这二十几个干活儿的抬棺入土，眼瞅着埋在什么地方，人家能放心？还说什么去后山给钱？给钱在哪儿不行，为什么非得去后山？甭问，摆明了是要杀人灭口！

前山是坟茔，后山尽是荒林野地。其余之人多是逃荒要饭的蠢汉，只惦着去领犒赏，并不觉得有何不妥。血蘑菇闷不吭声，跟着一众干活儿的往那边走。众人绕过山坡，当兵的突然从他们背后开枪，抬棺干活儿的纷纷中枪倒地。血蘑菇本是杀人越货的土匪，后脑勺上长眼，何况早有防备，一个就地十八滚，躲过这一排枪，撒脚如飞往山下林子里跑。王副官发现跑了一个人，催动胯下战马，带兵疾追而来。血蘑菇拔枪在手，边跑边往后开枪。王副官没想到此人身上有枪，急忙翻鞍落马，抱着脑袋趴在地上。血蘑菇趁机钻进山下密林，当兵的仗着人多势众，仍在后边紧追不舍。血蘑菇一边打一边跑，却不熟悉江北地形，在密林中三转两绕，竟跑上了一条绝路，前边是深不见底的山谷，身后就是追兵，想起死在自己枪下的烀地瓜和架不住，不觉心头一战，可见是冤魂缠腿，报应来得真快！

4

血蘑菇心知横竖是个死，与其让当兵的打死，割下人头去换赏钱，不如自己跳下去摔死。当即冲上悬崖纵身一跃，坠入云缠雾绕的深谷。可是他命不该绝，仗着崖壁上古松横生，谷底又是个大泥潭，虽然衣衫全被剐碎了，身上到处是伤，金粒子不知掉落何处，盒子炮也没了，好在没摔死，保住了半条命。深谷中暗无天日，他挣扎着起来，以淤泥敷伤，挖蚯蚓充饥，强撑着走了三五天，刚从深谷中出来，就让砸孤丁的一棒子削趴下了！

等血蘑菇醒过来，脑壳子"嗡嗡"直响，眼前一阵阵发黑，发觉自己置身在一个冰冷的破窝铺里，浑身上下已被扒得精光，捆成个驴马倒攒蹄，拴耗子的麻绳也已不知去向。对面坐着个莽汉，四肢颀长，贼眉鼠眼，赖了吧唧，跟一只大尾巴帘儿似的，左边腮帮子上长了一颗黑痣，比黄豆粒还大两圈儿，嘴里叼着旱烟袋，脚底下横放一根大马棒，一看就不是良善之辈，周围支棱八翘的又脏又臭。那个莽汉见血蘑菇睁开眼了，就把烟袋锅子摁灭，在地上磕了几下，别在腰里，抽出皮带在手，劈头盖脸打了血蘑菇一顿。土匪中有一句话，"秧子好比摇钱树，不打他就不掉金"，既然被绑，免不了挨打。血蘑菇装成个屁包蛋，不住口地哀号求饶。

砸孤丁的莽汉打够了，铁青的脸上挂着一丝狞笑，问血蘑菇姓什么叫什么，从哪儿来到哪儿去，靠什么吃饭，有没有钱。血蘑菇想好了说辞，求告道："我孤身一人，穷光棍儿一条，瓦无一片，地无半垄，到处打短工卖苦力混饭吃，只因遇上乱兵，急着逃命，失足跌入深谷，命大没摔死，也没让野兽掏了，挖蚯蚓逮耗子充饥，衣服都破得遮不住腚了，哪有钱啊？求爷爷您行行好，高抬贵手放了我！"砸孤丁的莽汉冷笑道："行行好？那你得上庙里找和尚去，或去道观找老道去，爷爷我是卖人肉的，要论斤称！"

血蘑菇不知江北胡子的规矩，心中暗暗叫苦，砸孤丁的棒子手一没枪二没马，穷得光巴出溜，跟一根棒子似的，为了半个烧饼也敢杀人害命，可没听说论斤卖人肉的，卖给开黑店的做人肉馒头不成？他纵然是个亡命山林的土匪，一想到要被剔骨扒皮，剁成肉馅儿当人肉馒头，也不由得心寒胆裂，面如死灰。

莽汉用皮带敲打着血蘑菇肩膀上的胎记，问道："这啥玩意儿？咋整的？"血蘑菇一脸苦笑："回好汉爷爷的话，这……这是胎里带，打生下来就有，咋整的我也知不道啊！"莽汉没搭腔，又指着血蘑菇瞎了的右眼问："这个眼咋回事儿？"血蘑菇答道："这是小时候进山，让树枝子戳瞎了。"莽汉在窝铺里转了一圈，口中嘟嘟囔囔骂道：

"还他妈挺能折腾，你这夯毛夯齿的熊样，让爷爷瞅着就来气，干脆再给你扎古扎古！"说话找出两根脏兮兮的筷子，夹住血蘑菇的左耳朵，两端用细麻绳勒紧，用力一抻，把血蘑菇的耳朵捋直了。血蘑菇龇牙咧嘴，吸着凉气直作鹭鸶叫："松一点儿……松一点儿！"莽汉怒道："别吵吵，夹松了割不齐，更疼！"说罢拿出一把尖刀，在血蘑菇眼前一晃，作势要割他的耳朵。血蘑菇心说："完了，招子坏了一只，耳朵再少一只，我这瓢把子还能要吗？"莽汉比画了一阵，见此人实在榨不出什么油水，将刀尖在他耳朵上蹭了两下，手一松，筷子耷拉下来，说道："今天赶上爷爷高兴，先将这个耳朵存在你的驴头上，几时惹得爷爷恼了，再切来下酒！"然后找了块污糟的破布条子，蒙住血蘑菇那一只眼，解开他腿上的绳子，牵着他出了窝铺。

血蘑菇看不见路，又光着身子，饥肠辘辘，还被打得半死，整个人近乎虚脱，脚底下却不能停，稍有迟缓，莽汉便拳脚相加。强挺着走出四五里地，砸孤丁的莽汉拽了拽绳子，吩咐血蘑菇站定了别动。此时有几个人走过来，跟砸孤丁的莽汉讨价还价，随即把血蘑菇推进一个大箩筐。血蘑菇只觉箩筐快速下坠，耳边风声呼呼作响，半响方才落地。蹾得他尾巴骨生疼，胃口往上冒酸水。不知谁把他从筐里拽出来，扯去他脸上的布条，又给他松了绑，使劲往前一推。血蘑菇踉踉跄跄跌出几步，身后铁门叮了咣当落了锁。血蘑菇揉了揉眼，四下里黑咕隆咚，只有鬼火般星星点点的光亮，周围叮叮当当的敲击之声不绝于耳，烟尘刺鼻撞脑，夹杂着阵阵臊臭，呛得人透不过气，合着被人扔进了一个大煤壳子！

有个煤把头扔给他一身臭烘烘的破衣服和一把铁镐，阴阳怪气地说："你给我听好了，在这儿干活儿不准偷懒，吃喝拉撒睡都在煤壳子里，干得好，到年底给了工钱放你们出去；干得不好，你自己掂量着办！"血蘑菇心里头如同苦胆拌黄连，除了苦还是苦！从此跟着一群"煤耗子"在地底挖煤，额头上箍一盏铅制长嘴油灯，里边倒满灯油，借着这点光亮，在黑漆漆的大煤壳子里爬来爬去。吃饭也不按顿，一人发一个干粮袋子，饿了先吐干净嘴里的黑灰，再啃几口糠窝窝、萝卜干儿，灌一肚子凉水。他从别的苦力口中得知，此地名叫"二道沟"，周围大大小小的煤窑同是一个东家，人称"许大地主"，不仅有矿，还有良田千顷，万贯家财，乃是江北首屈一指的大户。沟中挖出的煤块十分耐烧，且无烟无味。你在炉子里放几块煤封住火，出去个两三天，回来炉子还不灭。当地人给起了个名字叫"娘家煤"，嫁过来的媳妇儿回娘家，都要带上一笸箩煤块。关外说"挖煤"是"摸煤"，"摸煤"的苦力叫"煤耗子"。地底装一架辘轳，凿下的煤块背出坑道，装入大筐，再用辘轳吊出大煤壳子。干苦力的煤耗子铲挖肩扛，在大煤壳子周围掏了无数条走势向下的坑洞，钻进去越掏越深，掏尽这个坑洞的煤，换个地方再掏，塌方是家常便饭。许大地主为人诡计多端，出了名地阴险狡诈，当地官吏、军阀在煤窑都有干股，只要有钱赚，许大地主纵然把天捅个窟窿，也没人理会。矿上的煤耗子，全是坑骗来的苦力，活着进来，死了出去，积年累月不见天日，没死的也是不人不鬼。挖够了煤用辘轳吊上去，上边才把干粮和水放下来。煤耗子们为了这口吃喝，只得拼死拼活没日没夜地挖煤。煤壳子里面一年到头黑灯瞎火，分不出昼夜，有人干活儿干累了，趴在地上打个盹儿，要是让煤把头看见，上去就是一通鞭子。

煤耗子都是两人一组，一个人挖、一个人背。跟血蘑菇搭伴儿的姓朴，小名叫"铁根"，二十来岁，住在一个叫"龙爪沟"的地方，爹娘二老在那边种了二亩薄田，收不收不要紧，靠着开了个小饭馆谋生，夏天卖冷面，冬天卖酱汤，做附近木营子的生意。为了多挣几个钱娶媳妇儿，他套了个驴车到二道沟捡散煤，按车给矿上交钱，再赶着驴车去外地卖，去得越远，价钱越高。前一阵子，许大地主突然抬高煤价，断了铁根他们这些卖散煤的生计，正赶上当地来了一批闯关东的灾民，两下里几百号人凑在一起，去许家大院"吃大户"，找许大地主借粮！

　　许家大院占了半座山，院墙上宽得能跑马，四角起了碉楼，养的炮手不下一百多人，戒备十分森严，灾民根本冲不进去。许大地主生得肥头大耳，满脸横丝肉，大光脑袋没脖子，好似一个横放的冬瓜。这日正躺在炕上，由小丫鬟伺候着抽大烟，听说有人要来吃大户，眼珠子一转计上心来，非但没让炮手阻拦，反而吩咐手下人打开大门，走出来对吃大户的人们一抱拳，皮笑肉不笑地说道："老少爷们儿，如今这灾荒年景，谁家日子也不好过，你们吃不上饭来找我，那是瞧得起我。粮食我可以出，却有一节，吃饱了给咱家干点儿活行不行？"卖散煤的都知道许大地主是什么人，进了他的煤窑，等于进了阎王殿，再没有活着出来的，于是纷纷叫嚷："干活儿可以，当煤耗子不行！"许大地主皮笑肉不笑地打哈哈："不是让你们摸煤，西边那条小河沟子干透了，我想让大伙儿帮帮忙，挖开淤泥引水。"众人信以为真，在许大地主门前吃了一顿窝头，由许大地主的管家带着他们去挖河泥，说定了干完活儿一人给一斗小米。走出二里多地，突然闯出一伙土匪，把这些吃大户的全绑了，挨个儿打得半死，扒光衣服扔进大煤壳子。铁栅栏一锁，跟黑牢差不多，煤把头带几个打手，手持棍棒、皮鞭轮番看守，人在地底插翅难飞！在煤壳子里干一天活儿，说好能给一百个大子儿，但饭食、灯油的费用都得自己出，这就去了一多半。到结账的时候，煤把头告诉大伙儿，今年粮食又涨价了，许大地主格外开恩，不用你们倒找钱了，接着干活儿吧！

血蘑菇听了铁根的经历，心说：命苦的何止我一个，眼瞅着身边的煤耗子死了一个又一个，不是累死就是塌方砸死，唇亡齿寒，难免心惊胆战，打定主意要逃。铁根告诉血蘑菇，此前也有不少煤耗子想逃，饥寒不恤，疾病不问，奇苦非常，动不动就鞭扑吊打，谁愿意过这种生不如死的日子？可是逃到铁栅栏口便被抓了回来，煤把头用尖刀在那人的脚面上乱戳，脚丫子上鲜血淋漓，那也得接着干活儿，直到活活累死为止。铁根心里放不下家中的爹娘，时常梦见他娘端着一碗冷面递到他眼前，米糙面条压得如细丝一般，上面盖着辣白菜、酱牛肉片、半拉熟鸡蛋、黄瓜丝、苹果梨片，汤里裹着碎冰碴儿，眼瞅就要吃到嘴了，一睁开眼，什么都没了。

煤壳子越挖越深，地下渗出的积水也一天比一天多，煤耗子们又被派去轮班抽水，谁都脱不开。干这种活儿的叫"水蛤蟆"，光着大腿站在水里，一桶一桶往外倒脏水，昼夜不休。水里阴寒浸骨，一连几天戳在其中，谁受得了？有人站不住脚，一头栽进水里，再也站不起来。煤把头怕有装死的，用棍子把脑袋砸瘪了，这才打开铁栅栏门将尸首吊上去。即便身子骨结实的，也都是足烂腹肿、皮肉溃烂。铁根终于熬不住了，一口血喷出去，脚底下打滑跌入水中，这个人就完了。血蘑菇绝望万分，铁根这么一死，他连个说话的人都没了，一天到晚迷迷瞪瞪，脑子里一团乱麻，干活儿累个臭死，躺下闭上眼，就是一场乱梦，整个人浑浑噩噩的，如同行尸走肉一样。如此这般，困在地底不知多少时日。

然而在无意之中，血蘑菇发现一件怪事。煤壳子里供奉一只泥胎大花猫，尾长过尺，跟龙江四味居左师傅家的八斤猫一样。这是干什么的？他听煤耗子们议论，按摸煤这行的规矩，每个煤眼子里都要供养一只八斤猫。关外有句老话儿"江南有千年鼠，江北有八斤猫"，煤窑最怕闹耗子，啃噬粮食不说，耗子最擅打洞，东跑西颠，乱窜乱咬，很容易造成塌方。八斤猫不一定是八斤重，而是泛指八斤以上的大猫，江北的山里就有。血蘑菇对《厌门神术》了如指掌，在他看来，煤眼子中供奉的八斤猫，应当是一件镇物。煤把头管挖煤的叫煤耗子，有了这只八斤大花猫，能压得他们翻不了身。若想从此地脱身，必须设法破了这件镇物。他寻思耗子都喜欢吃油，煤窑中的耗子更是如此，挖煤的人们头顶油灯照明，矿道里全是烟熏火燎的灯油味儿，正因如此，煤窑格外招耗子。于是，血蘑菇趁着没人注意，将头顶油灯里的油，悄悄倒在泥猫的尾巴上，很快引来几只耗子，对着浸透灯油的猫尾巴一通舔，不到半个时辰，就将八斤猫的尾巴舔掉了。猫断其尾，如同虎去其势，再也当不成镇物。尽管煤把头天天给泥猫上供，可是煤壳子里面黑灯瞎火，谁都没发觉泥猫的尾巴不见了。

又过了一阵子，这一天，铁栅栏门忽然打开了，只听上头有人高喊："大伙儿都出来！"几百个煤耗子逆来顺受不敢不从，挪动到矿洞入口，一个接一个战战兢兢爬出去。血蘑菇也夹在其中，押着脖子贪婪地呼吸着外边的空气。此时正是深更半夜，天上月冷星稀，但外面总比煤壳子底下要透亮许多。他眼眶子一阵发酸，虚睁着一只眼四处打量，只见煤窑守卫均已横尸在地，洞口处直不楞登站着四条大汉，个个身高膀阔，虎背熊腰，往那一戳跟四扇门板相仿，如同四大金刚下界，每人手里拎着两把二十响长瞄大镜面，威风凛凛，杀气腾腾。血蘑菇一见好悬没趴下，来者并非旁人，"穿云山、飞过山、占金山、古十三"——马殿臣麾下的四大炮头，四个拜把子兄弟，关东绿林道上号称"四大名山"！

5

小风飕飕地往煤壳子里灌，一众煤耗子你推我挤，一个接一个往外爬。血蘑菇探出半个脑袋才看到，马殿臣绺子里的四大名山守住洞口，出来一个揪住一个。煤耗子个个蓬头垢面，浑身上下全是黑的，原本分不出谁对谁，可四大名山不看脸，只看眼珠子，有的人头发挡住半张脸，就把头发撩起来。四个人四双眼如同刀子一般，死死盯着爬出来的煤耗子，一个也不放过。血蘑菇心中惊恐，让冷冽的寒风一吹，越发瑟瑟发抖，两条腿打晃，站都站不稳。这四大名山绝非浪得虚名，炮管子一个比一个直溜，能耐一个比一个大，别说四个人一起上，你随便拎出哪一个，血蘑菇也不是对手。他有心缩回去，然而拥上来的煤耗子堵住了退路。穿云山手疾眼快，一把薅住血蘑菇的头发，大喝一声："血蘑菇，可把你逮着了！"这一嗓子如同炸雷一般，另外三个炮头呼啦一下围拢过来，四个人如同四座大山，将血蘑菇挤在中间，插翅难逃。

原来在迟黑子死后，马殿臣派人四处追杀血蘑菇，翻遍了方圆几百里，连根毛儿也没找到，估摸着血蘑菇逃到了江北，于是命四大炮头过江追踪。在山里逮着一个打闷棍砸孤丁的棒子手，从此人口中得知，数月之前，他曾将一个一只眼的二混子卖到二道沟当煤耗子，得了一块银圆。说者无心，听者有意，四大炮头听到"一只眼"三个字，耳根子都竖起来了。古十三一刀插了这个棒子手，四人直奔二道沟，干掉守矿的炮手，将煤耗子一个个放出来，果然抓住了血蘑菇。

　　飞过山对血蘑菇说："并肩子，江湖事江湖了，你横推立压，又扒灰倒灶害死大当家的，不给个交代可不成，老老实实跟我们走一趟吧！别让弟兄们为难你。"血蘑菇心如死灰，只得束手就擒。飞过山、占金山两人掏出牛筋绳索，给他捆了个结结实实，又找件破衣裳让他穿上。穿云山嘱咐道："这小子肚子里揣漏勺——心眼儿太多，多留点儿神，别让他跑了！"交代完又和古十三搬来一张桌子，摆出从矿上搜出的银圆，自报山头，告诉一众煤耗子："打得好鹰王马殿臣麾下四大炮头，替天行道铲了二道沟的黑心矿。这个矿的东家许大地主作恶多端，我们大当家的马殿臣已经说了，迟早下山砸了许家窑！现在每人发两块银圆，先放你等还家。"话还没说完，突然有个煤耗子揪住身边一人，哑着嗓子大声嚷嚷："好汉爷，这个人不是挖煤的，是许大地主的狗腿子！"人群中一阵骚乱，穿云山担心出岔子，抬手朝天上放了一枪，喝道："都不许乱！"众人安静下来，穿云山又问那煤耗子怎么回事？煤耗子跪倒在地："好汉爷，我兄弟跟我一起被抓进来挖煤，就是让他活活打死的！求好汉爷替我做主！"一众煤耗子吃尽了这些打手的苦头，个个怒火中烧，转眼从人群里揪出煤把头和六七个打手。原来这些人一看大事不好，想夹在煤耗子中间蒙混过关，再回去给许大地主报信，哪知煤耗子竟然炸了窝。四大名山怎能放过这些人，一刀一个结果了他们的性命，又割下人头，血淋淋摆了一排。一众煤耗子脱离了苦海，全都跪下磕头，感激涕零，挨个儿领钱离去。

四大炮头押着血蘑菇出了煤窑，一路翻山越岭，行至日暮时分，穿云山担心出岔子，不敢连夜赶路，正巧不远处有座破败的银花庙，众人紧走几步进到庙内。见屋顶上蛛网密布，脚底下一片凌乱，正中间神龛上供奉着一座泥胎，手持银瓶，脑袋掉了半个，仍能看出是银花娘娘。几个人点上油灯，吃些干粮，倒是没亏着血蘑菇，喂了他几口吃喝。很快天黑透了，四大炮头轮番值守，以防血蘑菇逃走。

血蘑菇双手被缚靠在墙角，绳子都是带牛筋的，根本挣不断。他亲眼见过马殿臣收拾姜老抠，如若被带上孤山岭，免不了扒皮抽筋，剩下的那个眼珠子也得挖出来当泡儿踩，简直生不如死。但四大炮头个个眼观六路耳听八方，盯得太死了，别说跑，连一头撞死的机会都没有，索性死了心，爱咋咋的吧！迷迷糊糊刚睡着，忽听见大殿之上窸窸窣窣一阵响动，睁开一只眼仔细观瞧，神龛上的泥胎变了，头裹着玄色绢帕，一身灰袄灰裤，外罩藏青色斗篷，脸上皱纹堆垒，不是金灯老母又是谁？想到自己走到今天这一步，全是拜她所赐，血蘑菇目眦欲裂，无奈手脚被缚动弹不得，冲着金灯老母破口大骂："顶风臭八里地的老耗子精，等爷爷变成厉鬼，再来收拾你！"

金灯老母发出一阵阴森可怖的狞笑："毁我金身，烧我灵庙，岂能让你一死了之？"

血蘑菇后脖颈子发冷，心里头又急又怒，猛地往前一挣，才发觉是个噩梦，额头上全是冷汗，捆住手脚的绳索却已断了。再看四大炮头躺在地上，个个鼾声如雷，睡得跟死狗一般！血蘑菇心念一动，瞪着那一只眼，蹑手蹑脚地爬起来，轻轻推开庙门，溜出去撒腿狂奔，一头钻入密林，跑了个天昏地黑，全然不知身在何处，好歹甩掉了追击的四大炮头。他在江北人生地不熟，只记得在大煤壳子里认识的铁根，曾说爹娘二老在龙爪沟开了个小饭馆。他找土人问明龙爪沟所在的方向，仍不敢走大路，只能钻山过林，脚下踩着松枝枯叶，跌跌撞撞、磕磕绊绊，接连又走了七八天，瞧见密林中有几处破马架子窝铺，旁边是个小饭馆，外边用木板子圈成一小院，门口挂着幌子。

血蘑菇筋疲力尽，又饿又乏，走到近前推门进去，跟跟跄跄立住了脚，见小饭馆里拾掇得挺干净，摆着几张桌椅板凳，屋角趴着一条大黄狗，并无一个客人。开店的是老两口子，弯腰驼背、眼神浑浊，血蘑菇一问果然姓朴。这老两口子起早贪黑在山里开这么个小饭馆，附近木营子里有伐树的木帮，上山挖棒槌采山货的老客也会来此落脚，吃口热乎饭，喝口热乎酒，没钱的就拿山货来换。血蘑菇没敢如实相告，谎称自己姓关，小名柱子，本是庄户人家，几个月前家中突遭变故，爹娘、兄弟全让土匪杀了，还摘了他一颗眼珠子，死里逃生流落至此，身上一点儿钱也没有了，求老人家给口饭吃。

朴老板和老板娘对血蘑菇心生怜悯，没过多一会儿，老板娘从后面端来小半盆热腾腾的大酱汤，两个贴饼子，半碗切碎了的芥菜疙瘩。血蘑菇自己都不记得多久没吃过热乎饭了，闷头一通狼吞虎咽，吃完了放下碗筷，抹了抹嘴头子。老板娘打来一桶热水，让血蘑菇洗把脸，烫烫脚。血蘑菇觉得这个地方山深林密，消息闭塞，估计四大名山轻易找不到此处，就给朴老板和老板娘两口子跪下说："我家里人全死了，下山也没个投奔，求您二老行行好，留下我给您背柴烧火、挑水扫地，一个大子儿也不用给我，猪不叼狗不啃的赏我一口，饿不死就成。"老两口本是行善积德的人，屋子后边又有个空窝铺，就把血蘑菇留下了。血蘑菇把窝铺收拾利索，躺在草甸子上，闭着眼睛回想，自己在大煤壳子里关了整整一冬，为口吃的拼命挖煤，过得连耗子也还不如，到头来又撞上四大名山，几乎送了性命，如今好歹有了个睡觉、吃饭的地方，却不知今后又将如何？金灯老母来无影去无踪，纵然找得到这个老耗子，我对付得了它吗？后半辈子还能有个安稳吗？

　　老两口没拿他当不给钱的长工使唤，指点他去挖点儿野菜，采些榛蘑、松茸、木耳之类的山货，既可以自己吃，也可以搁在小饭馆里卖给过往的老客，挣上仨瓜俩枣的买些应用之物。小饭馆里养的那条大黄狗通人性，血蘑菇每天喂它点儿吃的，一人一狗混熟了，平时血蘑菇上哪儿去，大黄狗总是摇头摆尾地跟在后头。开春时节万物生长，血蘑菇问朴老板要了背筐，拿个小铲子，带着大黄狗进了山。山林中到处是野菜，像什么山芹菜、刺老芽、猴腿儿、婆婆丁、小根蒜，刨出来抖去泥土，抬手往背筐里一扔，不到晌午，背筐里的野菜就冒尖了。下山洗干净过一遍热水，蘸上酱就能吃，余下的晒干了，或是丢入酱菜缸。龙爪沟一带林木茂密，山货也特别多，到了雨季，林子里古木蔽日，黑绿黑绿的一片，有的是木耳、蘑菇、山核桃、松子。要说采山货这一行，当属松茸最稀罕、最金贵，能换不少钱。不止藏边有松茸，在过去，关外的松茸也特别出名。这个行当也有帮伙把持，全是当乡本土的人，外人混不进去。山林中还有一种"勾魂草"，又叫"野韭菜"，长在悬崖边背阴之处，一下雨就猛往外蹿。此时山崖上又湿又滑，常有人为了采摘勾魂草坠崖丧命，可是越难采，价格就越高。血蘑菇躲在深山中隐姓埋名，哪儿人少往哪儿去，偷着挖一点儿松茸，或是去悬崖边采些个勾魂草，藏在贴身衣兜里带下山。有空就来小饭馆帮着打打下手，干点儿挑水扫地的杂活儿。没客人时，老板娘蒸一锅"菜篓子"包子，玉米面掺上一点儿白面发酵做成皮儿，用血蘑菇采来的山芹菜焯好、剁碎做成馅儿，包成圆滚滚的团子，皮薄馅大，蒸熟了一掀锅盖，清香扑鼻。吃着热腾腾的菜篓子，朴老板跟血蘑菇唠嗑，车轱辘话说起来没完。无非说他们也有个儿子，和血蘑菇年岁相仿，为了挣钱娶媳妇儿，上二道沟贩碎煤，出去一年多了还没回来。老婆子想儿子，埋怨儿子也不给家里捎个信儿，整天愁眉苦脸，自打血蘑菇来了，才有了些笑模样。血蘑菇长吁短叹，却不敢多说，担心朴老板看出什么端倪，万一声张出去，恐有大祸临头。

血蘑菇听说在木营子干活儿的工钱不少，没山货的季节，他就去山上的木营子帮工。长白山一带将伐木称为"倒套子"，又分山场子活儿和水场子活儿。每当秋风吹光了枯黄的树叶子，蛇蝎野兽都得猫冬，山上也没了蚊叮虫咬，头场雪下得铺天盖地，等到天一放晴，山场子就忙活开了。倒套子的工人把大树放倒，通过大冰槽把砍下来的原木顺下山，再用雪爬犁拖到江畔，搁在排窝子里堆放齐整。等来年春天开江，江里的冰块化了，就把原木穿成木排，顺水漂流运出大山。倒套子全是两人一组，一把"快马大肚子锯"，两头窄中间阔，形状像个大肚子，外带两把开山斧，背儿厚刃儿薄，凭着胆

· 166 ·

子大手头准，在森林中砍伐六七丈高的红松。

血蘑菇故意披头散发，用垂下来的头发遮住半边脸，太阳穴上又贴了一大块膏药，总是少言寡语，佝偻着身子不抬头。在关外再没钱也得置办一套过冬的行头，否则出屋就得冻死。血蘑菇头上戴了一顶油不唧唧的破皮帽子，身上穿一件厚棉袄，外套着羊皮坎肩儿，手上揣着羊皮手闷子，脚穿牛皮靰鞡鞋。这冰天雪地滴水成冰，头发、眉毛、胡楂儿上都挂着白霜，皮帽子的帽耳朵扎撒着，形同两个翅膀子。倒套子的起早贪黑在严寒中伐木，经常有累趴下的，所以常有生脸儿的人进山干活儿，也没人再过问蘑菇是从哪儿来的。

木营子有工棚，把头带着十来个倒套子的住在里边，血蘑菇不想跟这些人走得太近，干完活儿就回小饭馆后的破窝铺睡觉。倒套子的工人拉帮结伙，组套合伙上山干活儿，很多还是拜把子兄弟，血蘑菇独来独往，也没个照应，把头免不了欺负他，最苦、最累、最危险的活儿全让他干。血蘑菇倒也认头，让干啥干啥，一天忙活下来，累得半死不活，回去躺下就能睡着。木营子所在的地方山深林密，除了干活儿的，几乎没有外人进来。血蘑菇虽然吃苦受累，心里还算踏实，怎么说都比在煤窑里强，想就此隐姓埋名，把这一辈子在深山老林对付过去。

然而过了没多久，木营子里出了一件怪事。当时刚入九，干冷干冷的天。伐木的时候，锯到一半，大树滴滴答答往下淌血，谁也不敢再锯了。换一棵大树，锯到一半仍是淌血。木把头姓吴，四十多岁不到五十岁，年轻时干苦力把腰累塌了，只能佝偻着走路，鞋拔子脸，三角眼，腊肠唇，一嘴黄板牙里出外进，大伙儿当面叫他一声"吴把头"，背后都喊他"吴驼子"。这个人一贯尖酸刻薄，欺软怕硬，满肚子花花肠子，胆子也大，骂骂咧咧摇晃着肩膀头，上前一口气把树锯断，树木却仍屹立不倒。这个情形在木营子里不出奇，关外俗称"坐殿"，若是树木粗大挺拔、树冠匀称，再加之风幽林静，大树就容易"坐殿"。不过挺麻烦，因为大树说倒就倒，使人防不胜防。倒套子的人也都知道，遇上"坐殿"千万不能跑，也不能大声吵吵。吴驼子在木营子当了十来年把头，有一定的应对之策，摆手示意众人不要乱动，慢慢摘下头上的皮帽子，猛地朝着一个没人的方向扔了出去。借着这一丝气流，大树往那边轰然倒下，声势惊人。众人围拢上前，见树干里竟是空的，趴着一堆血刺呼啦的耗子，个头不大，没皮也没毛，耳尖尾短，一个挨一个挤成一堆，而且没死透，眼珠子暴凸，金中泛红，却还时不时转动。在场的人都吓坏了，以为是大树里出了鬼怪。常年在山里干活儿的人最迷信，每逢初一、十五都要烧香磕头拜"山神爷"。在山里谁也不能坐在伐过的树墩子上，那是山神爷的宝座，冒犯不得。大肚子锯和斧子上都得系红布条，趋吉避凶。吴驼子从没遇上过这样的怪事，不敢轻易处置，原封不动用泥土把空树干封上，又在树墩子前摆上供品，领着大伙儿拜山神爷，连烧香带磕头，并且告诫手底下的工人，从今往后谁也不许靠近这个大树墩子。血蘑菇在一旁冷眼窥觑，心中暗暗吃惊，这可不是寻常的野耗子，而是长在金脉里的金耗子，跟金灯老母的耗子兵相同，只是被整得半死不活。

把头带众人烧了香拜了神，林子里又恢复了秩序。血蘑菇并未声张，只跟着闷头干活儿。倒套子的工人们隔三岔五就从山上下来，到朴老板的小饭馆整口酒喝。倒套子的皆为苦命之人，年年冬天来木营子卖苦力，挣上几个钱，开春下了山吃喝嫖赌抽大烟，挥霍得一干二净，只留下满身伤残。他们整天在林场干活儿，个个邋里邋遢，活像一只只大狗熊。平时打一斤小烧锅驱寒解乏，喝得昏天黑地，扯上几个荤段子，一言不合就动手，打得头破血流，恨不得拿刀剁了对方，等到酒劲儿过去，又跟没那么八宗事一样。木营子里有一座"木刻棱大屋"，用原木一根压一根搭成，屋顶子上铺满蒿草和树枝子，整得严严实实。屋子当中点着一个铁皮火炉，两边各有一排板铺，可以住二十来人。睡觉时头朝里脚冲外，以防半夜有猛兽闯进来，直接啃去半拉脑袋。板铺底下是一冬天也化不掉的冰雪，可只要把火炉烧起来，光着膀子也不嫌冷。铁皮炉子还能烧饭，倒套子的工人们上山时，都扛着一麻袋冻得梆硬的黄黏豆饽饽，还有粉条子和酸菜。在铁皮炉子上支一口锅，熬上酸菜粉条子，再架一个秫秸秆盖帘，搁几个冻饽饽，盖上锅盖，菜好饽饽热，这就叫"一锅出"。

　　一群大老爷们儿住在一起，免不了惦记女人，毕竟是"铺的厚不如盖的厚，盖的厚不如肉挨肉"。木营子里常有一个做皮肉生意的窑姐儿叫"白牡丹"，三十岁出头的年纪，穿着花花绿绿的布棉袄，胸脯鼓胀鼓胀的，腋下夹着个麻花布包袱，走起路来扭得风摆荷叶，一看就是干这行的。白牡丹跟着自己的男人闯关东，男人去老金沟找活儿干，钻了金眼子再也没出来。扔下白牡丹一个小寡妇，为了有口饭吃，不得不拉客卖身。一来二去结识了几个木把头，冬天就来木营子挣皮肉钱。

　　拜过山神爷的转天，日头刚出来，白牡丹便进了木营子。木把头吴驼子正巧没在，白牡丹往林子里瞥了几眼，瞅着血蘑菇眼生，走过去拽拽他的衣角："大兄弟，你这衣服都破了，我给你缝缝吧！"

血蘑菇初来乍到，以为白牡丹真要给他补衣裳，两人就一前一后进了木屋。白牡丹说："外头冷，你把门带上。"血蘑菇转身关上木板门，再一扭头，白牡丹已经解开了棉袄上的疙瘩襻，露出红艳艳的肚兜和雪白的膀子。血蘑菇脑袋"嗡"的一声就大了。白牡丹把棉裤往下一褪，拉着血蘑菇上了板铺……

等血蘑菇从屋子里出来，正跟吴驼子撞了个满怀。吴驼子狠狠瞪了他一眼，迈步往里走，进去就给白牡丹来了个大耳雷子。原来吴驼子早就给白牡丹定了规矩，每次来木营子，一定得先找他，然后才能再找别人。白牡丹一直对吴驼子心怀不满，只因此人白玩儿不说，还在钱上欺负她，她挣的皮肉钱得分吴驼子一半。为了能来木营子做生意，白牡丹只能忍气吞声。血蘑菇听出不对劲儿，却不敢吭声。怎知吴驼子揍了白牡丹，也恨上了血蘑菇，追上来狠狠踹了血蘑菇一脚，骂道："埋汰东西，嘴笨得跟棉裤裆似的，轮得到你先来吗？敢让我给你刷锅？老子整死你信不？"

从此之后，吴驼子处处跟血蘑菇为难作对，把最苦、最累的活儿都派给血蘑菇，想方设法整治他。大树放倒之后，得先运到山路边上，再用雪爬犁拖走。这原木又大又沉，两边各站四个倒套子的壮汉，血蘑菇也在其中。两人抬一根杠子，用搭钩子挂住原木，猫下腰，搭上肩。头杠喊着号子，"抬呀么抬起来呀——"大伙儿"嘿呦——"一声一起使劲儿，拱了几拱，没直起腰来。头杠轰下去两人，剩下的六个人重新挂好搭钩子，原木上肩，一声号令，这次真把原木拱起来了。因为八个人都没使足力气，人一少，谁也不敢不使劲儿了。头杠又高唱一声，"慢呀么慢些走哇——"大伙儿应和一声"嘿呦——"同时迈步朝前挪动。挪了几步，头杠接着唱，"看呀么看脚下哇——"大伙儿继续呼应"嘿呦——"头杠的身子突然来回晃悠了一下，后头几个人也跟着晃，这下可苦了血蘑菇，他不懂这里面的门道，得跟着头杠一起晃才行，更不知道头杠得了吴驼子的吩咐，要整治他，只觉得肩膀头让杠子来回拧了好几下，尽管隔着厚棉袄，也疼得他直冒冷汗。头杠不下肩，谁也不能停下来。等磨蹭到地方，放下原木，血蘑菇扯开棉袄一看，肩膀头被磨秃噜皮了，渗出鲜红的血檩子。可是活儿还得接着干，到了晚上，肩膀肿得跟发面饽饽一样。

血蘑菇心想：我一个外来的，人生地不熟，穷光棍儿一条在木营子干活儿，人家不欺负我欺负谁？想甩手不干了，可这一冬天吃什么？总不能天天去小饭馆蹭吃蹭喝，只得逆来顺受，能忍则忍。可世上之事往往如此，你一忍再忍，别人就能蹬鼻子上脸。木把头觉得血蘑菇好欺负，越发变本加厉，一到歇工，便当着众人的面，吩咐血蘑菇给他端茶倒水点烟，点烟时故意躲来躲去，血蘑菇总也点不着，一脸尴尬晾在当场，惹得众人在一旁捧腹大笑。整个木帮的人见吴驼子不拿血蘑菇当人，都合着伙儿挤对他，中午放饭把他挤到最后，剩下什么吃什么，有事没事就损他几句，讥讽他是"独眼龙"，骂他是"夜猫子睡觉——睁一只眼闭一只眼"，更有人趁他不留神，抓一把雪坷垃往他后脖颈里塞。血蘑菇嘴上不说，却是"纸糊的灯笼——心里明"，恨透了吴驼子和这帮工人，有心一把火烧了木刻楞大屋，却都忍住了不曾发作。

木营子三个月发一次工钱，血蘑菇寻思领了钱买点儿酒肉，回去跟朴老板好好喝两盅。等到结钱的时候，木帮把头一张脸冷若冰霜，足够十五个人看半个月的，对血蘑菇百般习难，克扣了一大半工钱。血蘑菇赔个小心问道："为啥别的兄弟工钱都比我多？"吴驼子振振有词："你刚干头一年，总得有个担保吧？这些个钱押在木营子，等开了江把木排放出去再给你。"血蘑菇心知肚明，毕竟人在矮檐下，不想低头也得低头，只好忍下这口气。他领到手这几个钱只够买棒子面的，酒肉是别想了，空着两手回到窝铺，胡乱啃了半个饼子，仰脖灌下几口凉水，又去到前边帮忙烧火炕，一边干活儿一边和朴老板唠嗑。忽听屋外一阵杂沓的脚步声响，由远及近来得飞快。血蘑菇大惊失色，这一次怕是躲不过去了！

6

天黑下来之后，老北风号丧似的越刮越猛，卷下一场纷纷扬扬的鹅毛大雪。小饭馆关门闭户，桌子上点着油灯，地上放着一大盆炭火，烘得暖暖和和。血蘑菇正和朴老板唠嗑，忽听大黄狗狂吠起来，外面的脚步声由远及近。他当了这么多年胡子，一听这个响动就知道来者不善，还当是马殿臣手下的四大炮头到了。血蘑菇心惊肉跳，有心蹬开后窗户，钻山入林接着逃，转念一想，自己一走不要紧，追兵可不会放过收留他的朴老板两口子，即便不杀人，也得一把火烧了小饭馆出气，我一人做事一人当，岂可累及无辜？

血蘑菇正自犹豫不决，屋门"哐当"一声被人蹬开了，一阵贼风卷着大雪刮进屋中，随即闯进来十几条汉子，个个横眉立目，带着寒气儿站满了一屋子。血蘑菇压低皮帽子遮住半张脸，缩在墙角偷眼观瞧，领头儿的是个细高挑，麻秆腰，一张猪腰子脸，黑里透红的面皮，吊眼梢子，大嘴岔儿，头戴貉壳帽子，身穿青面皮袄，腰间扎一条硬硬实实的牛皮板带，斜插两把德国造大镜面，又叫"自来德"或"快慢机"，腿上裹着鹿皮套裤，脚下是一双"蹚蹚马"，也就是长筒靰鞡鞋，显得挺神气。他身后的十来个人，打扮得千奇百怪，有穿皮大氅的，有穿反毛大皮袄的，头上帽子有貉子皮的，有狐狸皮的，也有毡帽头，手里攥着铁锹，拎着片儿镐，拖着二齿钩子，背着口袋，扛着炮管子，往那儿一站七扭八歪，脸上全是箭疮、刀疤，没一个囫囵的，都如歪瓜裂枣一般，要多硌碜有多硌碜。其中还有一个像是俄国混血，东北人讲话叫"二毛子"，满头黄毛卷发，鹰钩鼻，黄眼珠，个头儿挺高，瘦得皮包骨头，身上衣服比别人都单薄，带着一股刺鼻的羊油味儿，看上去窝窝糯糯的。血蘑菇心里有数了，眼前这伙人一定是土匪无疑，可从没打过照面，想来不是马殿臣的手下，稍稍松了口气，却也不敢大意。

这伙人张嘴闭嘴全是黑话，嚷嚷着要吃"挑龙"，还有人说要"翻张子"，上"梦头春"。老两口这个小饭馆也曾来过土匪，听得明白来人要吃烙饼、面条，还得要酒喝，急忙把大黄狗拴上，将油灯的灯芯拨亮，招呼他们落座，斟茶倒水，摆上碗筷。朴老板赔个小心，战战兢兢地说："几位大爷，您看这兵荒马乱的年头儿，穷老百姓哪有白面啊！棒子面的贴饼子成不成？"一个小土匪挥着手中的铲子大声呵斥："少废话，把好吃好喝的全端上来，有什么藏着掖着的，小心你一家老小的狗命！"朴老板连连称是，忙拽着老伴儿和血蘑菇去西屋灶上做饭。穷乡僻壤有啥可吃的？一大碗酸菜熬粉条子，一盘切碎的咸菜疙瘩来上几滴小磨香油，一笸箩棒子面贴饼子，还有一大锅大酱汤，汤里没有肉，只有土豆子、豆腐、豆芽菜、辣椒，倒是热气腾腾，足以御寒充饥。朴老板又抱过来几坛烧刀子，这就不简单，包子、饺子、烙饼、面条那是真没有。

血蘑菇不放心前面，做完饭悄悄回来，蹲在墙角听吩咐。开小饭馆的老两口子也在旁边候着，大气儿都不敢喘上一口。这伙土匪兴许是饿坏了，甩开腮帮子狼吞虎咽，吃了个风卷残云，盆干碗净，酒坛子全见了底。只有那个二毛子悄悄坐在最边上，也不言语，啃了一个贴饼子，连半碗大酱汤都没捞着喝。血蘑菇低着头，耳朵却支起来，仔细听一众土匪说黑话。崽子们围着匪首"四爷长，四爷短"，话里话外又带着"拿疙瘩"之类字眼儿，这才整明白，原来这伙人是专门挖金子、抢金子的金匪。金匪也是土匪，又不同于啸聚山林的土匪，不人不鬼，常年躲在深山洞穴中，几乎不干砸窑绑票的勾当，只下金眼子拿疙瘩，也劫掠金帮，匪首不叫"大当家的"，崽子们称之为"大元帅"，也叫"大杆子"。血蘑菇心里有了底，只盼这些金匪吃饱喝足了赶紧走人。

合该着节外生枝，一个眉骨上有块刀疤的小崽子没吃饱，又跑到西屋灶上一通乱翻，居然让他翻出一个小口袋，里面装着干木耳、干榛蘑之类的山货，抱到前面，往桌子上一扔。那个身材细高的大元帅抹了抹嘴，斜眼看了看眼前的东西，站起身走了几步，猛然抽出二十响大镜面，枪口顶在朴老板脑门子上问："你个老不死的，这是啥玩意儿？拿咱爷们儿的话不当回事是不？"朴老板吓得膝盖一软，跪了下来，口中求告："大爷饶命，大爷饶命，那是采山货的人存在店里的，吃了我得赔人家钱哪……"金匪头子根本不听辩解，"啪"的一声枪响，可怜朴老板当场毙命，一旁的老板娘扑倒在老头儿身上，还没来得及哭出声，也让大元帅一枪戗了。

匪首打了两枪，老两口应声倒地，接着举枪要打血蘑菇。就在此时，一直拴在屋外的那条大黄狗挣开绳子冲了进来，直扑金匪首领。大元帅反应不及，枪被扑落在地。那个眉骨上有刀疤的小崽子手疾眼快，拔出一柄尖刀，猛戳在大黄狗心口上，刀尖一拧，竟把大黄狗的心剜了出来。这一切只不过发生在转瞬之间，血蘑菇刚一打愣，就看匪首猫腰捡起盒子炮，枪口指向了自己。他为了求生当机立断，急忙跪下说道："埂子上疙瘩海，我托个线头子，给大元帅拉马拜庙！"这意思是说"山上有大金脉，我愿意给各位带路"。

　　金匪头子没想到荒山野岭小饭馆里冒出个熟脉子，不由得暗暗称奇，枪口却没离开血蘑菇的脑袋，也用黑话问道："你个靠死扇儿的，是哪座庙里耍混钱的？庙里几尊佛，佛前几炷香？你是念经的还是扫地的？"血蘑菇对答如流："回大元帅，我过去在江对岸落草，只因绺子内讧火并，坏了我一只招子，实在待不下去了，这才扯出来，过江投奔亲戚趴窑，在山上倒套子为生。"说着话故意侧过脸歪着头，撩起头发让匪首看看自己眼眶子上的伤疤。匪首翻了翻眼皮，上上下下把血蘑菇看了一个遍。他常年把脑袋别裤腰带上吃饭，宁走十步远，不贪一步险，凡事加着十二分的小心，所以又问血蘑菇那老头儿是他什么人，是碰是顶？有无交情？血蘑菇只说自己是老头儿的远房亲戚，老头儿一直让他住在后边的窝铺里，夜里冻得半死，白天还得去倒套子卖苦力，都说"是亲三分向"，可自己吃苦受罪，老头儿看在眼里也不帮帮他，所以老头儿是死是活，跟他也没啥关系。大元帅拿枪的手放了下来，又问道："埂子上疙瘩海，为啥你不下铲子？"血蘑菇说道："疙瘩在木营子底下，只因倒套子的人多眼杂，守住了无从下手，四爷如若给小的留条活路，我立刻带各位上山拿疙瘩。"金匪头子哈哈大笑："得了，既然把话说到这儿了，四爷就信你一回，挖着了金疙瘩，必然捧你，有你一份好处；拿不着疙瘩，我把你那个眼珠子也抠了！"

7

风雪紧密，白夜如昼，寒风卷着冰碴子，打得人脸上生疼。一个崽子在后头拿炮管子顶着血蘑菇的腰眼儿，一行人顶风冒雪，沿着爬犁道往山上走，悄悄摸进木营子，来到木刻棱大屋门口。大元帅仍不放心，一努嘴让血蘑菇去叫门，自己带着其余金匪埋伏在屋门两侧。血蘑菇走上前去，听里边吆五喝六，吵吵嚷嚷，吴驼子正跟几个倒套子的工人打纸牌。血蘑菇上前"哐哐哐"拍打门板，口中喊着："吴把头，劳您驾给开个门！"边喊边跺着脚，踩得门口的积雪"扑扑"作响。木把头吴驼子听出是血蘑菇，扯着嗓子问道："妈了个叉的，大半夜的你不睡觉，又上山干啥？活儿没干够啊？"血蘑菇唯唯诺诺地说道："本来都睡了，风雪太大，把窝铺吹塌了，只好上山就和一宿，烦劳您给开开门吧，外头天寒地冻立不住人哪！"吴驼子骂骂咧咧披上衣服出来，刚把门打开一道缝。血蘑菇猛一推门，撞了吴驼子一个趔趄。吴驼子正要发作，早有一个金匪冲上来，一刀捅进吴驼子的心窝子。按金匪的规矩，见了金脉不留活口，众金匪一拥而入，三下五除二把木营子里的人全宰了。血蘑菇趁一众金匪在死尸身上翻找财物，从炉子旁边抓了几把炉灰，偷偷塞在衣袋之中。

上一次伐树时瞧见树洞里的金耗子，血蘑菇知道树下必有金脉，带着金匪进了树林。林子里遍地树墩子已被大雪覆盖，平平整整一大片。幸好血蘑菇记得方位，到近前铲走积雪，挖开树根，底下果然是个洞口，乌七八黑看不到底。大元帅对血蘑菇又信了几分，吩咐手下金匪点上火把，扒开洞口周围的枯枝烂叶，叫过另外二人举着火把，先跟在血蘑菇后头，下去探探底，然后留下一个崽子在上边插旗把风，带着其余几个金匪钻入金眼子。

众金匪从洞口下去，钻入一个两三丈宽的洞穴。脚底下一大片半死不活的金耗子，腥臭撞脑，呛得人喘不过气。在晃动的火把光亮下，岩壁上泛着星星点点的金光。众金匪眼都蓝了，抡动铲子、片儿镐冲上去凿金子，霎时间铿锵之声不绝于耳，谁也顾不上脏净，踩扁了不少金耗子。这时，一个金匪突然发出一声惨叫，倒在地上不知死活。众金匪连忙停下手，举起火把仔细观瞧，忽然金光晃动，倒爬下一条三尺多长的大金蝎子，摆来晃去的尾钩上长满了倒刺，所到之处带动一股腥风。金匪一阵大乱，纷纷向后退却。大元帅到底是凶悍的金匪首领，拔出腰间两把大镜面抬手就打，其余金匪也跟着开了几枪，虽有火把照明，金眼子里仍是黑咕隆咚，打了半天也没打中。金蝎子背生金瞳，两边还各有三只侧目，正可谓"眼观六路"。众金匪打也打不着，躲也无处躲，惊呼叫骂之声此起彼伏。

血蘑菇以前听老鞑子念叨过，金脉中年深岁久戾气郁结，会引来金耗子，金蝎子则以金耗子为食，什么地方有半死不活的金耗子，什么地方就有金蝎子。树窟窿里那些金耗子，全是让金蝎子蜇得半死的存粮。将金匪引入洞中之前，血蘑菇已有对策，趁着洞内金匪乱成一团，他抓起几只金耗子，使劲儿扔向大元帅，砸得金匪头子脸上全是血。

　　大元帅见血蘑菇胆敢使坏，明白上了这小子的当，指不定还会整出什么幺蛾子来，怒骂一声："损王八犊子，你瞅我怎么把你眼珠子抠下来当泡儿踩的！"马上就要举枪毙了血蘑菇，却见金蝎子张牙舞爪冲自己来了。因为金蝎子护食，洞中这些耗子是一冬的嚼裹儿，谁动它能跟谁玩儿命。大元帅心头一阵毛愣，见那个眉骨上有刀疤的小崽子正在身侧，便一把拽过来挡在前面。那人随即被金蝎子的尾钩刺中，脸上、脖子上的皮肤立时融化脱落，嘴角吐出血沫子，眼珠子暴凸，倒在地上乱滚。大元帅心寒股栗，转过身刚要跑，腿上已被金蝎子蜇了一下，一个趔趄栽倒在地。他扔了盒子炮，双手抱住小腿，脸上冒出一股黑气。其余金匪吓得屁滚尿流，顾不上大元帅死活，争先恐后往外逃，无奈洞口狭窄，你拥我挤谁也出不去。危急关头，血蘑菇夺下一个金匪手中的铁锹，与金蝎子斗在一处。金蝎子在壁上爬得飞快，如同道道金光划过石壁。血蘑菇也豁出去了，锹锹用尽全力，砸得石壁铛铛作响，直冒火星，却打不中金蝎子，转眼落了下风。千钧一发之际，血蘑菇一手伸进衣袋，猛然撒出一把炉灰。金蝎子最怕这东西，当时就蒙了，趴在地上不敢向前。血蘑菇瞅准机会，手中铁锹一撩，把金蝎子挑翻在地。再看那金蝎子如同丢了魂，琵琶背触地，一双巨螯和三对蝎足抖个不住，方才的凶悍荡然无存。血蘑菇手起锹落，把肚腹朝天的金蝎子剁了个稀烂。一众金匪看得目瞪口呆，还以为血蘑菇会什么道法。

　　血蘑菇绝处逢生，想起小饭馆里的老两口死于非命，还有自己的种种遭遇，心里头说不出地憋屈，再也抑制不住怒火，将仅有的一只眼放出凶光，迈步走到大元帅身前。大元帅四仰八叉躺在湿漉漉的坑底，脸上皮肤溃烂不堪，眼珠子暴凸，口中哼哼唧唧。血蘑菇二话不说，狠狠抡起手中铁锹，一下子拍扁了大元帅的脑袋。

其余的金匪见大元帅命丧当场，一个个面面相觑，一声也不敢吭。血蘑菇趁机对众人说道："实不相瞒，在下挑号血蘑菇，孤山岭上插香挂柱多年，大当家的迟黑子是我干爹，专干杀富济贫的勾当，道儿上都说我横推立压奸杀民女、扒灰倒灶出卖大当家的，那是我遭了陷害，迟早要讨回公道。如今我在江北另立山头，谁愿意跟我在一口锅里搅马勺，我绝不亏待兄弟，拿了疙瘩大伙儿平分！"这些个金匪本就是乌合之众，向来有奶便是娘，既无情又无义，认钱不认人，此时没了首领，谁也不知道应当如何是好，听血蘑菇这么一说，心眼儿全活了。血蘑菇带他们在洞中挖尽了金疙瘩，又按人头平分，一人也不多，一人也不少，自己绝不多拿。如此一来，众金匪都是死心塌地跟随他了，跪倒在地口称"大元帅"。血蘑菇就这么当上了金匪的首领，报号"金蝎子"，从此世间再无"血蘑菇"！

第七章 血蘑菇封神

1

血蘑菇当上了金匪的大元帅，挑号"金蝎子"。当土匪的必须有匪号，没有字号不发家，如果没有匪号，连个小小蟊贼也看不起你。再者说来，土匪打家劫舍，顶个匪号是为了隐姓埋名，免得祸及家人。倒不是没有例外的，比如迟黑子、马殿臣那样的大匪首，官讳太响，取什么匪号也压不住，久而久之，真名实姓就成了匪号。血蘑菇派得力的崽子下山，给自己置办了一套行头，头戴长毛貂壳帽子，身上穿一件对襟黑棉袄，新里新面新棉花，外披大氅，里侧绣一行金字"金光太保大元帅"，一巴掌宽的牛皮板带煞腰，暗扎一丈二尺长的蓝布护腰。为什么这么长呢？解下来能当绳子使，里面还能藏金粒子。腰挎两把加长二十四响的德国造盒子炮，枪柄拴着红绸子。大腿系着软牛皮套裤，小腿扎着绑腿，掖一柄"腿刺子"防身，脚蹬一双飞虎靴，屁股后头还坠着一块狗皮子，坐哪儿都冻不着。由于血蘑菇少了一个眼珠子，找人给自己装了个金琉璃，不明底细的见他目射金光，以为他身怀异术，无不心寒股栗。血蘑菇换了匪号，手底下也有十几二十个崽子。在当时来说，绺子里的大当家的，相当于买卖铺户的大掌柜。家有千口主事一人，起局建绺又比做买卖不知难上多少倍。胡子的规矩尤其多，讲究五清六律，"五清"中头一条就是"大当家要的清"，该要的要，不该要的不要，劫掠来的财物"分篇挑片儿"，论功行赏时一碗水端平了，谁也不兴吃独食，又常有进项，让手下人服气，觉得跟着大当家的有奔头儿，崽子们才能有心气儿，豁出命去甩开膀子干。匪首还得有胆识，兵熊熊一个，将熊熊一窝，大当家的窝窝囊囊，手下的崽子也直不起腰来，过不了多久，就得让别的绺子灭了。既是金匪，当然要带头爬金眼子拿疙瘩，这一来要了血蘑菇的短，尽管他为匪多年，却只会砸窑绑票，失了金灯老母的密咒，调不来耗子兵，他也找不到金脉，只得另寻他法。血蘑菇思来想去，记起之前为了过江，充为民夫去给大户人家抬棺材。那口大棺材沉重异常，棺中必有陪葬的金饼，而且还少不了，否则不可能那么沉，主家也不至于干掉抬棺的民夫灭口。当时带队的副官失职心虚，对抬棺的民夫逃走一事，一定会隐瞒不报，想见棺材仍埋在原处，挖出来够造上一阵子的。

按照常理，金匪并不下山猫冬，也不干扒坟盗墓的勾当，怎奈天寒地冻、坐吃山空，要钱没钱、要粮没粮。血蘑菇为了坐稳头把交椅，决定挖个坟包子狠捞一票，尽快扩充实力。要不然等到明年开了江，自己弹尽粮绝，万一马殿臣追杀过来，如何应付得了？他让几个精明能干的金匪，分头去那片坟地踩盘子打探虚实。过了几天，派出去的探子回来禀报：坟茔地的主家并非旁人，竟是江北二道沟许大地主，开煤窑的那位。许大地主那片坟茔地，相距许家大院不远。当地人说这是一块风水宝地，背靠大山，藏风聚气，山梁上有五道山脊，有个俗名叫"五马奔槽"。坟茔四周的田产，均赁给佃户耕种，佃户们替东家守坟，可以少交一半租子。各家各户置备鸟铳、弓弩，且有两个炮手常年住在佃户家，三五个贼匪近不了前。如若贼匪势众，枪声会引来许家大院的大批炮手。值此岁暮天寒，这些佃户大门不出二门不迈，早睡晚起，一整天偎在炕头上喝酒、唠嗑。

血蘑菇闭着眼，一边听一边琢磨：挖开这个坟包子，正可一解心头之恨，难的是离许家窑太近，自己手下这些金匪，按土匪的黑话讲叫"单撮"，只会干一桩买卖，尽管也是杀人不眨眼的悍匪，却比不了常年打家劫舍擅长奇袭的胡子，因此只可智取，不能强攻。血蘑菇手下的崽子探得切实消息，腊月初六那一天，许大地主要给他爹许家老太爷做八十大寿。旧时关外讲究过整寿，有"度坎儿"一说。从五十岁之后，十年遇一道坎儿，越有钱的人家，整寿办得越排场。办得好可以多活十年，办不好兴许就卡在这道坎儿上过不去了。血蘑菇暗暗寻思，到时候许家上上下下忙成一团，正是一个可乘之机。

进得腊月，连下几天大雪，狂风呼啸，卷起地上的雪片子，在半空中翻来滚去，如同白雾升腾，几丈之外看不见人。许家大院早早布置好了寿堂，门楣高悬寿匾，上写"南极星辉"四个大字，堂上挂着寿帐，迎面是"仁者有寿，贵寿无极"的寿帘，条案上摆着寿桃、寿面，八仙桌上是香炉、蜡扦，地上放大红团垫，供进来拜寿的跪下磕头。尽管许大地主缺德带冒烟，可不耽误人家是个孝子，请来各路厨班大宴宾客。富家一桌宴，穷人半年粮，厨班提前几天就到了，掌灶大师傅带着几个干净利索、手脚麻利的小伙计，杀猪宰羊祭灶神，备齐了诸般山珍海错。寒冬腊月，滴水成冰，场院中难以搭棚垒灶，专门腾出一排大瓦房。厨班自带一应之物，分别在房中垒设灶台，有的搭"七星灶"，有的搭"十八罗汉灶"，一个炉膛上一排灶眼，吊汤、炖肉、热炒全不耽误。大师傅各自使出看家的本事，伺候连开三天的寿宴。厨师两件宝，刀快火要好，真有那艺高人胆大的，施展绝活儿同时在几个火眼上煎炒烹炸。来许家贺寿的全是官商士绅，当地有头有脸的人物，各路厨子都憋着劲儿，要借这场寿宴扬名。到许家老太爷八十整寿这一天，由老太爷亲自选出手艺最好的厨班，再单做一桌四碟八碗的大菜，天黑之前由大管家送去坟茔地祭祖。

这一天未晚先黑，彤云密布，笼罩四野。血蘑菇和二十多个金匣，扮成"靠死扇儿"的叫花子，在脸上、头发上涂抹烂泥，穿着千疮百孔的破棉袄破棉裤，顶着飞了花的破棉帽子，提着饭罐子，拖着打狗棒，暗藏家伙，踢里跶拉蹲守在道边，专等许家的人前来祭祖。此时风雪虽住，天却冷得出奇，山岭间的积雪平地没膝，走出半里地鞋就湿透了。金匣的头发、眉毛、胡子上挂着冰碴，吐口唾沫没等落地就冻成了冰疙瘩，一个个揣手缩肩，瑟瑟发抖。终于等来一架马拉爬犁，车把式坐在前头挥动马鞭，大黑马口鼻直喷白气。爬犁上另有二人，头戴狗皮帽子，身上裹着厚重的皮袄，捂得严严实实。血蘑菇瞅准时机打个手势，手下众人围拢上前，挡住了去路。他自己混在人堆儿里，悄没声儿地不言不语，谁也看不出他是带头的。十几个臭要饭的敲着呱嗒板儿唱喜歌："许老太爷身子棒，寿比南山不老松；南极仙翁来挂红，挂红挂在九龙头；一挂金，二挂银，三挂骡马成了群;刘海跟着撒金钱,发家生财一万年;有金山、有银山,金马驹子在撒欢儿;金元宝、银元宝,金马驹子满地跑……"又有几个抓住爬犁,扯着马缰绳吵吵嚷嚷,说二道沟许家老太爷过八十大寿,他们这些讨饭的也得表表心意,不敢登门叨扰,因此忍饥挨冻在路上等候,还望许家管事之人给大伙儿"意思意思"。

这么冷的天,大管家本就不想出门,无奈老爷发了话,不愿意来也得来,正不知找谁出气,撞上这么一群不长眼眉的赖皮缠,登时火撞顶梁门,破口大骂,让他们快点儿滚蛋。哪知这些臭要饭的起着哄,怎么赶也不走。有人即兴编几句数来宝,夹枪带棒指桑骂槐,有人去揭爬犁上的食盒,还有人乱翻那些香烛供果。绺子里那个二毛子趁乱掀开酒坛子,将黑乎乎的一只手爪子伸了进去。大管家急了,夺过车把式的鞭子,鞭鞘甩得啪啪作响,打得一众要饭的嗷嗷直叫,连滚带爬退到路旁。

这个大管家长得猴头巴脑,派头倒挺足,恶狠狠地啐了一口,"嚎唠"一声破口大骂:"你们他妈的活腻了?要不是管家爷有事在身,非要了你们的狗命不可,不知深浅的东西,滚犊子!"众金匪故作惊慌,当即一哄而散。直等到天色黑透了,血蘑菇估摸差不多了,带手下闯入许家坟茔地。山坡下是个祠堂,后边一排屋子,是佃户和炮手的住处,屋里点着油灯,趴在门口听了听,哑默悄儿地没有半点儿响动。众金匪黑布遮脸,踹门进去一看,屋里挺窄巴,炕桌上乱七八糟,几个佃户和炮手口吐白沫,东倒西歪躺了一屋子。

不出血蘑菇所料,送来祭祖的酒肉,到头来全得便宜了守坟的,所以他让二毛子趁乱在酒水里下了骗牲口的麻药。旧时,骗牲口的称为"搓捻行",凭独门手艺走村串户。谁家想让大牲口听话多干活儿，再也不打突噜尥蹶子；让猪一门心思憨睡傻吃，长得臀满膘肥，那就得请骟牲口、劁猪的，干完活儿管顿好饭，还得给几个钱。外人以为骟大牲口靠的是手法娴熟，又准又快，实际上搓捻行都使麻药，事先在草料里掺上一点儿，给大牲口吃下去再骟。更有绝的，在牛马的屁股上拍两巴掌，牲口便似着了魔，立于原地，浑身哆嗦，迈不开腿，这是给牲口下了麻药。这样的麻药性子极猛，味道也重，二毛子忙中出错抓了一大把放进去。多亏乡下地方的炮手和佃户，平常吃粗粮、喝劣酒，掺满了麻药的酒也没少喝，还以为好酒应该是这个味道，结果都被麻倒了。金匣掏出绳索，把这一屋子的人挨个儿码了，也就是捆了，用臭袜子堵上嘴，随后点上灯笼火把照明，拎着锹镐来到坟地。

血蘑菇当上金匣大元帅以来，经常故弄玄虚，有时候一连几天不说一句话，眼角眉梢那股子阴恻恻的煞气也更深了。手下崽子越摸不透他的底，对他越是敬畏。他当初抬棺过江，眼瞅着大棺材埋在了什么地方，却似初来乍到，掐诀念咒转了一圈，点指一个坟头说道："这里边有货！"众金匣无不诧异，许家儿媳妇的坟头，在这一大片坟茔中并不起眼儿，放着那么多大坟包子不挖，为啥挖这座小坟？他们心里嘀咕，谁也不敢说出来。按大元帅指点的方位，扒开坟头上的积雪，见坟土冻得和铁锅相仿，用铲子敲敲，发出铿锵之声。寒冬腊月，扬风搅雪，地都冻住了，可是死了人也得往坟里埋，金匣没干过盗墓的勾当，挖坟埋人却常见。家伙什带得齐全，一个金匣戴上棉布"手闷子"，攥紧冰凉的铁楔子，戳在坟包子上，另外两人轮流打大锤。打出几个深洞，灌进生石灰，在炮手住的屋里烧了几壶开水浇上去，坟包子上冒起几缕白烟，洞里咕嘟咕嘟直冒泡，土层渐渐松动。金匪们抡开尖镐、铁锹，东一榔头西一棒子，喊哧咔嚓一通胡挖乱刨。费了老鼻子劲儿，终于整出一个大喇叭口，埋在坟中的棺材五面见天。下去四个崽子，将棺材钉一个个撬出来。血蘑菇对棺材拜了几拜，暗暗对棺材里这位说道："看在我把您从娘家抬过来的分儿上，还望您多多担待，勿怪惊扰！"随即命人高举火把，合力移开棺盖。棺中以锦被覆尸，蒙头盖脸鼓鼓囊囊的，看不到下边有什么。金匪拿疙瘩，一向由大元帅亲自动手，崽子不许近前。众人没掏过坟里的东西，只能按金匪的规矩来，都围在坟坑四周，瞪大了眼瞅着。说到杀人害命，金匪比占山为王的土匪更狠，这一次深更半夜抠坟凿棺偷死人，说吓得直哆嗦倒是委屈他们了，那都是冻的，可也没有不怵头的。

血蘑菇一不忌百不忌，仗着胆子伸手扯开锦被。但见女尸仍未朽坏，只不过面颊略塌，脸上的腮红还在，莲花袍蛤蟆鞋，整身的装裹，怀中抱着金脸盆、金镜子，双手各抓一个金元宝，身旁摆放一根金杖，两个胳膊肘和两只脚，以及头底下，各垫一块金砖。围着身子一圈暗槽，塞了满满当当的银圆，一块挨一块，竖着码了三层。明暗不定的火把光亮下，棺材中的金银烁烁放光。一众金匪眼都直了，不住吞落口水，真不枉天寒地冻挖开这个坟头，还别说将金砖银圆卷走，光热闹热闹眼睛也够本儿了。

血蘑菇稳了稳心神，屏住呼吸，小心翼翼掏出一块金砖，用指甲尖使劲儿一掐，金砖上留下一道印儿，可见是最纯的软金子。他心中暗喜，把金砖放入一个大皮口袋，又探身去拿女尸头下的金枕头。怎知刚往前一凑，女尸突然睁开了眼！血蘑菇头皮子发炸，急忙往后躲，却已被棺中女尸抓住了脖领子，但觉得浑身冰冷、四肢打战，张着大嘴作声不得。女尸在他耳边恨恨说道："别以为拿了金子发了财，且看我将来怎么整你的，咱俩没完！"血蘑菇听出是金灯老母，心中怒火上撞，一声大叫，从坟坑里蹦了出来。定睛再看，哪有什么金灯老母，死人仍是许大地主家的儿媳妇儿，直挺挺躺在棺中一动不动。坟坑四周的金匪似乎并未看到金灯老母，不知血蘑菇为何大惊小怪地蹦了上来。

血蘑菇多遭变故，应变极快，当即说道："金灯老母托梦，指点我来此拿疙瘩，适才一道金光冲天而去，定是金灯老母显圣！"众金匪面面相觑，哪有什么金光冲天？一个个"兔子吃年糕——闷了口"。不过吃金匪这碗饭，没有不迷信的，不是金灯老母给大元帅托梦，如何找得到这个坟头？挖得到这许多金银财宝？可惜自己肉眼凡胎，没这等造化，见不到金灯老母显圣。血蘑菇不敢耽搁，吩咐手下掏了棺材中的金砖、金杖、金脸盆、金镜子，女尸头上的金钗，手上的金镏子、金镯子、金元宝，还有那些个银圆，尽数洗荡一空。金匪见了金子，一向不留活口，按规矩应该干掉看守坟茔的炮手和佃户。血蘑菇却说不必，东家的坟地让人掏了，他们无论如何也担不起，得饶人处且饶人，给他们留条活路也好。众金匪不敢不听，回到祠堂后头的屋子里，将那几个人的绑绳松了。

血蘑菇心想：许大地主作恶多端，老爷今天要不了你的命，却不能饶了你的列祖列宗！押着一干炮手和佃户进了祠堂，当着他们的面，命手下金匪抄起铁锹、大锤、片儿镐，把许大地主家的祖先堂砸了个稀巴烂。供桌掀翻，香炉踢碎，牌匾、祖宗板扔在地上，狠狠踩了几脚。血蘑菇仍不解恨，又脱下裤子，冲着许大地主家的祖宗板撒了一泡尿。许家族规甚严，绝不允许外姓人擅自进出祠堂，否则看坟守墓的要受重罚。这些人麻劲儿刚缓过来，眼瞅祖先堂被毁，吓得魂亡胆落，一哄而散全跑了。众金匪扛着家伙、背上赃物，趁着夜色逃之夭夭。

次日天明，许家老太爷得知坟茔地被贼匪盗挖，祖先堂也被毁了，不但对不起列祖列宗，只怕自己死后都没地方去了，连窝火带憋气，一口痰堵在嗓子眼儿，咽不下去吐不出来，就这么蹬了腿儿，没闯过八十整寿这道坎儿。许大地主带着一家老小哭天抢地，请来的厨班也甩走了，办白事还得落桌摆酒。

血蘑菇干完这一票买卖，不仅出了一口恶气，手上也有钱了，置办了不少长枪短炮、马匹弹药，在江北的势力越来越大。他供上金灯老母的牌位，对手底下的崽子们说，金匪挖金子拿疙瘩，全凭金灯老母庇佑，此乃金帮传下千百年的规矩，命众人晨昏三叩首，早晚一炷香，还经常一个人跪在牌位前念叨："弟子千不该、万不该，不该酒后失言破了誓，将调兵的法咒告知外人，搭上了那么多条人命。该受的罚也受了，该遭的罪也遭了，眼珠子都少了一个，还望金灯老母念在弟子鞭打黄袍老道护驾有功，又在龙爪沟林场除掉金蝎子，救下金灯老母许多重子重孙的分儿上，给弟子留条活路。等弟子带着手下拿了疙瘩，定当再造灵庙重塑金身，一心一意供奉您老人家！"

2

干这一票买卖，可不够吃喝嫖赌造一辈子的。血蘑菇身为匪首大元帅，还得想方设法让崽子们吃香喝辣。探得"南甸子"有一股烟匪，首领报号"燕巴虎"，乍听以为是老虎，实则是蝙蝠，又叫"盐变蝠子"，说是耗子吃盐齁着了，胳肢窝生出翅膀子蹿上了天。这人得有五十来岁，长得獐头鼠目、瘦小枯干，到哪儿都爱披一件黑布斗篷，"欻拉"一抖挺威风。手底下三四十个崽子，强占了周围一片田地，逼迫农户们砍了庄稼改植大烟。大烟又叫"黑货"，他的货一半卖给周边县城里的雾土窑大烟馆，一半以低价卖给江北的各大绺子。那个年头黑白颠倒，关外偷偷摸摸种大烟的农户不在少数。跟棉花地、高粱地中间开出一小块儿，不显山不露水，神不知鬼不觉，外人不走到近前看不出来；要么种在四面残墙没有房顶的破屋子里，种完了把墙洞垒死，需要浇水就搬梯子上墙头，等到收成时再凿开，多为自种自用。关外有句话"吃块儿大烟救人命，抽上大烟要人命"，熬好的大烟膏用油纸包裹严实，塞进炕洞里，或吊在背阴的房梁上。吃五谷杂粮谁没个三灾六难、头疼脑热？肚子疼得满炕打滚，嚼上黄豆粒大小的一块儿大烟，过一会儿就不疼了，该干什么干什么。种大烟倒也不难，这东西不着虫子，也不用上肥，只是犯王法，老百姓不敢种，种出来也不敢卖。王法管得了平民百姓，可管不了烟匪。以贩植烟土为主业的土匪，称为"烟匪"。燕巴虎就是江北最大的烟匪，盘踞南甸子二十余年，各个绺子要抽大烟都得从他这儿拿货。

血蘑菇扩充了势力，腰杆子也硬了，继而盯上了燕巴虎的买卖。大烟不同于坟中的金砖，掏完就没了，地里的大烟收完一轮，还能接着长，是个长久进项。并且，把持了烟土的贩卖，可以跟江北各个山头的胡子搭上关系。论起大烟瘾，没人比得上燕巴虎。当初为了抢地盘，腿上挨过一枪，虽说腿保住了，却落下个治不了的病根儿，赶上阴天下雨就钻心地疼，只能靠抽大烟顶着。越抽瘾越大，索性抢下块地盘自己种大烟，自给自足。血蘑菇当下谋划一番，报出金蝎子的匪号，谎称要以重金购买大批烟土，诱燕巴虎下山相见。燕巴虎觉得金蝎子这股金匪挑号不久，南甸子又是自己的地盘，料想对方不敢耍花样，便带着几个手下出来相见。突然间伏兵四起，血蘑菇一枪崩了燕巴虎。其余烟匪均为乌合之众，跪在地上磕头如捣蒜："燕巴虎捏酥了，我们愿意归顺大杆子！"血蘑菇让他们带路，前往南甸子烟田。只见罂粟花开得争奇斗艳，一眼望不到头，脚底下蒸腾出一股子异香，使人身子发飘，头壳子发晕。当地烟农见来了这么多土匪，个儿顶个儿明插暗挎带着双枪，吓得躲在窝铺里不敢出来。血蘑菇命手下告诉这些烟农，这一片地仍种大烟，这个章程不改，不过金匪与烟农二八分账，卖掉烟土挣了钱，金匪占八，烟农占二。烟农们忙活一年能有两成收入，已比之前多出十倍不止，一个个感恩戴德，都把血蘑菇当成活菩萨来拜。种大烟难在收割，大烟骨朵一熟，必须立刻割下来，一天也不能耽误，而且最怕下雨。等到罂粟花凋落，泛着光泽的大烟骨朵支棱起来，由青绿变成碧翠，烟农们一手提个小铁罐子，一手拿着小刀，在大烟骨朵上轻轻一划，用小铁罐子接住奶水般的汁液。接满了倒入大盆，放在太阳底下晒透。变成淡褐色之后，用大锅熬开，再晒干，就成了黑中泛黄的大烟膏，不干不硬不脆，凑近了一闻，有股子煳芝麻的香气。血蘑菇抢下燕巴虎的地盘，收了大烟，熬成大烟膏，包上油纸，整整齐齐码放在背阴的屋子里。他吩咐手下带着上等大烟膏去拜山头，报上金蝎子的匪号，出货比燕巴虎低了一成，买卖搁一边，为的是交朋友。经过这一番折腾，血蘑菇彻底在江北站稳了脚跟。很多土匪都听说了金蝎子的匪号，相传此人手段了得，黑的黄的两路买卖通吃，出手阔绰，还挺够朋友，但是极少有人见过他。只因血蘑菇深居简出，整天躲在山上拜金灯老母，从不轻易抛头露面，对自己的过往一字不提，更让手下崽子和同道觉得他高深莫测。

不过天底下没有不透风的墙，马殿臣的绺子越来越大，势力渐渐覆盖到了江北，探得一只眼的金蝎子就是血蘑菇，亲自率四梁八柱过江，放火烧了南甸子的大烟田，赶跑了烟农，又追得血蘑菇东躲西藏，如同丧家之犬一样狼狈。血蘑菇暗暗发狠："搁从前我得喊你马殿臣一声叔，如今你马殿臣非把我赶尽杀绝，那只能有你没我、有我没你了！"他也知道自己不是马殿臣的对手，明着斗不过就来暗的，重金买通孤山岭上的土匪，打听出马殿臣要去二道沟砸许家窑，便给许大地主通风报信，事先布置埋伏，来了个关门打狗，将马殿臣生擒活捉，押入省城大牢等待处决。

马殿臣这杆大旗一倒，孤山岭上的四梁八柱和一众崽子均作鸟兽之散。血蘑菇这才得以喘息，又把南甸子的烟农挨个儿找回来，再次恢复了烟土生意。经历了这些年的诸多变故，血蘑菇的为人更加阴郁隐忍，对金灯老母的供奉更为虔诚，拜完金灯老母，他就躺在牌位旁边抽大烟。耗子都喜欢闻大烟味儿，上了瘾断不掉。过了这么一阵子，血蘑菇说金灯老母又给自己托梦了，此后带着手下钻金眼子，调耗子兵拿疙瘩，得到的金子比以往多出数倍。

他手下的崽子们叹服不已，觉得这位大元帅整得挺玄乎，说不定真有些道行，更加死心塌地给他卖命。没出半年，这一伙金匪再次发迹，鸟枪换炮，置办了许多快枪快马，把持着江北十几条金脉。血蘑菇的喷子硬、管儿直，自然局红，金子越挖越多，匪号也越来越响。他的话却越来越少，有时候一连多少天不说一句话，偶尔说句话还云山雾罩的，谁也整不明白，没事就给金灯老母烧香。过去的匪首大多沉默寡言、故作高深，为了不让别人摸透自己的底细，他手下的金匪也对此见怪不怪。烧完香磕完头，血蘑菇常骑着马到处乱转，崽子们以为大当家的出去找金脉，谁都没多想。

只说有这么一天，血蘑菇骑马下山，一路上逢山看山，逢水看水，行至途中，无端刮起一阵怪风，卷着白雾，飒飒作响，马匹受了惊吓，险些将他从马背上掀下来。血蘑菇暗觉古怪，四下里看了多时，见一处山裂子深不见底。回去对手下的崽子们说："咱们接二连三地拿疙瘩，全拜金灯老母所赐，众所周知，金灯老母的庙在孤山岭剪子口，但是年久失修，金身塑像也倒了，早已断了香火。我有心另选一块宝地，再造一座金灯庙供奉金灯老母，不知各位兄弟意下如何？"一众金匪齐挑大拇指赞叹："如此一来，金灯老母必然保佑我等多拿疙瘩，但不知大元帅选中了哪块宝地？"血蘑菇走到金灯老母的牌位前面，烧香磕头带上供，乌烟瘴气地折腾一溜够，这才告之众人："前些时日，我去山里找金眼子，见王八盖子沟深山古洞中有一座老庙，虽也年久破败，砖头都酥了，用手指一戳就往下掉渣儿，不过那个地方山深林密，易守难攻，周围的金脉也多，我寻思着就该把金灯庙造在王八盖子沟！"众金匪轰然称是，连说："大元帅圣明！"

血蘑菇派出两个伶牙俐齿的崽子，以盖房子为由，诓几个泥瓦匠进山沟干活儿。两个崽子很快找齐一伙木工泥瓦匠，带着瓦刀、抹子之类家伙什出来，半路上被五六个别梁子的金匪截住。那些个老实巴交的泥瓦匠只得束手就擒，眼睛蒙上黑布，倒捆双手，坐上两辆大车，在山里绕了一天，拉进王八盖子沟。金匪把这些人轰下大车，松开眼睛上的黑布，见匪首面容苍白，一只眼泛着金光。泥瓦匠们都知道江北的胡子不开面，杀个人如同捏死只臭虫，心里直犯毛愣，连忙跪下给匪首磕头。又听说金匪要修庙，你瞧瞧我，我看看你，皆是一头雾水。虽不知这是什么章程，可也不敢多问。

此地背靠两脉青山，山青石白，当中的古洞不见天日，前面是一潭碧水，清清亮亮，方圆百十里渺无人烟，四周围尽是野树杂草，常有獐狍野鹿乱窜。因为山势十分险要，采药打猎的从不敢往这一带走。洞口处有一座残破庙宇，山门朽坏，宝顶塌了一半，大殿地上全是荒草，神像灰头土脸，面目已不可辨。

血蘑菇传下令去，先搭起几个马架子窝铺，当成木工泥瓦匠的住处。他让人把庙门换个方位，扒掉破庙的残墙，接下来垒砖砌墙、挂桄上檩。血蘑菇倒没亏待这些人，吃的喝的都不差，唯有一节，哪个也不准多嘴多舌，否则枪子儿不长眼。泥瓦匠没干过这样的活儿，可是不敢不从。其中一个木匠发觉古怪，金匪备的木料不对，木梁木门全是柳州木，那是棺材料，造庙可不合适。又有人发现，用来铺筑大殿过道的金钱，均为锈迹斑斑的"古渡钱"。古人乘船渡河，常过渡口抛下一两枚铜钱，以此买通鬼神，以免风波之险。后世挖河改道，会有人捡出沉在河底的古钱来卖，历朝历代的都有，道士作法的金钱剑最适合用这些古钱，因为是通过鬼神的。大伙儿不明所以，怎奈匪首有言在先，谁也不许多说多问，否则格杀勿论，因此不敢多言，该砌墙的砌墙，该勾缝儿的勾缝儿。忙了一个多月，古庙修整一新，庙堂东西窄南北长，庙门上高悬"金灯庙"横匾，将能工巧匠打造的金身塑像置于庙堂正中，坐于莲台之上，朗目疏眉，面色红润，玄色绢帕包头，灰袄灰裤描金边走金线，外罩藏青色斗篷，脚下一双金花绣鞋，左手托着一块吸金石，走了八道金漆。

塑像前铺设帷幔宝帐，摆放供桌香烛，地上古渡钱铺道，后墙架了通天梯，大殿宝顶上还搭了灯架，千盏油灯长明不灭，那叫一个亮堂。众金匪围在庙门口赞叹不已，说："咱大元帅真是能成大事的人，方圆几百里从没见过这么排场的庙宇，金灯老母不保佑咱还能保佑谁？这叫舍不得金子弹，打不着金凤凰；舍不得媳妇儿，逮不着二流子。江北的金疙瘩从今往后全是咱的了！"

血蘑菇选良辰、择吉日，恭请金灯老母入殿。召集一众金匪，在金灯庙外面空地上跪倒一大片，各举三炷香，祈求金灯老母保着他们多拿疙瘩。也如数给了众泥瓦匠工钱，这些人落在金匪手中本以为凶多吉少，能保住命就不错，想不到还能给钱，自是感恩戴德。从这一天起，血蘑菇一个人住在金灯庙后殿，给金灯老母塑像前点燃三炷大香，香火昼夜不断，庙堂中香烟缭绕，熏得人睁不开眼。血蘑菇也跟中了邪似的，整天给金灯老母磕头上香，大烟枪不离手，脸上没个笑模样。其余的崽子全让他打发下山，回南甸子盯着大烟生意，只留下其中那个二毛子给他烧火做饭、送吃送喝，谁也猜不透他心里想什么。金灯老母之类的地仙，可不比大罗金仙，没有多大道行，尤其贪恋供奉，又染上了大烟瘾，让血蘑菇拜得神魂颠倒，早忘了自己姓什么。

3

绺子里这个二毛子，是一个中俄混血，关外方言土语称之为"二毛子"。岁数也不大，满头黄毛卷发，高鼻深目，两个蓝眼珠子大而无神，身上一股子羊油味儿，长得倒不砢碜，只是人窝糗，说话结结巴巴。金匪绺子里没人瞧得起他，不拿他当人看，吆来喝去，顺嘴叫他“黄毛狗”。据说他自打落生就不会哭，又是阴阳手，一只手掌黑，一只手掌白。八岁那年黄毛狗父母双亡，孤苦伶仃四处流浪，被一个厌门子的阴阳仙儿收入门下。因为故老相传，有阴阳手而且落地不哭的人可以“跑无常”，厌门子正用得上他这样的人。平常斟茶倒水，扫地做饭，刷夜壶洗衣服，伺候师父抽大烟，脏活儿累活儿全归他干。等到来了买卖，师父便指使他装神弄鬼。黄毛狗虽说年纪小、见识浅，但也看得出这些人作恶多端、心肠歹毒，尽干坑人的勾当。怎奈自己无依无靠，又怕拔香退伙惹上杀身之祸，不得不昧着良心硬着头皮去干。而师父挣了钱就是抽大烟、喝花酒，却不给黄毛狗一顿饱饭，逢年过节也尝不到半点儿荤腥，整天清汤寡水，肚子里没油水，饿得眼前冒金星，走起路来两条腿直打晃。阴阳仙儿师父还告诉他：“不是为师舍不得，干你这个活儿不能动荤。”师父再不仁义，他好歹吃得上饭，不至于冻饿而亡。怎知有一年遇上土匪大闹龙江县城，师父和厌门子几个同伙都死于乱枪之下，当时黄毛狗出去给他师父买卤鸡爪子，侥幸躲过一死，实在无路可走，被迫投靠金匪当了个崽子，在土匪窝里也没少受欺负。说起来，他能逃出厌门子的摆布，还多亏血蘑菇干掉了鸡脚先生。

血蘑菇当上大元帅以来，对黄毛狗格外照顾，免了他匪号中的“狗”字，改称“黄毛”。经常拽上他喝酒吃肉，给他讲土匪之间同生共死的兄弟义气。黄毛长这么大没吃过几顿饱饭，何况有酒有肉？更觉得自己跟对人了，对这个大元帅仰若神明，尽心尽力地伺候，挺有眼力见儿。血蘑菇又反复问黄毛当年跑无常的门道。黄毛也是掏心掏肺，有多少说多少。

这一天血蘑菇吩咐黄毛，说要给金灯老母上供，命他下山采买香烛、灯笼、纸衣、纸帽、纸鞋、五谷粮、黏豆饽饽等一应物品，再备一道符，画上胡金龙堂口的宝印，务必在三天之内赶回金灯庙。黄毛不明其意："胡家门的大仙跑无常查事，咱给金灯老母上供，为啥要胡金龙堂口的符箓？"血蘑菇从容答道："咱们兄弟为匪以来杀人如麻，趁此机会了却这些个因果，今后一心一意供奉金灯老母，踏踏实实拿疙瘩，安享富贵。"说完又用黑话凿补了几句，让黄毛过江去一趟龙江县城四味居饭庄子。"如果左师傅那只张横兰花马还在，就使钱买来，你不要多问，这是火烧眉毛的急事，快去快回！"黄毛愣了一下，当即打马下山，按血蘑菇的吩咐前去准备。

三天之后一大早，黄毛抱着香烛、灯笼等物，肩头搭着一个布袋子，里面塞了鼓鼓囊囊一团子物事，来到金灯庙。见血蘑菇既没磕头也没烧香，坐得笔管条直，一只眼冒着精光，与以往判若两人。黄毛没敢多问，放下东西禀报："东西……东西全备……备齐了！"血蘑菇点了点头，说道："今天要做一件大事，非得你助我一臂之力不可！"黄毛一着急竟然不结巴了，说道："大元帅对我恩重如山，我这条命也是大元帅的，您一句话，让我干啥我就干啥！"血蘑菇说："你跟我走一趟，去取一面令旗。"黄毛莫名其妙："令旗……啥令旗？"血蘑菇如实相告——我当年在孤山岭得遇金灯老母显圣，托梦传授我调耗子兵拿疙瘩的法门，后来我酒后失言破了誓，害死了我老叔和白龙，从此与金灯老母结下死仇。又因我被捆了七窍，金灯老母上不了我的身，也要不了我的命，这个老耗子就千方百计祸害我。全拜金灯老母所赐，我身边至亲至近的人都死绝了，此仇不共戴天。我天天烧香磕头抽大烟，拜得金灯老母神魂颠倒，隐忍至今只为了找一个地方，也就是这个王八盖子沟，原名"九龙沟阴阳岭"，乃关外地仙祖师胡三太爷供奉"魔仙旗"的法坛，此旗专用于惩处坏了门规的地仙。关外深山老林中有了道行的灵修之物，皆守胡三太爷定下的门规。头一条就是不能祸害人，除非别人先祸害你，或者得了你的好处，许给你的事又做不到。那也不能牵涉无辜，否则就会被魔仙旗召入洞中，遭天雷击顶，灰飞烟灭，万劫不复。古时山上曾有九座宝塔，如同九根降魔钉，由于年代久远，九座宝塔均已塌毁，魔仙旗却仍在洞中，只不过不在阳间。胡三太爷被尊为地仙祖师，每年六月初六，关外地仙都要去参拜胡三太爷、胡三太奶，金灯老母也不能不去。今天正是六月初六，金灯老母不在庙中，我得赶在这老耗子回来之前，下去找出胡三太爷的魔仙旗，有了令旗在手才可以干掉金灯老母。这件事我一个人办不成，你黄毛能够跑无常，得给我帮个忙。

黄毛对血蘑菇吩咐的事绝无二话，愿出死力相助。当年他师父鸡脚先生带手下到关外找魔仙旗拿吸金石，收了他这个走无常的弟子，正是为了此事，也曾多次演练，所以他知道如何盗取魔仙旗，只不过厌门子一直没找到地方。按以往民间说法，跑无常男女有别，男的叫"拘魂码"，女的叫"师娘子"。去阎王爷的地盘转一圈，凶险不言而喻，也不是什么人都能走阴串阳，那要灵通三界，意贯八方，识得九天神怪，会得十殿阎罗。血蘑菇跟了老鞑子那么久，也不曾知晓其中关窍，直到当上金匪的首领，一点一点问明白了黄毛跑无常的来龙去脉，心里头有了底，这才在王八盖子沟重造金灯庙。他整天琢磨《厌门神术》，把能用的损招全用上了——故意将三炷大香斜插，冲向金灯老母的心口，铺地的渡口钱齐整整、密麻麻，不明所以的以为是摆阔，实则形似一口利剑，这叫金钱剑断地，皆因耗子属土。当年血蘑菇剪子口鞭打金灯老母，刚打了一下，金灯老母的真身就借土遁走了。如今摆下金钱剑，金灯老母入地无门，上天梯子不到头，三炷大香穿心，又有千盏油灯压顶，照得金灯老母睁不开眼。最损的一招，是这庙堂东西窄南北长，所用木料全是打棺材的柳州木，等于把金灯老母装进了棺材！

血蘑菇断定六月初六这一天，金灯老母一定去拜见胡三太爷，顾不上盯着自己。一切准备妥当，让黄毛带自己下去走一趟，能否报仇在此一举，万一错失这个机会，这辈子再也别想翻身。而金灯老母去参拜胡三太爷，仅有一天十二个时辰，血蘑菇不敢怠慢，立即与黄毛布置，关上庙门，从里面插严实了，一人身边摆下七盏油灯，把事先备下的纸衣、纸帽等物裹在包袱中，脑门上搭块四方"孝布"，脱下鞋子放在一旁，各提一盏四四方方的纸灯笼，盘腿坐定了。黄毛再三叮嘱血蘑菇，跑无常不能轻易开口说话，凡事尽量以神词应对，随后点上烟袋锅子喷云吐雾。血蘑菇觉得眼皮子发沉，心里头发紧，不由自主地打哈欠流眼泪。一阵魄荡魂摇，忽听黄毛叫他起身，再看手中纸灯笼变成了一团鬼火，金灯庙踪迹不见，仅有脚下一条道路。

二人手提纸灯笼，叼着旱烟袋，一口接一口地猛嗑，走起路来故意装得颠三倒四。往前走了几步，只见四下里暗雾弥漫，阴风阵阵，鬼哭狼嚎，一群挡道拦路的恶犬，浑身癞毛，头大如斗，厉声狂吠，追咬而来。黄毛并不惊慌，扔出几个黏豆饽饽，那些恶犬扑咬过去你争我抢，爪子和嘴巴被黏得分不开，在原地乱蹦乱蹿。

他们俩将恶犬甩在身后，黄毛头前引路，行至金鸡岭前，见山顶上金光耀眼，立着一只头顶金冠的雄鸡，正是受过封的"禽侯"。黄毛心里头有数，所谓"鸡司晨、犬守夜"，金鸡岭上的禽侯一旦啼鸣报时，他俩就得魂飞魄散。忙掏出五谷粮扔撒在地上，禽侯扑棱着翅膀，飞下岭来啄食。黄毛拽上血蘑菇又往前跑，到得一座大山脚下，山影之下灰蒙蒙一片，近前三株枯槐，其中一株枯槐腹心已空，当中长出一株榆树；另一株枯槐也有一个树洞，从里边长出两丈高的柏树；还有一株枯槐仅余半截，形势岌岌可危。血蘑菇跑了半天，驷马汗流的，正觉得口干舌燥，嗓子眼儿像着了火一样，但见树后转出一个老妇，身穿黑色裤褂，罩一件埋里埋汰的百衲罗袍，补丁摞着补丁，面沉似水，缄口结舌，端着一碗水递过来，又脏又长的手指甲掐在碗边儿上。血蘑菇低头看那碗中之水，污污浊浊，却散发出一股异香。黄毛扯住血蘑菇，上前一把推开水碗。老妇碗中之水洒出一半，当场变了脸，扬手让他们往回走。黄毛口念神词："平生没做亏心事，半夜叫门心不惊，为仙不讲情和义，阴阳两界行得通！"说话绕路前行，越走周围的雾气越浓，灯笼里的鬼火忽明忽灭，只见一条大江挡在面前，白亮亮的江水波涛汹涌，再也无路可走。血蘑菇心下焦躁，山路好走，江可咋过？

正当此时，江面上驶来一艘丈八小船，船身狭小，一个白胡子、白眉毛的老头儿坐在船头，头戴斗笠，身穿单衣，瘦成了一把骨头，赤足光脚，冻得瑟瑟发抖。小船随着风浪颠来荡去，就是翻不了。黄毛高声叫道："江河底下关门闩，虾兵蟹将百万千，有位仙人在水边，快带我俩去拜台！"他从怀里掏出一道符，上面盖着堂口的宝印，谎称自己是胡金龙堂口，领命来跑一趟无常。见白胡子老头儿无精打采，知道他干的是个苦差事，江面上寒风刺骨，黄毛取出提前备好的纸衣、纸帽、纸鞋，求老头儿带他俩过江。老头儿话不多说，示意二人上船。二人纵身跳上船头，那小船竟没有船板，脚下是滔滔巨浪。

白胡子老头儿起身撑起篙楫，无底船行至江中。远远望去，江心小岛上寸草不生，当中有一座高台，台上一面三角令旗迎风招展。江面浪涛翻涌，无底船无法靠近小岛，眼看着随波逐流漂过江心，继续往对岸驶去。血蘑菇急忙让老头儿撑船靠近小岛，忽听白胡子老头儿开了口，声音却似孩童一般："你们要拿走魔仙旗？"血蘑菇心下一惊，又听老头儿说道："江可以过，令旗取不得！"血蘑菇眼看魔仙旗近在眼前，怎肯错过？央告道："眼见奇物，增寿一纪，还望老爷子给行个方便，借我们瞧上一瞧！"老头儿怒道："魔仙旗是胡三太爷的法宝，我乃护旗童子，岂可说借就借？若不是看你们给胡金龙堂口办差，连船都上不得！"血蘑菇犯了匪性，上前一把搂住老头儿的双臂："今天你让借也得借，不让借也得借！"说着话一使眼色，黄毛纵身一跃，人已到了岛上，紧跑几步，登台拔下魔仙旗在手。船上的老头儿大惊失色，口中急念神词："先天灵宝无底船，从来只渡有缘人！"无底船瞬间变成了纸船，白胡子老头儿也变成了纸人，仿佛粘在船上一般，晃而不倒。水中掀起滔天大浪，血蘑菇站立不稳，一个跟头从无底船上掉入江中，咕咚咕咚灌了一肚子污浊的江水。

血蘑菇大惊失色，肚子里一阵翻江倒海，全身打了个冷战，"腾"地坐将起来，睁开一只眼，见自己仍在金灯庙中，手上的纸灯和黄毛身边的七盏油灯全灭了。殿顶的千盏油灯化成鬼火，冒出蓝幽幽的寒光。忽听庙门打开，一阵妖风卷入大殿，再看金灯老母满脸怒容，掌托吸金石从莲台上走了下来。血蘑菇心中懊悔不已，真是百密一疏，人算不如天算，看来我大仇难报！

4

血蘑菇心如死灰之际，忽然眼前一亮，黄毛身边七盏油灯灭而复明，人也坐了起来，手中多了一面令旗，口中发声喊，将令旗抛了过来。血蘑菇接住一看，明黄色绸布的三角令旗，掐金边走银线，上绣北斗七星，以及"敕召万仙"四个小字，正是胡三太爷的魔仙旗！

金灯老母眯缝着一对小眼，见到血蘑菇手上的魔仙旗，立时惊慌失措，掉转了身子要逃。血蘑菇一肚子的怒火和怨恨积郁已久，自己吃了这么多苦、遭了这么多罪、受了这么多气，全他妈是这个千年老耗子害的！如今魔仙旗在手，收拾金灯老母只在顷刻，他不由得心神激荡，当即抖开魔仙旗，咬牙瞪眼比画了几下，连个屁也没整出来。

金灯老母不过是个盗天地之精、窃鬼神之用、袭取一时的大耗子，本已被魔仙旗吓了个半死，怎知这令旗什么用也没有，狞笑声中身躯一长，直奔令旗扑来。血蘑菇连忙闪身避让，电光石火间转过一个念头："金灯老母不冲我下手，反倒先夺令旗，可见它畏惧此物，只是我不会用！"金灯老母一扑不中，落地化为灰烟，缠住了血蘑菇。血蘑菇抬手打出一记掌心雷，突如其来一声炸响，惊得那道灰烟绕柱而走。血蘑菇一招得手，紧追上去又是一个掌心雷。《厌门神术》中记载的掌心雷秘方，以黄泥包住烈性火药，暗藏于袖中，抬手打出去如同一道炸雷，威力不及炸药，胜在出其不意、声势惊人。地仙修行不易，最惧雷电，听得雷声炸响，哪里还敢近前？那道灰烟受到惊吓，在金灯庙中左冲右突，一下子落到了黄毛身上。

一瞬之间，黄毛的脸色转灰，咬牙切齿地挺直了身子，伸手来抢血蘑菇的令旗，力气大得惊人。二人你抢我夺，血蘑菇几乎招架不住，更怕扯坏了令旗，眼看令旗就要脱手，赶紧从怀中抽出一枚大针，猛戳在黄毛灰气凝聚的眉心。只听怪叫一声，黄毛身上腾出一道灰烟，又向血蘑菇冲来。黄毛则摔倒在地，浑身抽搐，一时挣扎不起。

血蘑菇的掌心雷已经用尽，然而风急雨至，人急生智，他记起《厌门神术》中有"调令篇"，使用令旗须手上有令，当即结成手印，掐了个雷诀，左手拇指按住中指第三节，右手令旗在半空中画了半个圆圈，交到左手。此时手上带了令，再抖开令旗，只听天上雷声滚滚，金灯庙虽在深山古洞之中，仍听得隆隆作响，屋瓦皆颤。金灯老母惊慌失措，急于从庙中脱身。可是往上走够不到庙顶，上天梯子不到头，又有千盏油灯压顶，断了天门。借土遁往下走，又被铺地的金钱剑挡住，绝了地户。纵是大罗金仙，也是逃之不能。灰烟贴地乱转，震得叮咣作响，埃尘纷起。

血蘑菇复仇心切，抖开手中令旗，正要一鼓作气灭了金灯老母，怎知这千年老耗子还有绝招，可以调耗子兵救驾。只听啪嗒一声响，灰烟中落下一块吸金石，大小不过一握，在千盏油灯下熠熠生辉，晃得人睁不开眼。随即从供桌下、屋梁上、塑像里，四面八方涌出潮水般的金耗子，有的啃门、有的拱墙，又有许多来咬血蘑菇和黄毛。转瞬之间，金灯庙已让金耗子啃得千疮百孔、四壁开裂，殿顶的油灯摇摇欲坠。黄毛躲没处躲，藏没处藏，双腿被金耗子咬得鲜血淋漓，止不住嗷嗷惨叫。忙乱中他摸到供桌上的烛台，抓起来乱砸脚下的金耗子。可是金耗子太多了，砸扁了一只又冲上来两只，越砸来得越多。血蘑菇也被金耗子围在当中，脚脖子上被啃下几块皮肉，个头儿大的噌噌往他腰上蹿。血蘑菇想起白龙当年下金眼子拿疙瘩，让耗子兵啃成了森森白骨的惨状，心底大骇，忙叫黄毛："快上法宝！"黄毛正没摆布处，听得血蘑菇让他用法宝，一怔之下恍然大悟，不顾金耗子啃得他双脚鲜血淋漓，急掣身形，一个箭步奔向墙角，揭开背来的那个布兜子。但听喵呜一声，从中放出一只八斤大花猫，身形肥硕，四肢粗壮，头圆爪利，尾长过尺，锦纹斑斓赛过虎皮。

　　之前血蘑菇用黑话告诉黄毛，下山去到龙江县城，买来饭庄子那只八斤猫。关外老百姓有一句话"江南有千年鼠，江北有八斤猫"，八斤猫是老耗子的天敌，除了江北，别处都没有，可这一时半会儿上哪儿找去？索性舍近求远，让黄毛去龙江县城走一趟，兴许左师傅饭庄子那只猫还在。毕竟在那个年头，八斤猫是个稀罕物，搁到饭庄子里，再不用担心闹耗子。血蘑菇想得挺周全，金灯庙已布下天罗地网，万一没有八斤猫，也不耽误收拾金灯老母，找到了更稳妥。合该金灯老母数穷命尽，折腾到头了，正是"从前做过事，没兴一齐来"，还真让黄毛找到了八斤猫，否则耗子兵啃得金灯庙房倒屋塌，如何困得住金灯老母？八斤大花猫闷在布袋中多时，见到大殿中的群鼠，不由得周身毛竖，弓背挺身，尾巴倒立起来，当场连吼三声。头一声吓得群鼠趴地上直哆嗦；二一声群鼠吱吱尖叫，乱作一团；三声叫过，耗子兵四散逃窜，转眼踪迹全无。八斤猫双目如灯，纵身一跃，叼起地上那块吸金石，钻墙窟窿走了。

金灯老母大势已去，让魔仙旗压得蜷缩在地，现出了原形。这个老耗子贼头贼脑、尖嘴利齿，两个小眼珠子滴溜溜乱转，一身苍灰色的毛，脊背之上一道金线烁烁放光。它自知在劫难逃，索性把心一横，低头咬下胸前一撮白毛。金灯老母心口这撮白毛，可助她避开天雷。如今拼了累劫修来的千年道行不要，宁可灰飞烟灭，也要跟血蘑菇同归于尽。

说时迟那时快，金灯老母再次化作一道灰烟，紧紧缠住血蘑菇。刹那之间，一道道惊天动地的炸雷劈下来，夹带紫极天火，穿透了庙堂宝顶。碎石泥土纷纷落下，天雷地火，亮如白昼，雷火一道比一道厉害，全打在血蘑菇身上。当年老鞑子为救血蘑菇，迫不得已给他捆了七窍，如今挨上一道天雷，就解去一窍，七道天雷劈过，金灯老母千年道行一朝丧尽，万劫不复归了阴曹，血蘑菇也是七窍全开。此时金灯庙内刮起一阵怪风，裹挟着白雾，似乎有形有质，在他身后打转。血蘑菇毛发森竖，如同让一柄锋利的尖刀顶住了后心。自打火烧关家窑，毁了老祖宗供奉纸狼狐的香堂，身边就总有这阵迷人眼目的怪风，来得分外诡异。大闹龙江县城，除了厌门子首领鸡脚先生，老鞑子命他烧掉《厌门神术》，却被一阵怪风吹开，引着他从头到尾翻看了一遍，居然再也忘不掉了；又是这阵怪风，引他在金灯庙中鞭打黄袍老道，得了调耗子兵拿疙瘩的法咒；后来的一个深夜，也是刮了这么一阵怪风，白龙就做了个噩梦，起来便要去找金疙瘩，结果死于非命，还搭上了老鞑子一条命，以至于让血蘑菇和金灯老母结了死仇；再后来他为了报仇，在江北到处找魔仙旗，这阵怪风又惊了坐骑，他才看到这个古洞，难不成一直暗中盯着自己的，并不止一个金灯老母？

这个念头一转上来，血蘑菇四肢冰凉、心肺结霜，扭过头来一看，身后残庙之中一张怪脸，牙尖嘴利，长满了灰毛，一半似狼一半似狐，正是关家老祖宗供奉的纸狼狐。血蘑菇惊骇至极，手脚僵住了一动也不能动，心头如被重锤所击："我让老叔捆了七窍，纸狼狐上不了我的身，却阴魂不散，从不曾放过我，如今我身上的七窍又开了……"这个念头还没转完，纸狼狐忽然往前一冲，撞入了血蘑菇的身子。血蘑菇如被尖刀剜心，气血翻腾，天旋地转，耳边嗡嗡巨响，翻着白眼直挺挺倒在地上。

黄毛立在一旁惊得呆了，见大元帅倒地不起，急忙抢步上前，将血蘑菇扶起来，前胸后背一通拍打。怎知血蘑菇一跃而起，眼珠子血红，凶光四射，五官挪移。黄毛吓坏了，知是另有邪祟上身，急忙用魇仙旗缠住血蘑菇。任凭血蘑菇拼命挣扎，就是不肯松手。魇仙旗上七星移位，三昧真火烧灼，黄毛无从闪避，顷刻间烧成了黑炭。化为灰烬的魇仙旗，也在最后一刻，将奇门神物纸狼狐封在了血蘑菇身上！

5

血蘑菇除掉了金灯老母，可也搭上了黄毛一条命。他本以为自己落到这个地步，全拜金灯老母所赐，如今才知道，从始至终都是受了纸狼狐的摆布。当年他在金灯庙遇上的黄袍老道，自称有仙灵托梦指点来取吸金石，多半也是中了纸狼狐的计。他真正的死敌不是金灯老母，而是关家老祖宗供奉的纸狼狐。其实老鞑子、白龙、婶娘等人，全是纸狼狐害死的，更可怕的是纸狼狐入了他的窍，虽被黄毛用魔仙旗封住，一时不能作祟，但是毕竟凶多吉少。一想到纸狼狐的神出鬼没、行踪诡秘，血蘑菇不由得心生寒意，实不知该当如何应对。

当天夜里，血蘑菇梦到一只白鹰飞入金灯庙来啄他的眼珠子，惊出了一身冷汗。梦中那只白鹰十分眼熟，以前在孤山岭上，他曾见马殿臣随身带着一幅《神鹰图》，画中白鹰金钩玉爪、神威凛凛，据说是一张宝画，却未知其详。迟黑子死后，马殿臣成了孤山岭的匪首，《神鹰图》挂在分赃聚义厅上，人借鹰势、鹰助人威，神挡杀神、佛挡杀佛。而在许大地主家捉拿马殿臣之时，宝画已被许大地主收入库中。血蘑菇梦到画中那只白鹰，隐隐约约有不祥之感。金灯庙是待不下去了，他埋了黄毛，换了身囫囵衣服，失魂落魄地走出王八盖子沟，回到金匪们落脚的南甸子大烟田。正寻思怎么跟一众金匪交代，为什么金灯庙毁了，黄毛也死了，忽然有金匪的探子来报，说刚刚接到消息，马殿臣跟一个叫土头陀的逃出了省城大牢，挖地道摸进许家窑，不分良贱杀死许家一十三条人命，卷走了宝画《神鹰图》，躲入深山下落不明！

血蘑菇听得此事，脑子里冒出的头一个念头就是"跑"！他曾有两个死敌，一个是金灯老母，一个是马殿臣。他对金灯老母恨之入骨，可是从来也没怕过，因为他要报仇，你整不死我，我就得把你整死。然而见了马殿臣，实如耗子见了猫，浑身发抖，腿肚子转筋，也说不明白为什么那么怕。兴许是马殿臣背后有张《神鹰图》，让他未战先怯，甚至不用见面，听了名号，已自胆寒。

血蘑菇心说：马殿臣血洗了许家窑，当然也不会放过我，正是我通风报信，他才失手被擒。而今他对我是仇上加仇、恨上加恨。尽管孤山岭的绺子已经散了伙，许家窑又戒备森严，有那么多炮手看家护院，仍挡不住马殿臣，让他神不知鬼不觉地摸进去杀了一十三口。马殿臣一旦腾出手来，我的项上人头非得搬家不可！他眼珠子一转，已然有了主意，故作镇定地对一众金匪说道："不必慌乱，昨夜金灯老母显圣，说马殿臣气数未尽、命不当绝，不可与之冲撞，让我等远走避祸。因此我把黄毛留在金灯庙，侍奉金灯老母的香火，其余的人全跟我走。"那些个金匪纵然凶悍，可也没一个不怵威风八面的马殿臣，加之迷信金灯老母，都恨不得立刻远走高飞。血蘑菇一想，既然要跑，那就往远了跑吧，他手下有两个金匪，在蒙古大漠的金矿中下过苦，可以让这二人带路，到大漠中躲一阵子。当即派人下山，把大烟的买卖低价盘给别的绺子，换成金条银圆。凡是不方便带走的东西，像什么烧火做饭的锅碗瓢盆、挖金眼子的镐头铁锹，一概扔下不要，只带枪马上路。

几十号金匪骑着快马星夜兼程，马背上吃，马鞍上睡，翻山越岭离开关东，又穿过草原，进入了大漠戈壁。血蘑菇用带来的钱打点官匪两道，买下沙漠深处一座有金矿的山峰，逐步站稳了脚跟。不过这个地方的金子不多，而且条件恶劣，白天烈日当头，人都快变成烤地瓜了；夜里又寒风似箭，冻得全身长疮。一年到头沙尘肆虐，塞得人满嘴黄沙，气都喘不上来。大漠深处罕有人迹，没处抽大烟、逛窑子，简直是苦不堪言。血蘑菇一伙金匪忍了二年，实在待不下去了，可又不放心马殿臣，不知道这个人到底怎么样了。因此隔上一阵子，便派出一两个手下回去打探消息。一来二去探明了情况，原来马殿臣血洗许家窑，这件案子做得太大，惊动了整个东三省，躲入深山再没出来过。如今风头过了，仍是活不见人死不见尸，估计死在深山老林里了。血蘑菇不信马殿臣就这么死了，他还常常梦见那只白鹰，整天心惊肉跳，封在窍中的纸狼狐，也使他片刻不得安宁，又见一众金匪人心浮动，再在大漠深处待下去，就该有人在身后打黑枪了。他狠了狠心，决定率众重返东北，豁出命去将此事做个了断。

关外的局势已经有了变化，东北保安司令整军经武，各地的土匪或被剿灭，或被招安，比之前少多了。血蘑菇和他手下金匪，扮成卖皮货的贩子，短枪、短刀全用油布包严实，藏在大车上的货物里。这些人骑马的骑马、赶车的赶车，风尘仆仆往关东走。一路上接连听老百姓议论，关外出了一个富可敌国的"金王"，东北军都得跟他借钱充军饷。金王怎么发的财呢？哪儿来的这么多金子呢？有人说是挖坟掘墓发了横财，关外是龙脉所在，王公贵胄的老坟不在少数，挖着一个就不得了；也有人说他是在深山中得了异人传授，可以点石成金；还有人说他得了吸金石，有了这件宝物，金子不求自来。

血蘑菇一听"吸金石"这三个字，耳朵可就竖起来了：吸金石？那不是金灯老母的法宝吗？我出生入死、忍辱负重，费那么大劲儿干掉了金灯老母，结果什么也没落下，倒让这个金王捡了便宜！他手下那些金匪也不干了，听之前回来打探消息的崽子说，王八盖子沟的金灯庙已经塌毁，黄毛下落不明，肯定都是这个金王干的，否则吸金石怎会落在此人手上？不把吸金石抢回来，以后还有脸当金匪吗？血蘑菇越想越咽不下这口气，也有心干这一票，打听到金王住在哈尔滨，从白俄大鼻子手里买下整幢的洋楼，两道大铁门，加高了外墙，从外边只能看见楼房的尖顶。洋楼底下有地下室，楼有多高，地下室就有多深，不知藏了多少金砖。

血蘑菇带领手下金匪改道北上，一路上小心谨慎，未晚先投宿，鸡鸣早看天，非止一日，终于来到了哈尔滨附近，按照事先打探来的消息，冒充成给"吉瑞商行"送皮货的贩子，瞒过沿途的盘查混入城中。吉瑞商行也是金王的买卖，在哈尔滨无人不知，大批收购药材、山货、干果、毛皮，转卖给白俄大鼻子，换回俄罗斯的宝石、玛瑙、手表、皮靴、伏特加酒、鱼子酱，倒手再卖给中国人，两头儿获利。血蘑菇等金匪常年出没于关外深山老林，吃喝嫖赌顶多去县城或各处镇甸，这几年又躲在蒙古大漠，整天与风沙打交道，从没进过哈尔滨这么大的城市，眼见到处是高楼洋房，马路又宽又平，汽车、马车、人力车来回穿梭；路边的商店一家挨一家，吃的喝的、穿的用的，卖什么的都有；到了夜里更是热闹，路灯、电灯、霓虹灯，五光十色，照得大街上如白昼一般；酒吧、舞场、咖啡馆、西餐厅门口站着身穿洋装的门童，旋转门里传出怪里怪气的音乐；白俄美女所在皆有，个个长得牛高马大，隔着皮大衣也能看出细腰翘臀，一脑袋卷毛，涂着大红嘴唇，身上的香水味儿能把人熏一跟头。众金匪眼珠子都不够使了，很多东西都是他们头一次见识，没少出洋相，都说："难怪金王选了这么个地方，有钱人可真他妈会享福，等做完了这票买卖，咱兄弟也去开开洋荤！"

到了哈尔滨，想找金王宅邸太容易了，连路边要饭的乞丐都知道在哪儿。这伙金匪先去踩盘子，打探出金王深居简出，平时不怎么出门。不过有句话说得好"穷在闹市无人问，富在深山有远亲"，金王不出门不要紧，上门找他结交的高官名卿可大有人在，不乏带着卫队来的，金王纵然财大气粗，却也不敢拒之门外。所以金王常在宅邸中夜宴宾客，很多客人喝完酒半夜才出来。金匪根据这一情况，商定了如何动手。血蘑菇自己带十个心狠手黑的金匪，全扮成讨饭的叫花子，衣衫褴褛、目光呆滞，有的脖子上挂着用牛肩胛骨磨成、缀着铜钱儿的哈拉巴板儿，有的一手端着破盆烂碗、一手拿筷子敲打碗边儿，有的拖着打狗棒子，各揣一支带快慢机的德国造大镜面，全是加长的二十四响，暗藏利刃，借着夜色的掩护，蹲在金王宅邸的大铁门附近，躲到路灯照不到的地方。哈尔滨大街小巷遍地"倒卧"，裹着破棉袄，奄奄一息地倚着墙根儿，第二天早上但凡还剩一口气，就扶着墙挪动到饭馆食铺捡饭底子，所以没人注意路边的叫花子。血蘑菇谋划好了，等深夜里大铁门一开，立刻冲进去，尽量别开枪，不声不响见一个插一个。哈尔滨不比别处，金王也不是乡下的土财主，必须快进快出，千万不能手黏，抢了吸金石马上走人，有多远跑多远。其余的崽子分布在各处接应，万一惊动了城中军警，可以随时纵火开枪，使一众金匪趁乱脱身。只要离开此地，往深山老林里头一躲，谁也想不到是他们这伙金匪作的案。

当天深夜，寒风凛冽，金王宅邸中灯火通明。大铁门"哐当"一响，从里边打开了。血蘑菇觉得时机已到，打个手势让众金匪用黑布上蒙脸，随后攥住怀里的刀柄，绷紧的身子如箭在弦，眼中凶光一闪，刚要冲上去动手，却见门中走出十来个人。前头几个穿着呢子大衣，头顶貂皮帽子，捂得挺严实，各带一个随从，应当是赴宴之后告辞离去的权贵。主人也带着几个亲随跟出来送客，双方站在门口寒暄作别。血蘑菇只看这一眼，吓得钉在了原地，头发昏眼发花，身子发软腿发麻，哪里还敢上前？金王宅邸的主人竟是马殿臣，他身后四个随从均是顶天立地、身高膀阔、虎背熊腰，如同四大金刚下凡，那也不是旁人，马殿臣麾下四大炮头——穿云山、飞过山、占金山、古十三，绿林道上号称四大名山！

虽说马殿臣和四大炮头今非昔比，当年是走马飞尘、亡命山林的胡子，如今发了大财，居移气养移体，穿着讲究、红光满面，一举一动派头十足，加之时隔多年，说改头换面也不为过，却仍被血蘑菇一眼认了出来，真可以说是冤家路窄。一个马殿臣就能把血蘑菇吓个半死，何况还有威震三江的四大名山，他连躲在背后打黑枪的胆子都没了。直到马殿臣送完客人，带着四大炮头转身进去，大铁门再次合拢，血蘑菇这才喘了一口粗气，攥住刀柄的掌心中已全是冷汗。他带着一众金匪杀气腾腾地来抢吸金石，到门口看见金王居然是马殿臣，屁也没敢放一个，怎么来的怎么走的，心里头这叫一个憋屈。

血蘑菇一向对马殿臣畏惧如虎，如今的金王马殿臣财大气粗，身边有四大炮头护卫，自己这伙人岂是对手？至于抢夺马殿臣手上的吸金石，那是想也不敢再想了，可又不甘心就此罢休，于是放出风去，说金王正是被判了枪决的匪首马殿臣，此人在行刑前一天的夜里，从省城大牢中逃脱，夜入许家窑杀了一十三条人命。

土匪属于绿林道，当逢乱世，吃这碗饭都是把脑袋拴在裤腰带上，免不了打家劫舍杀人越货，但是盗亦有道，绿林道也有绿林道的规矩，杀人放火不要紧，却不能不分良贱逮谁杀谁。马殿臣为了报仇，钻地道夜入许家窑，红着眼一口气杀了十二个人，这其中有该杀的仇人，可也有不相干的人，许大地主固然死有余辜，烧火做饭的、打更守夜的，还有伺候人的丫鬟招你惹你了？怎么也都给宰了？所以世人对马殿臣的评价毁誉参半，怎么说他的都有。马殿臣是豪杰襟怀，以前亡命山林当胡子的时候，根本不在乎杀人如麻，可在发了大财成为金王之后，不免愧疚于自己这辈子杀人太多，也害怕遭报应。

血蘑菇这个风声一放出去，黑白两道都盯上了马殿臣。此人顶着金王的名头，自然是树大招风，身上积案如山，改名换姓瞒得了三年两载，可瞒不了一辈子。多亏马殿臣先前找到一处与世隔绝的天坑，并在地底造了一座大宅子，住上百十口子也是敞敞亮亮，大宅里仓廪中屯有粮食，吃上个三五年也不成问题，加之可以在外围开荒耕种，有了收成完全可以自给自足，等于给自己留了这么一条后路。马殿臣见外边风声太紧，干脆背上宝画《神鹰图》，带着心腹手下和几房妻小，以及攒下的大批财宝躲入天坑大宅。随后切断了下到天坑底部的道路，又用树木枯枝遮挡洞口，上边盖满落叶。打那往后，神仙也找不到这个地方了！

6

马殿臣躲入天坑销声匿迹，血蘑菇仍不踏实，因为纸狼狐还封在他身上。相比金王马殿臣，纸狼狐才是心腹之患。别人看不出什么，他自己可是一清二楚。纸狼狐只不过一时受困，迟早还得出来，在此之前，一定要找到除掉纸狼狐的法子，给老鞑子、白龙、婶娘他们报仇，不然的话死不瞑目。无奈他对纸狼狐所知有限，只是听老鞑子说过，纸狼狐借宝画灵气成形，乃奇门神物，能够潜形入梦，驱遣纸狼狐会折损寿数。他为此上山求教过萨满神官，得知纸狼狐是关家老祖宗供奉的奇门神物，按老时年间的说法，地仙会跟有缘弟子订立契约，或助弟子积德行善，或保家门兴旺平安，但是你许给它的事，也必须做到。比如血蘑菇答应金灯老母，不把调耗子兵拿疙瘩的法咒说出去，否则金灯老母就可以任意祸害他。至于老祖宗跟纸狼狐究竟约定了什么，又是如何订立的契约，这个世上已没人知道。不过有一点可以肯定，血蘑菇曾火烧关家窑，毁了纸狼狐容身的古画，纸狼狐当然会报复他，可又不能把他整死。因为血蘑菇是关家老祖宗的后人，如今这家人都死绝了，纸狼狐只能入他的窍，并设法占据他的肉身，有心同归于尽也没用，因为他就这一条命，他一死等于又把纸狼狐放出去了。又经多方打探得知，从来说"卤水点豆腐，一物降一物"，可以对付纸狼狐的唯有宝画《神鹰图》。相传当年皇宫中的《神鹰图》，乃神鹰鲜血绘成，也是一件奇门神物，后世落入民间，几经辗转，最后为三闯关东的金王马殿臣所得。

血蘑菇后悔莫及，早知如此，实不该逼得马殿臣躲入天坑大宅，如今再想找《神鹰图》，可比登天还难！据说马殿臣避祸的天坑在长白山，但是山连着山、岭连着岭，莽莽林海无边无际，上哪儿去找这个天坑的入口？血蘑菇心生一计，又放出风去，说马殿臣留下一句话——什么时候宝画中的神鹰飞出来，金王的宝藏方可重见天日。这一下引来许多人去找马殿臣的天坑大宅，可都一无所获。他也是认了死理儿，一条道跑到黑，仍带着金匪钻山入林，到处寻找天坑，却只对手下一众金匪说，追踪马殿臣的下落，是为了大宅中的吸金石："马殿臣毁了金灯庙，抢走吸金石，害得我等再也拿不到疙瘩，岂肯与他善罢甘休？"

他们一年到头在深山老林中找天坑，外边可是翻天覆地了，日寇已经占领了东三省，建立了伪满洲国。由于担心遇上关东军讨伐队，血蘑菇和他手下的金匪轻易不敢下山。而这一年冬天冷得出奇，风雪肆虐，飞禽走兽绝迹，金匪的粮食全吃光了，躲在山洞里忍饥受冻，苦不堪言。别的还好说，到后来没有白货了，也就是咸盐，黑货大烟土也快断了，这可要命了。盐是百味之祖，又不仅仅可以调味，如果一个人十天半个月不吃咸盐，定然头晕目眩、眼冒金星，两条腿发软，脚底下如同踩了棉花套，站都站不住。这两样东西对金匪至关重要，平时都用油纸包裹着，各人分头携带。没了黑白二货，金匪根本无法在山里存活，血蘑菇迫于无奈，只得率领一众金匪下山砸窑！

　　这伙金匪在山里都是步行，因为钻山入林骑不了马，而且森林中的蚊子太厉害，一团儿一团儿的，冷眼一瞧，像扬起的谷糠，叮一下一个大血疱，有如锥子扎、刀子剜，在马身上一落就是一层，马尾巴怎么甩也不顶饿，除非用烟熏着，否则一宿过去，马就让蚊子咬死了。血蘑菇带着二十几个手下，顶风冒雪翻过荒草顶子，直扑山下一个地主大院。这家地主姓荣，少爷给伪满洲国当官，称得上有权有势。荣家窑周围有一千多垧良田，一年下来收的庄稼能堆成山。当时已经用上火犁耕田了，火犁就是日本造的拖拉机。又雇了十多个炮手看家护院，垒着两丈多高的拉合辫墙，那是用草绳子浸透黄泥砌成的土墙。关外人常说"黄泥打墙墙不倒"，坚固程度不次于砖石。一前一后两道大门，一尺多厚的木板门包裹铁皮，比县城的城门还结实。金匪以往不敢打"荣家窑"的主意，但是天寒地冻，方圆百里之内，只有荣家窑又有粮囤又有烟土。血蘑菇本想借着风雪的掩护，趁着天黑翻墙进去，万一守卫严密，还可以用金疙瘩买通炮手头子，换些粮食烟土出来，最好有小米，黑话叫"星星散"，因为小米容易熟，下锅就断生，还格外顶饿，也便于携带。怎知整个大院套子漆黑一片，大门半掩，里面一个人也没有。二十几个金匪进了荣家窑，把桌子底下、门后头、炕洞里面，犄角旮旯搜了一个遍，什么都没找到。看情形是举家迁走了，不仅没有烟土，骡马牲口、猪狗鸡鸭、金银细软、皮袄被褥，乃至于厨房里的锅碗瓢盆、油盐酱醋，什么也没留下，腌咸菜的大酱缸都是空的。

二十来号金匪有如一群饿鬼，个个饥肠辘辘，见到牲口圈前的猪食槽子里，还有半下子冻成了冰疙瘩的猪食，忙不迭把猪食槽子架起来，点火将冰坨子烤化，仍请大杆子先来。血蘑菇抓了一把吃下去，其余的金匪才动手，风卷残云一般，把半槽子泔水塞进了肚子。那个年头兵荒马乱，家里有一两头猪的老百姓，都称得上富户，但也顶多用野菜喂猪，因为人都吃不饱，哪儿来的剩菜泔水给猪吃？荣家窑家大业大，吃喝不愁，猪食槽子里的残汤剩饭油水挺大，关键在于有咸淡味儿。可这半槽子泔水，哪够二十几个金匪充饥？一众金匪垂头丧气地出了荣家窑，走到林子边上，无意当中惊出一头犴达罕。这个野兽头上生角，颈下有鬃，身长足有七八尺，毛色棕黄，不惧严寒，关外人俗称"犴子"。有一个金匪手疾眼快，抬手一枪放倒了犴达罕。众人一拥而上，就地扒皮放血，点上一堆火，插在松枝上烤着吃。一头犴达罕能得两百多斤肉，尽管没有盐，去不掉兽肉的腥气，那也跟吃龙肉一样。此时风雪已住，天色刚刚放亮，众金匪狼吞虎咽地吃着犴子肉，忽听马蹄之声大作，他们以为是关东军的骑兵到了，纷纷割下犴子肉，准备往林子里撤。金匪并不怕关东军骑兵，因为骑兵部队的马比人金贵，折损了马匹，士兵会受到严厉处罚，而且山深林密，骑兵追不进去，所以说有恃无恐。可是他们很快发现，来的不是关东军骑兵，而是猎林队！

关东军占领东北以来，为了讨伐山林中的反满抗日武装，在北满成立了白俄步枪队，在南满成立了一支猎林队。白俄步枪队全是流亡东北的沙俄老兵油子，装备俄国造水连珠步枪，战斗力十分强悍。猎林队的成员，则是关东军用烟土、快枪、烈酒收买的森林猎人。当地的猎林人以部落聚居，狩鹿打熊为生，祖祖辈辈在深山老林里过着近乎与世隔绝的生活，茹毛饮血耐得住苦寒，猛如虎狼、捷似猿猱，炮管子直溜，彼此间以鹿哨呼应联络，擅长骑马滑雪，无论昼夜，都可以在密林中来去如风。猎林人的首领叫莫盖山，人称"莫老盖"，四十来岁，体壮如熊，常年披散着头发，满脸连鬓络腮的胡子，一双眼黑白分明、锐利似电，棕褐色的皮肤又糙又厚。自被伪满洲国收编以来，他带领猎林队充当关东军的爪牙，到处追击抗联游击队，割下人头去换烟土。早期的抗联队伍虽然人多，但是人员复杂，除了一少部分东北军，再有就是县城的警察大队、由农民组成的大刀会和红枪会、抗日的绺子，以及喝过洋墨水的青年学生，其中相当一部分人没接受过正规军事训练，凭着一腔热血跟日本人拼命。打到后来，尽管人越打越少，可是能在枪林弹雨中坚持下来的，几乎都成了经验丰富、身经百战的老兵，枪支弹药也比较充足，只不过缺少重武器，在与人数对等的关东军战斗中，往往不落下风，却没少吃白俄步枪队和猎林队的亏。因为猎林队皆为同宗同族的森林猎人，常年在莽莽林海中游猎，力敌虎豹、枪法奇准，以前用的都是炮子枪、火绳枪、猎刀、地箭，放铳打猎还得支枪架子，而今装备了快枪快马，等于是猛虎添翼。关东军骑兵的东洋马，皆为欧陆血统，体形高大匀称，特别机灵，但是很娇气，不啃野草，必须吃专门配给的饲料，耐力也不行，中看不中用。猎林人的坐骑却是清一色的蒙古骒马，骒马即母马。蒙古马中的公马好斗，两匹公马离近了就互相踢，还容易受到枪炮惊吓。骒马则相反，个头儿不高，四肢粗壮，头大颈短，皮厚毛长，看着不咋的，但吃苦耐劳，天寒地冻的时候，它能用蹄子刨开冰雪自己找草吃。众金匪远远望过去，见来人均穿倒打毛的皮袄，坐骑全是蒙古骒马，为首的头顶白狼皮帽子，就知道莫老盖带着猎林队杀到了！

7

一众金匪大惊失色，忙对血蘑菇说："大元帅，赶紧撂杆子吧！"血蘑菇知道猎林队的厉害，即使逃入深山，只怕也摆脱不了追击。他那一个眼珠子转了两转，已然有了计较，猎林队都骑着马，到了密林边上，就得从马上下来，步行追击金匪。那是几十匹全鞍马，不可能扔下不要了，一定会留下三两个人守着马匹，充当"马桩子"。所以他当机立断，先带手下逃入密林，引着猎林队追进来，随后在山里兜了个圈子，绕回林海边缘，来打猎林队的马桩子！留下守着马匹的几个猎林人，均是老弱之辈，如何对付得了二十几个穷凶极恶的金匪，转眼横尸在地。血蘑菇一挥手，一众金匪或用喷子，或使青子，将那几十匹马全宰了。等猎林队再追出来，金匪早已跑进了山里，莫老盖看着一地死马和族人的尸首，气得暴跳如雷。土匪说黑话，称马匹为"压脚子"，猎林队都是住在原始森林中的猎人，没了压脚子，照样可以追击金匪，但是舍不得扔下马具，正所谓"买得起马置不起鞍",马鞍子、马嚼子、缰绳、马镫一整套马具,不下三十斤,可比蒙古马值钱多了,猎林队只得拆下马具,各自背上马鞍子,然后才进山追敌。

猎林队的追击有所迟缓,血蘑菇才得以喘息,带着手下金匪翻过荒草顶子,一头钻进了野猪鼻子沟的山洞。那一带洞窟重叠、孔穴交错,幻如迷宫,存在多个出口。猎林人迷信鬼神,不敢追入深山古洞,天黑之后,便在荒草顶子的密林中宿营。众金匪惊魂未定,仍想继续逃窜。血蘑菇却转上一个念头,他三岁上山落草为寇,没什么国难当头的意识,不过他也恨极了小鼻子,自从日俄战争以来,日本小鼻子没少祸害东北老百姓,更恨给小鼻子卖命的猎林队。血蘑菇打一生下来就不受待见,从小落在土匪窝,家里人都不愿意赎他,当上土匪以来,又背了"扒灰倒灶、横推立压"的恶名,所以他心里一直憋着口气。他寻思:以前常听干爹迟黑子说,祸害老百姓的都叫贼匪,劫皇纲、盗御马、玩娘娘,那才够得上英雄好汉。我干爹和我老叔,虽也顶个匪号,可是一贯锄强扶弱,白山黑水间的老百姓提起来,哪一个不挑大拇指?我这辈子东躲西藏,没干过几件像样的事,这一次下山砸窑扑了个空,又被猎林队追得如此狼狈,将来去到九泉之下,有什么脸见我干爹、见我老叔?倒不如趁机干他一家伙,露上一把脸,扬一扬我的名号,才不枉在绿林道上走这一遭!

荒草顶子上冰天雪地,树梢上挂满了几尺长的冰凌,猎林队在宿营的地方点了篝火取暖,留下两个放哨的守夜,负责给火堆添柴,也防备有人偷袭。因为天太冷了,各人身边只带短枪,长枪都架在火堆旁,以免冻住了难以击发。猎林人个个嗜酒如命,整天半醉半醒，喝完酒裹着兽皮蒙头大睡。为首的莫老盖也是一时大意，以为猎林队守着篝火，枪都在火边烤着，至少有一半可以用，纵然金匪吃了熊心吞了豹子胆，敢摸着黑找上门来偷袭，手上的枪肯定也冻住了，那又有什么可怕的？怎知当天夜里冷得邪乎，等到黎明之前，天色将亮未亮，正是鬼龇牙的时候，猎林队的篝火已经熄灭，守夜的也都打上盹儿了，血蘑菇这伙金匪突然围了上来，猎林队猝不及防。这又是一天当中最冷的时候，篝火灭掉之后，连枪栓带枪管子全冻住了。日本人占据东北以来，夺取了张作霖设立的奉天军械厂，改为关东军野战兵器厂，猎林队手上的长短枪支，都是这个兵工厂造的，关东军配发给他们的枪油，也是装在铁盒里的日本枪油，并不适应高纬度地区异常寒冷的气候，气温一旦降到零下四十摄氏度，枪油就冻得跟铁疙瘩一样，拿刀子剜都剜不出来，所以涂抹过枪油的枪支很容易冻住，哑火、卡壳是家常便饭，揣在皮袄中也没用。关东山的金匪却有一件法宝——老母鸡油，下山抢来老母鸡，炖汤时撇出上边一层黄澄澄的鸡油，存到空心牛角中。在极端寒冷的情况下，老母鸡油也会凝固，但是冻不硬，抠下一小块在手心里一焐就化了，提前用它擦拭枪栓、弹仓等部件，并将一粒粒子弹搓得油光锃亮，可以确保枪支在严寒中正常射击。猎林人的枪法再好，搂不响的枪也不如烧火棍子好使，又让金匪打了个措手不及，一时慌了手脚，没一支长枪打得响。有人身上带着日军的"香瓜手雷"，手忙脚乱地扔出去。因为小鼻子的手雷投掷之前，不仅要拔掉拉环，还得使劲儿在硬物上磕一下，才能打着缓燃火药，出于保险起见，撞击这一下的力度必须足够大，通常是往自己的头盔上撞。猎林人头上都是皮帽子，便在枪托上钉了一块铁皮，专门用来砸手雷。这时候被打蒙了，拉环都没拔就往外扔，结果没一个炸得响的，包括首领莫老盖在内，全死在了乱枪之下。血蘑菇终于出了一口恶气，上一次还是收拾厌门子那伙人，心里才这么痛快过。不仅是他，其余金匪也觉得干了一件大事，恨不得让关外的老百姓都知道。

猎林队在荒草顶子上全军覆没，震动了整个伪满洲国，关东军都以为是抗联大部队干的，东北老百姓也觉得是抗联打的埋伏，没人相信是金匪所为。有一次血蘑菇带人下山买粮，途中在一个大车店落脚。大车店里鱼龙混杂，进进出出都是跑江湖的、做小买卖的，堂屋里摆着桌子板凳，不少人坐在那儿喝酒吃面。血蘑菇要了一盆大酱汤、一盘咸菜疙瘩、六七个烤饼、两斤烧刀子。几个人埋头吃饭的时候，听旁边那桌有几个人喝多了，低声议论此事，说猎林队在荒草顶子遭到伏击，全让抗联整死了，太解恨了，就得这么整，整死一个少一个！血蘑菇少了个眼珠子，耳力却格外出众，旁边那桌人说的话，一字不落钻进他的耳朵，但听其中一个歪戴狗皮帽子的说："可不咋的，还是抗联厉害！"血蘑菇气得够呛，绿林道上的人不在乎掉脑袋，只怕传歪了名号。他忍无可忍，压低帽子挡住那只瞎眼，转过身来说："老哥，你听谁说是抗联干的？我咋听说是金蝎子所为呢？"东三省沦陷以来，到处是便衣队的眼线，谁敢说反满抗日的言论，一旦让他们听见，拉走就给毙了，还得割下人头，挂在电线杆子上示众。其余几个人自知酒后失言，都闭上嘴没接血蘑菇的话，只有那个狗皮帽子还借着酒劲儿嚷嚷："你快拉倒吧，谁还不知道金蝎子啊？就那个一肚子坏水的金匪头子，贩过大烟、掘过坟，烧杀抢掠啥缺德事儿没干过？当年让马殿臣追得屁滚尿流，就这厌包蛋，能有那个胆子？你瞅着吧，这小子蹦跶不了几天了！"

血蘑菇让这一番话戳中了肺管子，牙咬得咯嘣响，当时就炸了，挑起压低的帽檐，眼眶中的金琉璃寒光一闪，拔出枪来顶在那个狗皮帽子头上，怒不可遏地吼道："金蝎子在此！"在一旁吃饭的，连同大车店的老板伙计，这一众人等全惊呆了，那个狗皮帽子也吓尿了裤。两个金匪怕首领惹祸，忙摁下血蘑菇的枪管子，拽上他夺门而出。尽管血蘑菇没开枪，但他这么一拔枪，在老百姓口中就彻底变成了屠戮无辜、投敌卖国的贼匪，人人皆说"该杀"，从此恶名更甚，不忠不孝、不仁不义全占了，不仅让老百姓戳透了脊梁骨，以至于抗联都想消灭为害一方的金蝎子。

关东军持续在东北增兵，为了对付抗联，全面施行"归屯并村、保甲连坐"制度，完全断绝了山区的粮道，深山老林中的金匪彻底没了活路。金匪多是认钱不认祖宗的亡命徒，不堪忍受冻馁之苦，均有投敌之念，血蘑菇这个匪首如有二心，扭脸就得让人打了黑枪，再加上那时候心灰意懒，彻底断了给自己正名的念头，也为了继续寻找马殿臣的《神鹰图》，索性破罐子破摔，终于在一众金匪的唆使下投了伪满。关东军也对金王的宝藏垂涎已久，将这伙金匪编成"飞行队"，凭着熟悉山林地形，重点讨伐马匪，搜寻天坑大宅中的宝藏。日本无条件投降之后，关外土匪武装蜂起，时局越发扑朔迷离。血蘑菇无处容身，只好带着飞行队再次上山为匪。又听一个叫塔什哈的手下跟他说起"老爷岭地底有一片黄金森林"，血蘑菇以为马殿臣是挖出了黄金森林，才当上了东北的金王，躲入长白山天坑避祸只是掩人耳目，于是根据线索，率领手下金匪沿水路进入地底的黄金森林，却在一场遭遇战中全军覆没。血蘑菇倒地诈死，侥幸活命。他从黄金森林中死里逃生，意识到自己找错了地方，马殿臣应该仍躲在长白山，干脆冒用朴铁根的身份，谎称打狐狸崩瞎了一只眼，辗转至长白山一带的东山林场中看套子为生。由于一个人住在林场小屋，成天钻山入林独来独往，当地人叫他"老洞狗子"。大伙儿都以为他是个性格孤僻的老光棍儿，不愿意跟人打交道，其实他进山只有一个目的，就是继续寻找马殿臣的宝画《神鹰图》！

第八章
血蘑菇下山

1

　　1954 年之后，血蘑菇冒名朴铁根，自称被地主抓入煤窑下苦，家里人全让土匪杀光了，此后逃入深山老林里躲了十余年，采些榛蘑、野果，饥三顿饱一顿，人不人鬼不鬼的，勉强活了下来，对山外翻天覆地的变化一无所知。他不仅得到了地方上的同情，还在东山林场找了一个看套子的活儿。他为了掩人耳目，不让别人把他跟土匪联想到一起，抠掉自己眼中的金琉璃，换上黑眼罩，扮成个邋里邋遢、呆头呆脑的老光棍儿。当地人大多听说过埋汰他的风言风语，比如这个老洞狗子占便宜没够，打猎不分公母，拿皮子不分大小，瞅见什么打什么，因此受到狐仙爷的惩治，丢了 个眼珠子。实际上这都是血蘑菇自己传出去的谣言，世人往往先入为主，一旦认定老洞狗子是这样的人，反倒不会怀疑他当过土匪了。加之他常年在深山老林中看套子，不跟任何人往来，又寡言少语，三脚踹不出一个屁来，别说附近屯子的猎户，林场职工也没几个跟他打过照面，仅仅听过关于他的传言而已。经历过兵荒马乱的战争年代，有伤带残五官不全缺胳膊少腿的人太多了，并不会引起人们的格外注意。久而久之，当地人已经习惯了林场里有这么一个老洞狗子，甚至忘了他是外来户，一提起来好像挺熟——一个猥琐、丑陋、贪得无厌的老光棍儿，打狐狸崩瞎了一只眼，住在林场的小木屋里看套子，一辈子没找过媳妇儿。其实说这话的人未必见过老洞狗子，并不知道他那个眼珠子是怎么没的，更想不到血蘑菇、金蝎子、老洞狗子竟是同一个人！

而对血蘑菇来说，忍住土匪的脾气不难，隐姓埋名改头换面也不难，最难过的一关是大烟瘾。他在江北当烟匪，染上了大烟瘾，烟枪从不离手。如今他在东山林场落脚，烟瘾不时发作，打哈欠流眼泪，百爪挠心、脑壳欲裂，如同千万只蚂蚁啃噬骨髓，那个难受劲儿忍无可忍，又怕让人瞧出来，不敢找人帮忙，只能自己过这关。当年在孤山岭上落草为寇当胡子的时候，老靶子经常带着白龙和血蘑菇酿苞谷烧，入了伏把苞谷粒先泡上一宿，然后倒在大锅里蒸透，用簸箕摊开晾凉，撒上酒曲，装缸密封，等七天七夜发酵渗出酒水，再进蒸锅蒸上大半天，苞谷粒变成酒糟，流出来的酒水就是苞谷烧。这种自酿的粮食酒浓度极高，一口下去，唇舌肠胃都如灼伤一般火辣辣发烫，像是喝下一团火苗子。如果装到坛子里，加上些蜂蜜、中草药，口感甘洌，还有治病御寒之效。关外民间有戒大烟的土法子，血蘑菇自己酿了七八坛苞谷烧，存在小木屋里，抑制不住大烟瘾的时候，便喝个酩酊大醉，失去知觉。尽管转天醒来头重脚轻、胸闷烧灼，可也比犯了大烟瘾的感觉舒服。烟瘾虽难戒，心瘾更难除，有时鼻涕哈喇子流了一脸，心脏从嗓子眼儿往外蹦，全身骨节麻痒，喝酒也不顶用。血蘑菇不愧是老土匪，紧要关头狠下心来以头撞墙，让自己昏死过去。如此循环往复，过了大半年，血蘑菇才将大烟瘾彻底戒除。整个人扒了一层皮，复仇的执念却越来越深，梦中也在找马殿臣的《神鹰图》。

林场的人还当血蘑菇是个老酒腻子，更加看不起他。只有一位姓包的林场保卫干部，是扛过枪打过仗的退伍军人出身，绰号"包大能耐"，觉得血蘑菇无依无靠挺可怜，时不常地过来看看，给他送点儿吃的喝的，还得拽着他嘘寒问暖唠几句嗑。虽说送来的不过是半兜子地瓜、三四棵大葱、一瓶见了底儿的烧刀子，可在那个年头，这就不简单了。包大能耐好管闲事，没有不想打听的，见人自来熟，说话高门大嗓咋咋呼呼，谁都犟不过他。他老婆包大嫂子也是个热心肠，总张罗着给血蘑菇寻个做伴儿的。血蘑菇却是惊弓之鸟，一直以为这两口子在查自己，因此提心吊胆，能躲就躲，能闪就闪，不想跟这两口子多打交道，成天钻到老林子里捉山鸡、逮兔子，走得深了远了，他就在山上过夜。仗着东山林场范围广大，林海覆盖下峰岭相连、沟壑纵横，血蘑菇住的小屋又位于森林边缘，距离场部的宿舍区挺远，包大能耐来找他一趟也不容易。

后来有这么一次，血蘑菇顺手在山上逮了只蝈蝈，长腿大肚子，通体翠绿，脑壳乌黑，如同一块铁疙瘩，呆头呆脑地不会叫，民间称为"黑椰头"。他看这玩意儿挺稀罕，就套了个树皮筒子，把大肚子蝈蝈装进去，带在身上解闷儿。当天从山上卜来，远远听到林子里脚步声响。他谨慎多疑，有什么风吹草动也不敢大意，立刻躲到树后，瞪着仅有的一个眼珠子往那边看。但见密林中走出一个人，脑袋大脖子粗，下巴颏儿上胡子拉碴，头上没帽子，穿一身土黄色衣服，胳膊肘上打着厚厚的补丁，脚底下一双解放鞋，裹着绑腿，斜背军挎包和水壶，手上拎了一支猎枪，正是包大能耐。血蘑菇不觉一愣：此时天色将晚，包大能耐不在场部待着，也该回家吃饭了，钻到这老林子里干什么？他平常总跟我套近乎，该不是冲我来的？什么人给我点了炮儿？再一看又觉得不对，包大能耐脚步跟跄，直着眼只顾往前走。血蘑菇心下狐疑，一声不吭地跟着，只见包大能耐在林子里东一头西一头地乱撞，衣服让树枝剐破了，却似浑然不觉，整个人目光呆滞，眼窝子发青，气色如同死灰。

血蘑菇纳着一个闷儿：包大能耐是不是受了什么冤屈，或者有什么问题交代不过去，心窄出来寻死？可是一个人寻死何必打绑腿、带猎枪，还背着行军水壶呢？怎么看都是上山打猎去的，为什么下山的时候变成了这样？此人撞邪了不成？

血蘑菇这辈子见的怪事不少，看得出包大能耐举止反常，兴许是冲撞了深山老林中的邪祟，或是吃了什么不该吃的果子，又或让毒蛇咬了。闪念之间，包大能耐一头撞在松树上，发出一声闷响，晃了几晃摔倒在地。天已经黑透了，林子里鸦雀无声。血蘑菇东观西望，恐怕有人撞见，悄悄凑过去，借着树梢间透下的月光，看见包大能耐已经昏厥了，两眼紧闭，口吐白沫，脸上全是血，如若置之不理，等不到半夜，就得让野兽掏了。这阵子他右眼皮子直跳，自打右边眼珠子没了，这边的眼皮子再没跳过，冷不丁跳个没完，绝非好兆头。常言说"右眼跳灾"，还道是"右眼跳人来"，但对他而言，来人即是来灾，千万不能多生事端。血蘑菇有心扔下包大能耐，撒丫子一走了之，又觉得不妥。东山林场死了人，地方上肯定会追查，都知道包大能耐两口子跟我走得挺近，万一查到我头上，岂不是节外生枝？思来想去，终究不能袖手旁观。

　　血蘑菇打小跟着老鞑子跳萨满，那和巫医类似，整治寒热二症不在话下，对付所谓的撞邪也是家常便饭，却从没见过包大能耐这样的情况。扒开衣服鞋袜查看，见这个人全身水肿，足跟黑中透亮，短粗的头发里全是蚂蚁，密密麻麻地乱爬。于是按老鞑子的传授，拿针扎在他两个脚后跟上，挤出不少又腥又臭的黑血。待到黑血变红，包大能耐的呼吸逐渐平稳，脸上也有了血色。血蘑菇又把衣服鞋袜给他穿上，躲到一旁盯着。过了多半个时辰，包大能耐缓缓睁开眼，坐在原地呆愣了半天，拍拍打打身上的浮土，站起来跌跌撞撞下了山。血蘑菇心里一清二楚，自己这法子只能应急，担心包大能耐路上再出意外，悄悄跟在后头，眼瞅他进了家，门还没关上，人就倒下了，浑身抽搐、四肢蜷缩。屋里亮着灯，包大嫂子正盘腿坐在炕头纳鞋底，见状慌了手脚，纳了半截的鞋底扔在一旁，急得满屋子转圈，一边忙着倒水找药，一边紧着招呼儿子，让他去场部卫生所去找卫生员。

　　东山林场的医疗条件十分落后，卫生所只不过是门口挂了一块小木头牌，有几瓶红药水而已，顶多再备点儿红霉素啥的。在当时来说，红霉素那就是药里的王了，啥病都能治。卫生员平时该干什么干什么，闲下来才行医送药，对包大能耐的症状束手无策。包大能耐神志不清，嘴里说着胡话，肚子鼓起老高，里面好像有胀气，鼻子里、耳朵里的蚂蚁爬进爬出，怎么都捏不完洗不净。家里的顶梁柱突然倒了，包大嫂哭成了泪人，摇晃着包大能耐叫屈："好歹你也参过军打过仗，一顿饭能吃八张大饼，平时比谁都能咋呼，不说上山打狼吗，怎么搞成这样了？"

　　血蘑菇躲在房后的窗户外，偷听屋子里的人说话。原来包大能耐带枪上山，确实是打狼去的。东山林场沟深坡峭，罕有狼踪。可是前一阵子，有人说在北沟砍柴的时候，听见身后有脚步声，以为有人来了，扭脸一看竟是头灰不溜秋的老狼，站起来学人走路，刚好太阳光照到柴刀上，寒光一闪，把狼吓跑了。还有人说看到一个披头散发的疯老婆子，走近了一看，却从树后转出来一头恶狼！山里人大多迷信，一来二去传得挺邪乎，都说林子里的狼成精了。包大能耐不信那一套，但是山里有恶狼出没，容易伤及无辜，他负责林场的保卫工作，当然不能不管，也不去找屯子里的猎人帮忙，问明恶狼出没的方位，那天一大早就背上步枪，带着干粮水壶进了山，再回来人就不行了，不知途中发生了什么意外。包大能耐虽不比土生土长的猎人，但在东山林场工作这么多年，熟悉深山老林中的情况，按说不该让毒蛇咬了，更不至于吃了不能吃的蘑菇。卫生所的人让包大嫂子用毛巾蘸上雄黄末，在热烧酒中浸透，反复给他擦拭前心后背。包大嫂子想叫林场派个车，把包大能耐往医院送。卫生员实话告诉包大嫂子："林区的医院也就那个条件，而且老包的情况很奇怪，怕不是打针吃药能解决的，不行你让人去趟猎屯，找个搬杆子的给他瞧瞧，那些人扎古这种怪病相当有一套！"

卫生员的话点到为止，包大嫂子在林场安家落户这么多年，当然听得明白，包大能耐这是撞邪了，医院治疗头疼脑热、跑肚拉稀还行，别的可指望不上，反倒是山里搬杆子的，或许有些个对付疑难杂症的土方子。说话这时候已是深夜，包大嫂子吩咐儿子，天一亮就去猎屯找人。那时候虽已破除迷信，但是搬杆子的不会干别的，还得指这个吃饭，加之当地缺医少药，不仅是各个屯子里的老百姓，林场职工生病闹灾也不免去找他们，可都不敢明说。包大嫂子再三嘱咐儿子："如果有人问你下山干什么，就说你爹病了去县里抓药，千万不能说去找搬杆子的！"

血蘑菇在屋后躲了一宿，转天又来偷听。因为东山林场里就这么多人，芝麻绿豆大的事都能传得沸沸扬扬，何况是有人撞邪？他怕牵扯自己头上，非得听出个结果才踏实。包大能耐家一儿一女，女儿还小，儿子叫包亮，虚岁十四，长得随他娘，单薄瘦小，猴头巴脑的，脾气却随他爹，毛毛愣愣，咋咋呼呼，调皮捣蛋出了名。包大嫂子隔三岔五就得揍他一顿，要不然他能把房盖儿挑了。这个包亮一早跑去请搬杆子的，从东山林场到猎屯，可以走一条较近的山路，这条路也比较安全，常年都有人来人往，没什么野兽。包亮失了慌张一路小跑，行至途中，老远看见山道中间蹲着一条大狗，起初没多想，及至近前才看出来，那条"大狗"浑身灰毛，拖着条扫帚一样的大尾巴，两个耳朵支棱着，张开大嘴，吐着舌头，眼光凶狠，分明是一头恶狼！包亮的脑袋"嗡"的一声，但到底是在林区长大的孩子，知道狼的脾气秉性，天生多疑，最怕怪响，也是急中生智，想到随身背着书包，里面有一个铁皮铅笔盒，隔着书包摸到铅笔盒，掏出来攥在手中，晃得叮当作响，撒腿如飞逃回了林场，好在恶狼没追上来。包亮知道他爹得了怪病，倘若这么回去，准得挨老娘一顿"擀面杖"，怎么也得去到猎屯，把搬杆子的请回来。于是又绕远走另一条路，怎知那路上的木桥断了过不去，一来一往天就黑了，等于白跑了一整天，什么也没干成，垂头丧气回了家。血蘑菇暗暗寻思，包大能耐是上山打狼撞了邪，他儿子去找搬杆子的，又被狼挡住去路，这个狼成精了啊？

2

次日天明，包亮又是一早出门，走的仍是较近的那条山路，这一次没遇到恶狼挡道，却仍没去成猎屯，因为半路上见到一个披头散发的老太婆，脸上皱纹堆垒如同老树皮，二目通红，布满了血丝，长得跟那头狼一样，嘴里叨咕着什么，还伸出多了一指的右手来抓他，吓得包亮扭头就跑，说什么也不敢再往那边走了，结果又耽搁了一天。包大嫂子不信儿子的话，以为这孩子贪玩误事，气得又揍了包亮一顿笤帚疙瘩，却又无可奈何，因为大山里头不比别处，天一黑什么也干不了，当天夜里又下起了雨，只能等到明天再说。

血蘑菇披着雨衣，躲在屋外听了多时，猛地记起当年有一伙厌门子，在鸡脚先生的带领下来到关外，坑害了许多安分守己的良民。他和白龙闯入大烟馆，端了厌门子的老窝，一举除掉这伙人，不仅得了许多财货，还搅得龙江县城天翻地覆，替绺子扬了名立了威，四梁八柱没一个不挑大拇指，那一年他才十八岁，现在想起来，真如隔世一般，远得不能再远了，却又历历在目，近得不能再近了。当时听老毙子说过，厌门子中干什么行当的都有，其中有个六指蛊婆，来自湘黔交界之地，专躲在暗处放蛊害人，为祸不在厌门子首领鸡脚先生以下。不过他和白龙打死了的那伙厌门子中并没有六指蛊婆，估计这个婆娘不在场。后来血蘑菇亡命山林，早将此事忘到了九霄云外，一晃过去几十年，难道说厌门子的六指蛊婆还没死？并且来到了东山林场？虽觉难以置信，但这就说得通了，包大能耐上山打狼，遇上了六指蛊婆，他负责林场的保卫工作，在深山老林中见到陌生人，肯定会上前查问，因此让对方下了蛊灭口！据说放蛊之人会千方百计阻止解蛊，否则蛊术反噬其身，死状惨不可言，如去请人解蛊，无论走哪条路，放蛊的都会堵在路上。怪不得包亮一连两天出不了林场。实际上关外的人没见过蛊术，搬杆子的来了也没用，但是下蛊的不会担这个风险，只要再耽搁一天，包大能耐非死不可！

巫蛊乃不传之秘，不存在拜师学艺那一说，从来没有传授蛊术的，更没有专门去拜师的，《厌门神术》中也没有任何记载。血蘑菇是老鞑子拉扯大的，老鞑子早年间行走江湖，对付过放蛊的婆子，他曾告诉血蘑菇："会蛊术者大多是苦命之人，且下场极惨，明收传人几乎不可能，只能通过阴收，用打糍粑、扎彩绣、纳鞋底、做饭菜之类的借口聚集众人，再以研讨技艺为由问众人'会了吗？得了吗'？倘若有人回应'会了，得了'，这句话一出口，兴许就将放蛊者的蛊术尽数得去了。正因为是阴传，所以很多得了蛊的人，尽管一辈子放蛊害命，但是到死也未必知道自己身上的蛊到底长什么样。会蛊术者之所以多为女子，罕有男子，皆因女子意志薄弱，易于传蛊。会蛊术者常常双眼通红、行动迟缓、语无伦次，至此必须放蛊害人，如若不然，轻则暴病，重则横死。放蛊的手段也是千奇百怪，无孔不入，双手掐着一个诀，或在你身上摸一把碰一下，或要你一句话，使你中蛊于无形之间，根本防不胜防。手段最厉害的是通灵蛊，能让丝绸变得比铁板还硬，传言可凭此术走刀梯、踏火海。有通灵蛊的非同小可，至少害过千条人命，绝不可与之争斗。"

血蘑菇虽然少了一只眼，可这一辈子多历坎坷，看事看得透彻，给包大能耐下蛊的婆子，或许是厌门子的六指蛊婆，又或许不是同一个人，反正是个祸患。任由她在山里放蛊害人，迟早引起地方上的注意，说不定会牵扯到自己头上，不如趁放蛊婆拦挡包家人出山的机会，找到她的老窝，来个斩草除根。血蘑菇之前偷听包大嫂跟卫生员念叨，说包大能耐是去北沟打狼，他躲在长白山这么多年，对各个地方了如指掌。北沟在东山林场外围，只不过巴掌大小的一个山沟子，林木茂密，洞穴岩隙遍布，常有野兽出没。他计较已定，在林场找了一包石灰带在身上，挎了狍子皮背囊和鸟铳，冒着雨连夜出发。淋淋漓漓下了一夜的雨，直到早上才止住，雨水浇过的树林子十分透亮，飘来丝丝草木清香，却又夹杂一股罕有的霉味。北沟一带针阔叶林木交错稠密，深处阴暗不见天日，地上长满了苔藓，如同一层厚厚的地毯。血蘑菇钻进山沟子，接连见到十几株枯死的苍松，树上都是光秃秃的，灰褐色的松枝散落在地，与湿泥混杂在一处。据说身上有蛊的人，必须常常放蛊害人，否则蛊会反噬其身，一时找不到下手的目标，可以把蛊放在树上，害死一棵树，也能让蛊安稳一阵子。北沟中枯死的松树东一棵西一棵，并无一定之规，换个人未必看得出什么，血蘑菇可是常年钻山入林的土匪，密林中有什么人踪兽迹，他能一望而知，对于各种各样的枯木、朽木、倒木也是一清二楚：如果树木被虫蛀死，树皮必定脱落腐烂，布满大小窟窿；若是遭雷火击中，通常会从当中折断，或烧灼成半截焦炭。可这十几株枯松死状古怪，从内而外枯僵，想见是被人放了蛊。血蘑菇在附近仔细搜寻，很快找到一株歪脖子古树，湿漉漉的根须下，遮挡着一处岩洞的入口，位置十分隐秘。他点起一盏马灯，扒开树根探着身子往里头看，洞穴中阴冷潮湿，岩壁上生满了青苔，地上铺着潮乎乎的茅草，当中摆放一只漆皮斑驳的破木斗，贴着一张破旧的五瘟神画像。木斗底部早被潮气浸得朽烂不堪，里面是个装满谷子的陶土坛子，长出绿毛的谷子上，赫然插着一柄生锈的剪刀。

血蘑菇看罢岩穴中的布置，心里头有数了，当下掏出那包石灰，抖开来撒在陶土坛子中，又伸手将剪刀拔下。但听坛内发出噼里啪啦的脆响，犹如铁锅爆豆，冒出阵阵灰烟。片刻之后，坛子从中裂为两半，发霉的谷子中爬出十来条毒虫，有金色的蜈蚣、乌黑的蜘蛛、透明的蝎子、斑斓的癞蛤蟆，让石灰呛得半死不活，拧着身子挣扎翻滚，过了半天才死透。血蘑菇看得直犯毛愣，打山洞里钻出来，悬在心里的石头终于落了地。看来老叔说的没错，蛊术纵然诡秘，却可避实就虚，破去这个五瘟神坛，放蛊之人必死无疑！他心知此地不可久留，立即穿过密林往外走，行不到半里，忽觉后背微微一战，独眼的余光往左侧一瞟，瞅见毛刺拉哄的爪子搭在了自己肩头，鼻孔中同时嗅到一股子腥臊恶臭的气息。血蘑菇背上寒毛竖起，一瞬间就明白了，自己身后有狼！关外人管狼叫"张三儿"，有名有姓，大意是说狼跟人一样，能够人立而起，从身后偷袭，前面的人一扭头，便会让它一口咬断喉咙。血蘑菇在深山老林中亡命了一辈子，山上的狼可比人多，因此并不惊慌，弓腰塌背猛然往下一蹲。恶狼前爪使不上力，身子一侧歪扑到了地上，旋即龇出狼牙，卷着一阵腥风向他扑咬而来。血蘑菇虽然带着鸟铳，不过没了右眼无法瞄准，平时遇上野兽，非得离近了才搂一下火，打正打歪全凭运气，所以并不常用，也来不及装填火药铁砂，情急之下将鸟铳当成烧火棍子，抡圆了往狼头上砸。那头恶狼躲得也快，平地蹿起三尺多高，血蘑菇的鸟铳砸了个空，撞在松树上"咔嚓"一声断为两截。恶狼趁机冲上来，一口咬住了他的脚脖子。多亏血蘑菇穿的是胶皮雨靴，脚脖子部位比较松宽，才没被咬断筋骨。血蘑菇知道狼是铜头铁腿麻秆儿腰，腰一塌就完了，但这恶狼趋走如风，想打中狼腰可不容易，百忙当中甩掉胶皮雨靴，使个小开门，一抬腿跨到狼背上，双手抓住恶狼的一条后腿，屁股使劲儿往下坐。恶狼喉咙中发出哀嚎，拧着身子拼命挣扎。一人一狼滚成一团，顺着山坡往下翻滚。血蘑菇忽觉身下一空，耳旁风声作响，连人带狼坠入了一处被枯枝败叶覆盖的山裂子！

这个山裂子虽深，却积满了腐叶淤泥，又有朽木枯藤阻挡了下坠之势，掉下来还不至于粉身碎骨，可也摔得够呛。一阵阵钻心的刺痛，让血蘑菇恢复了神志。此时眼前一片漆黑，什么也看不见，他伸手摸到周围有砂岩，从地上捡了块碎石，往岩壁上一划拉直冒火星子，借着这点光亮，发现那头老狼撞在一块巨石上，直接摔断了脊柱，肚皮一起一伏的，四肢仍在抽搐，一双怨恨阴毒的狼眼半开半合。血蘑菇自己也伤得不轻，腿肚子被树枝划开一道大口子，红白相间的血肉和淤泥混成了一片。他从腰间拔出短刀，摁住狼颈一刀插入喉管，又豁开狼肚子，撕扯下一块狼皮，趁着热乎气儿糊在自己腿肚子上。

几乎直上直下的山裂子形势绝险，掉下来没摔死已是命大，再上去可比登天还难。经过这一番死斗，血蘑菇眼前金星直冒，一颗心扑扑狂跳，倚在岩壁上呼哧带喘，心下暗暗寻思：想不到这个山裂子这么深，马殿臣埋宝的天坑会不会就在此地？

3

血蘑菇一动此念，哪还顾得上腿伤，挣扎起身子，找到袍子皮背囊中的马灯照明，又在地上捡了半根粗树枝，撑着伤腿往前摸索。然而身上有伤、腹中无食，走不多远他就觉得眼前发黑，一头栽倒在地。恍惚梦到以前的事，他刚在县城大烟馆打死鸡脚先生，一个人躺在烟榻上抽大烟，喷着云吐着雾，如同置身云端，诸多苦难抛在脑后，怎知死在地上的鸡脚先生又爬了起来，变成一个披头散发的老太婆，面如枯树皮，两眼布满血丝，衣衫褴褛，右手多了一指。血蘑菇心头一紧，来人是厌门子的六指蛊婆！但见六指蛊婆低头啃咬手指，嘴里"喊哧咔嚓"作响，转眼咬下血淋淋一截，捧在手中递了过来。血蘑菇倒吸一口冷气，看来六指蛊婆被破了五瘟神坛，死到临头也要拽上冤家对头。此人有通魂入梦的邪术，也是最厉害的通灵蛊，放蛊之人在梦中递出一件物品，你一旦伸手接过此物，即中其蛊。血蘑菇明知接不得，无奈手脚不听使唤，不由自主地伸手去接。正当千钧一发之际，忽听"嘟嘟嘟"几声虫鸣，敲金击石相仿，梦中的六指蛊婆随即化为乌有。血蘑菇一惊而醒，原来是那只大肚子蝈蝈在叫，一摸装了大肚子蝈蝈的树皮筒还揣在身上，掉下山裂子居然没被砸瘪。自从逮到这大肚子蝈蝈，还从没听它出过声，居然在紧要关头救了自己一命。

血蘑菇死中得活，可也只比死人多了一口活气，他无力起身，咬着牙爬到死狼身边，掏出心肝来生嚼了。等到缓过这口气来，他接连在山裂子里转了几天，大致摸清了地形。山腹中大大小小的洞穴多达几十个，最深处的巨大洞窟，曾是故老相传的"棒槌庙天坑"。由于若干年前发生过地震，不仅埋住了上方的洞口，还使周围的山壁多处崩裂，几乎贯通了整个洞窟群。他掉下来的山裂子正是其中之一。然而马殿臣埋宝的天坑并不在此处。血蘑菇大失所望，只得觅路出去。他把四周的山裂子挨个儿钻了一遍，找出一条与汛河林道相通的活路，那还是伪满时期留下的森林铁道，可以行驶运送原木的台车，出口在汛河林道的穿山隧洞中部，位于 917 号界桩附近。血蘑菇揣着大肚子蝈蝈钻出山腹，一看自己满身泥垢血污，人不像人、鬼不像鬼，不敢直接去到东山林场，先在深山里找个马架子窝棚忍了几天。探得林场中一切如常，包大能耐已经不治而愈，还听说有人在山沟里见到一具死尸，被野兽啃了大半，身份无从辨认，似乎是个外来的六指老太婆。既然无人追究，这件事也就不了了之了，根本没人在意他这个常年独来独往的老洞狗子，血蘑菇这才敢下山返回住处。

不觉又过了三年，那只蝈蝈竟然活过了三个寒冬。蝈蝈又叫"百日虫"，活不过三个月，怎料这个大肚子蝈蝈不仅没死，叫声竟也越发清亮透彻。血蘑菇套了个小葫芦，装上它揣在怀中，喂以露水菜叶，走到哪儿带到哪儿。这么多年以来，血蘑菇身边一个说话解闷儿的人也没有，到了夜里躺下睡不着，就跟这蝈蝈唠嗑。大肚子蝈蝈也似听得懂人言，血蘑菇说两句，它就"嘟嘟嘟"叫几声。可血蘑菇心里不可告人的秘密太多了，即使对着大肚子蝈蝈也不能说，因为纸狼狐困在他身上，虽然什么也干不了，但他说什么、做什么，一举一动都瞒不过纸狼狐。

到了年终岁尾，地冻三尺，呵气成霜，东山林场变成了银装素裹的林海雪原。一过腊月二十三，林场职工都回老家过年，场部大门二门都加了大锁，贴了封条，留下血蘑菇一个人，住在小木屋里看套子。一年到头，只有这个时候血蘑菇最松心，天儿太冷，连皮糙肉厚的野猪都不出窝了，他也不能再去山上找马殿臣的天坑，林场里又没人，正可躲一阵子清净，备足了吃的喝的，把火炕烧得滚烫，踏踏实实睡上几个囫囵觉。这一天早上大雪纷飞，血蘑菇蹚着没脚深的积雪，在林子里捉了两只山鸡。冬天的山鸡很容易逮，因为毛厚飞不起来，有的顾头不顾腚，一见人就把脑袋拱进雪堆里，尾巴撅在外边，哑默悄儿地走过去，就能一把揪住；有的一见漫天大雪片子就发蒙，趴在地上打哆嗦，拎回去抓上一大把干榛蘑，热腾腾炖上这么一锅，快咕嘟熟的时候再来上一把粉条子，一掀锅盖喷香喷香的，这是"关东八大碗"中的一道名菜，名副其实的山珍野味，两只山鸡够他吃上两天。血蘑菇拎着山鸡走下山，但见茫茫白雪中行来一头黑驴，缎子似的皮毛乌黑发亮，粉鼻子粉眼四个白蹄子。驴背上端坐一个老客，大约四十来岁，土头土脑其貌不扬，却长了一双贼亮的夜猫子眼，从里到外透出一股子精明。他头顶狗皮帽子，身穿反毛大皮袄，肩上背着一个褡裢，里头鼓鼓囊囊不知塞的什么，脚蹬毡子靴，腰间坠着一枚老钱，嘴中叼着个半长不短的烟袋锅子，一边吧嗒吧嗒抽着旱烟，一边眯缝着夜猫子眼，离老远就盯着血蘑菇，上上下下打量不住。

血蘑菇当了一辈子杀人越货的土匪，那仅有的一只眼可不是摆设，一看这骑黑驴的就非常人。莽莽林海天寒地冻，这又是在年底下，一个外地人来林场干什么？况且大雪纷飞，这一人一驴不落半个雪片，身上必有古怪。可他既不像偷东西的蟊贼，又不像来搞破坏的。之前血蘑菇放出风去，说马殿臣的天坑大宅就在长白山，各条路上闻风而来的人不少，不知这个骑黑驴的意欲何为。双方越行越近，血蘑菇沉住气没吭声，若无其事地将两只山鸡往肩膀上一搭，借这个动作遮掩，手中已多了一柄短刀，又装成冻得哆哆嗦嗦的样子，揣着手用袄袖蹭着鼻涕，低头耷脑从骑黑驴的老客眼皮子底下走过。只听那人开口叫道："老哥留步，想不想发上一笔财，过个肥年？"血蘑菇故意装傻："发啥财啊？都这岁数了，还是个穷看套子的，这辈子不指望发财了。"黑驴上的老客笑道："有福之人不用忙，无福之人跑断肠，该是这辈子的财运，挪不到下辈子，迟来早来而已，眼下正是机会，我想买你身边一样东西。"血蘑菇茫然地问："买啥啊？你要这两只山鸡？"老客"嘿嘿"一笑，伸手点指道："买你揣在怀里的那只蝈蝈，怎么着，开个价儿吧？"血蘑菇心念一动，寒冬腊月滴水成冰，自己身上这个大肚子蝈蝈，却还嘟嘟直叫，何况一连三年如此，怎么想也是个稀罕玩意儿，不过骑黑驴的怎么知道我身上有只蝈蝈？在林子外边听到蝈蝈叫了？他听说过关内有一路憋宝客，擅长望气，也许自己这大肚子蝈蝈是只宝虫，让憋宝的盯上了！憋宝是个发财的行当，但是干这一行会被财气迷住心窍，故此贪得无厌。血蘑菇躲在东山林场这么多年并非求财，不愿多生事端，想尽快把这个憋宝的打发走，就冷着脸一摇头："你别在这儿挨冻了，我这个蝈蝈不卖！"老客愣了一愣，奇道："你忙什么？我还没出价儿呢，怎就一口咬定不卖？"说话从黑驴上下来，缠着血蘑菇不放，价钱越开高越高。血蘑菇孤身一人，无亲无故，根本用不着钱，这几年唯一跟他做伴儿的，只有这个大肚子蝈蝈，更何况这蝈蝈当年在山裂子里还救过自己一命。憋宝的老客越说，他越不想卖，一边往前走，一边摇着头。老客忙牵上黑驴跟上来，皮笑肉不笑地说道："老哥啊，就是个金蝈蝈，也得有个价儿不是？你后半辈子吃香的喝辣的，还留着它干啥呢？"血蘑菇停下脚步，没好气地答道："干啥？啥也不干，就揣身上听响！没它我睡不了觉！"老客以为这个林场看套子的脾气挺倔，多半觉得有钱也没地方用，又变戏法似的从褡裢里一样样往外掏出东西，罐头、烟卷、烧刀子、红肠、蛤蜊油，告诉血蘑菇尽管开口，他这褡裢里要什么有什么，想什么给什么。这一来血蘑菇倒不好推托了，不是他贪图老客给的那些个东西，如今他是老洞狗子——一个住小木屋看套子性格孤僻冷面寡言的老光棍儿，吃喝用度皆由林场供给，那个年头的东西又全凭票证，挣的工资都没地方用，要说给钱他看不上，那倒也还罢了，可是老客掏出这么多山里见不着的东西，他连眼皮也不眨一下，肯定会让对方起疑。他本是杀人不眨眼的土匪，反正林场里没别人，有心一刀插了这个纠缠不休的老客，再把尸首往山沟子里一扔！但是转念一想，必须摸清了底细再下手，首先来人到底是不是憋宝的，其次是否还有同伙？血蘑菇动了杀人的念头，目光略有闪烁，却没逃过老客的夜猫子眼。不过那个老客误会了，还以为血蘑菇识破了憋宝的路数，只得说道："也罢也罢，真人面前不说假话，我正是走南闯北到处憋宝的窦占龙，因见你这只蝈蝈非同小可，才不吝重金相求。既然让你看出了门道，那便不瞒你说，你顶多拿它当个解闷的玩意儿，落在我手上，它能变出一座金山。实不如让给我，我也不亏你，咱俩合伙发这个财！"

憋宝的窦占龙这句话一出口，血蘑菇如同听到一声炸雷，怎么憨宝他不明白，发不发财他也不在乎，但是一听到"金山"二字，立刻想到了金王马殿臣。他在长白山转了这么久，始终找不到金王马殿臣的踪迹，穷年累月，一无所得，说不定憨宝的窦占龙有些手段，能够找到那个天坑！血蘑菇心神激荡，脸上却不动声色，挠着头问道："我这个大肚子蝈蝈能变出一座金山呢？"窦占龙见血蘑菇似乎动了贪念，忙说："何止如此，你若信得过我，可随我进山走上一趟，只是得按我说的来，我让你干什么，你就干什么。"血蘑菇故作踌躇："你不告诉我咋变出金山，我咋信得过你呢？"窦占龙发财心切，指天指地发誓："不是我不肯明言，奈何憨宝的法子不能说破，总之你尽管放心，我窦占龙说一是一，说二是二，不给你变座金山出来，让我头碎颈折，死无葬身之地！"血蘑菇心想这个誓发得够狠了，看来言下无虚，就眨么着一只眼说："那行吧，反正这数九隆冬林场里没啥活儿干，我就跟你去一趟，瞧瞧那座金山……长啥样！"

4

血蘑菇带了些干粮，背上袍子皮睡袋和一杆鸟铳，跟着骑黑驴的窦占龙，迎着漫天的大雪片子，顶着呼呼咆哮的北风进了山。窦占龙不说去什么地方，只在头前引路。那雪下的，漫山遍野一片白，把山上的路都盖得溜儿严。两个人一头驴，出了东山林场，也是一路在深山老林里踏雪而行，困了饿了，就在避风的雪窝子里歇脚。这天晌午，终于来到一处山坡。窦占龙勒住驴缰绳，对血蘑菇说声"到了"。血蘑菇举目四顾，此时风停雪住，冰封大地，山上、树上被皑皑白雪覆盖，张开嘴使劲儿喘口气，五脏六腑都觉得舒朗畅快，却看不出与别的老林子有什么不同。

窦占龙下了黑驴，点上烟袋锅子，吧嗒吧嗒抽了两口，吩咐血蘑菇把大肚子蝈蝈从葫芦掏出来放到树上。血蘑菇不明其意，大肚子蝈蝈能活三冬，全凭他揣在身上贴肉焐着，搁树上岂不冻死了？窦占龙说："舍不得孩子套不来狼，你还想不想发财了？"血蘑菇没再多说，掏出葫芦拔下塞子，心里默念："大肚子啊大肚子，今天我又得让你帮我一次，万一要搭上你这条小命，那可对不住你了。等我找到马殿臣的《神鹰图》，除掉纸狼狐报了仇，再来下边找你！"那只大肚子蝈蝈一蹦而出，不怕冷似的，落在树干上大声鸣叫，叫过几下，似乎是开了嗓儿，越叫声响越大，如金玉撞击，顺着山势远远传了开去。

血蘑菇正觉纳闷儿，只听高山上传来一声虎啸，震得树枝上的积雪纷纷下坠。他吃了一惊，心想：不好，大肚子蝈蝈叫得太响，引出了山中猛虎！长白山猎户一向将老虎尊为山神，每年开春进山打围之前，先要摆些瓜果酒水，焚香祭拜山神，入冬后封山，留一冬给山神老爷做主，轻易不敢惊扰。血蘑菇也知道下山虎厉害，见了人横吞立咽，势不可当，自己缺了一只右眼，仅凭手上这杆鸟铳，无论如何打不了虎。他偷眼看向身旁的窦占龙，此人一不慌二不忙，蹲在地上稳稳当当地抽着烟袋锅子，那头黑驴同样无动于衷，纵然窦占龙胆大包天，这头黑驴也不可能不怕下山的猛虎啊？他无暇多顾，想先爬到树上暂避一时。可是刚一仰头，树上枝丫乱晃，积雪簌簌落下。血蘑菇心说：邪门儿，老虎怎么是从树上来的？却听"嗷呜"一嗓子，从积雪的树梢中蹿出一头野兽，头圆爪利，四肢短粗，尾长过尺，身上长毛邋遢，哪是什么下山的猛虎，分明是个大花猫啊！血蘑菇一眼认了出来，这不就是那只八斤猫吗？

此猫当年在王八盖子沟金灯庙吓退无数金鼠，趁乱叼起金灯老母的吸金石，钻出墙窟窿一去不返，看来是得了天灵地宝，活过了这几十年。不过猫的脾气秉性改不了，冰天雪地里听到虫鸣，就忍不住出来看个究竟。至此恍然大悟，原来窦占龙要憋的宝是吸金石，得了这件至宝，金子要多少有多少，何止变出一座金山？但是血蘑菇苟活至今，只为了干掉纸狼狐报仇，多少人求之不得的吸金石，对他来说什么用也没有。本以为凭窦占龙的手段，尽可以找到金王马殿臣的天坑了，怎知到头来又落了一空！

血蘑菇一直以为马殿臣得了吸金石，才当上了关外的金王，原来吸金石还在八斤猫肚子里。他只不过稍一分神，八斤猫已然跃下树梢，一口吞下了大肚子蝈蝈。血蘑菇心头一凉，以为大肚子蝈蝈完了，可正当此时，猫腹中传来一阵嘟嘟嘟的长鸣。人有人言，兽有兽语，大肚子蝈蝈想从猫肚子里逃出来，八斤猫似乎也觉得不对，张开大嘴嗷嗷乱叫，弓背挺身，尾巴倒立，不住摇晃脑袋，张口吐出一个非金非玉的蛋黄色圆石，正是那块吸金石。八斤猫在地上打了个滚，带着肚子里的虫鸣，一头钻入林中不见了踪迹。这一切发生得太快，血蘑菇呆立当场，转眼间地上只有吸金石了。叼着烟袋锅子蹲在一旁的窦占龙，此时一脸得意，夜猫子眼紧盯着吸金石自言自语："我得此宝，不费吹灰之力……"说着话脸上五官抽搐，眼珠子越瞪越大。血蘑菇之前留了个心眼儿，总听人说，憋宝的一个比一个贪，得了天灵地宝怎肯与人平分，所以不可不防，可没想到窦占龙见了吸金石，神色变得古怪至极，脸上五官都挪了位。血蘑菇摸不透他的底，哪敢轻举妄动，犹豫不决之际，突然从窦占龙身上跃出一只三条腿的小金蛤蟆，围着吸金石打转。窦占龙则一头扑倒在地，未知性命如何。血蘑菇忙退开几步，暗道一声"古怪"，难道窦占龙身上有只金蛤蟆，让这吸金石吸出来了？没等他明白过来，不知从哪儿来了一个破衣烂衫的苍髯老道，一身火工道人的打扮，到得切近，看也不看血蘑菇一眼，口诵一声道号，指着小金蛤蟆哈哈大笑："寻你多时了，还不随我回山？"小金蛤蟆却似听明白了，在地上蹦了三蹦，"咕呱、咕呱、咕呱"连叫三声。火工老道袍袖一卷，早将小金蛤蟆收入袖中，径往深林之中，扬长而去了。

血蘑菇使劲儿揉了揉自己的左眼，怎么也想不明白刚才发生了什么，呆立半晌无所适从，一低头看见吸金石还在地上，他虽不贪图金子，可这一辈子也没少跟吸金石打交道，终究是天灵地宝，实不忍弃之不顾，再看倒地不起的窦占龙气息早绝。他听说过一些憋宝的门道，相传黄河中的老鳖，每活一百年背壳上多长一道金圈，长出九个金圈，脑袋里就有鳖宝了。憋宝人设法捉住老鳖，在地窖子里剁掉鳖头，用利刃割开自己寸关尺脉窝子，将鳖宝埋入肉中，再涂药治愈，随后在漆黑无光的地窖子里住上一百天，出来之后这双眼无宝不识，不知真也不真？血蘑菇当惯了杀人不眨眼的土匪，对个死人可没有下不去手这么一说，拔刀割开窦占龙的脉窝子，伸手往里一抠，还真有个肉疙瘩，他那一个眼珠子寒光一闪，如同荒坟野草中的一点鬼火，觉得这东西或许有用，当下将鳖宝和吸金石一并揣入怀中，又牵过那头黑驴，驮了窦占龙的尸首下山，想寻处断崖往下一扔，等不到天黑就让狼掏了。

哪知黑驴牵着不走打着倒退，仰起脖子"啊呃——啊呃——"狂叫不止。血蘑菇寻思，这畜生一路上驮着窦占龙半声不吭，跟能听懂人话一样，让它往东绝不往西，怎么我一牵就犯了犟脾气？便从地上捡起一根树枝子，对着驴屁股上皮糙肉厚的地方狠抽了几下。怎知把那头黑驴打急了，冷不防尥起蹶子，踢了血蘑菇一个跟头，驮着窦占龙的尸首一道烟似的跑了。要不是躲得快，就得让这黑驴踢死，血蘑菇咒骂着追了半天也没追上，无奈只得作罢。

　　这一连串离奇古怪的遭遇，让血蘑菇提心吊胆了很久，最怕窦占龙死而复生来林场找他。然而星移斗转，日月如梭，过去了一年又一年，始终也没出什么事。血蘑菇得了窦占龙的鳖宝，埋进了自己的脉窝子，加之后来下山打听到的消息，多多少少知道了窦占龙身上的秘密：原来那只三足金蟾，本是龙虎山五雷殿祖师爷身边的一个小物件儿，带着落宝金钱下山，借了窦占龙的形窍，以应四神三妖之劫。只有崔老道认得出它的来头，但是不能说破，一说破金蟾就走了，那还怎么应劫？当然崔老道也并非善男信女，分明是他放了金蟾下山，却担心道破天机遭报应，自始至终装成个没事儿人，不该说的从没少说，应该说的反倒一字不提。这个东西虽是金身，却也贪得无厌，可以剪黑白纸为驴，凭着分身到处憋宝发财，西北角城隍庙掏狗宝死了一个、夹龙山误点千里火夹死过一个、在东浮桥煮石碑填了海眼一个、银子窝门楼逮玉鼠气死一个、铃铛阁摘铜鸟摔死一个、分宝阴阳岭掉入阴山背后吓死一个、三岔河口让分水剑斩杀一个、芦苇城拿金剪刀烧死一个、引马殿臣扛着挑头杆子打坟被狐狸害死一个……死一次金蟾就换一个分身，但被浊世迷心，又受崔老道所误，早已忘却本真，即使从分身上取回鳖宝和一应之物，念及平生所遇的九死十三灾也是恍恍惚惚，最后一个带血蘑菇去找吸金石的窦占龙已经没有分身了，因为鳖宝的灵气尽了，还得再养上几年才可以用。这个人虽然没死，但借窍的金蟾一去不返，鳖宝也让血蘑菇抠去了，所以说从关外逃走的窦占龙——人还是那个人，落宝金钱和烟袋锅子也在，身上的"神"却没了！

血蘑菇虽将吸金石带在身上，仍架不住岁数越来越老，气力远不如前，心知找到宝画《神鹰图》的机会也越来越渺茫了，恨自己这一辈子，这一件事都办不成，心想：我从三岁那年，就让走长路的拐子卖到了孤山岭，亲娘跳河而亡，亲爹远走他乡，身边至亲至近的人，乃至一个个冤家对头，皆因我死走逃亡。还真让关家老祖宗说中了，可不就是个逮谁坑谁的丧门星吗？谁遇上我，谁就倒霉！我却活得比谁都久，难不成真像我老叔说的，给我在地府中除了名？可这么活一辈子有啥劲儿呢？打小落草为寇当了土匪，在姜家窑丢了一个眼珠子，又被马殿臣追得没处躲没处藏，钻到深山老林中喝脏水吃蝲蝲蛄，下煤窑当过煤耗子，在木营子卖过苦力，抬过棺材扒过坟，带着手下金匪远走蒙古大漠，为了找《神鹰图》投靠伪满洲国，让剿匪部队穷追猛打，上天无路入地无门，扮成个老洞狗子在林场一躲几十年，整天提心吊胆，还有比我命苦的吗？说什么前世因果、夙债相偿，谁又见过上辈子的事？七灾八难怎么就全让我赶上了？老天爷为什么不能睁睁眼、开开恩，让我死前除掉纸狼狐？"

这一年传来一个消息，猎屯来了个名叫张保庆的半大小子，不仅在山里捡到一只白鹰，还误入金王马殿臣的天坑，见到了金王埋下的九座金塔，并且带出了宝画《神鹰图》。血蘑菇打探到张保庆的行踪，下山扮作一个收破烂的，用十块钱从张保庆母亲手中骗走了《神鹰图》。本以为拿到《神鹰图》可以除掉纸狼狐，怎料《神鹰图》

已然破损不堪，画还是那张画，画里的神鹰却出不来了。血蘑菇万念俱灰，绝望之余想起在鹰屯的萨满传说中，只有《神鹰图》的主人才可以让宝画恢复原状。张保庆这个小子看似平常，却意外捡到一只罕见的白鹰，并且从天坑中带出了《神鹰图》，鹰屯的老萨满都对他另眼相看，可见这一步奇运，实非常人所有。此外血蘑菇还打听到，张保庆的老娘临盆之际，梦到一个要饭的乞丐撞入门中，随即生下了张保庆，那岂不是金王马殿臣转世？尽管轮回之说不可捉摸，但完全可以断定，张保庆正是《神鹰图》的主人！

血蘑菇本想再次下山去找张保庆，这时候才发觉力不从心，他的年岁太大了，头发指甲全掉光了，皮肉干枯萎缩，五感渐失，身子在一点点变成纸人，再也困不住纸狼狐了。血蘑菇绞尽脑汁想出一个计策，当年他与恶狼搏斗跌入的天坑，那个地方有一座"画树灵庙"。深山老林中大大小小的天坑地洞很多，可不止金王马殿臣埋宝的一个。关东的野山人参俗称棒槌，早在千百年前，这一带就有参帮放山，挖到六品叶的宝参，便捋一把青苔毛子，剥一块桦树皮，一层一层包好了，捧出去献给皇帝。据说深山天坑中有座老庙，俗称"棒槌庙"，萨满称之为"画树灵庙"，历朝历代有神官担当庙祝。庙中供奉着"画树石匣"，那是天造地设的一块巨石，上有灵树图案。由于年深岁久，巨石裂缝中积满了尘土，又有种子落入，以至于从中长出了棒槌树，巨石却没有崩塌。参帮进山挖棒槌，必定到此烧香磕头，帮内赏罚分配大小事宜，均在画树灵庙中进行。实际上棒槌树只是形似野山参的大树，并不是真正的野山参。到了民国初年，有几个得了癞大风而手足溃烂的病人逃入深山老林，躲在天坑附近，因不堪忍受病痛折磨，彻夜哀号惨呼。庙祝看他们可怜，就将他们收留在庙中，又从画树石匣中捉出棒槌虫给他们吃，居然可以缓解癞大风的痛楚。后来消息传了出去，逃到此处的癞大风病人越来越多，甚至有从关内远道而来的，一来为了治病，二来也为避祸，因为患病之人手足溃烂，狮面塌鼻，丑陋可怖，而且传染性很强，自己家里人也唯恐避之不及，所以不容于乡里，往往会被同乡活活烧死，连同病人用过的衣服、被褥、锅碗瓢盆也得一并焚毁。蝼蚁尚且贪生，何况这些人呢？他们住在天坑里，捉洞穴里的蝙蝠、蛇鼠、蝲蝲蛄为食，又开垦耕地自给自足，逐渐在画树灵庙周围形成了一个癞大风村子，打猎挖参的反倒不敢来了。起初这些人感恩戴德，但是久而久之，有几个心术不正的村民以为画树石匣中有宝棒槌，能够让他们身上的癞大风痊愈，庙祝却百般阻拦，不仅不让他们接近画树石匣，还要把他们撵出天坑。于是那几个村民怂恿众人打跑了庙祝，一拥而上去挖画树石匣，由此引发的地震，埋住了天坑入口。血蘑菇在山里那么多年，一直没找到马殿臣的天坑大宅，却在无意中找到了画树灵庙。他听老鞑子说过，历代萨满神官降妖除魔，将收来的悲子烟魂，尽数封入画树石匣。当年那些个癞大风，正是因为惊扰了画树石匣，所以一个也没逃出来。他按老鞑子传授的树葬之法，让自己与画树石匣合二为一，以此困住纸狼狐，又用鳖宝的分身将张保庆引至灵庙，助他一臂之力。这件事血蘑菇用了一辈子也办不成，对张保庆来说却易如反掌，只需张保庆念三遍牌位上纸狼狐的名号即可，事成之后，不仅《神鹰图》物归原主，吸金石也是张保庆的！关外金王马殿臣富可敌国，也不过坐拥九座金塔，吸金石则是天灵地宝，要多少金子有多少金子，世上再没任何宝藏能够与之相比！

1

　　仿佛是在转瞬之间，血蘑菇平生的记忆像一条蛇一样，一下子钻入了张保庆和白糖脑中。等他们二人回过神来，灵庙供桌上的油灯仅有黄豆大的光亮，暗得人睁不开眼，但听那个纸人阴声阴气地说道："不除掉纸狼狐，我死也闭不上这只眼！你只需打开宝画，念三遍牌位上的名号，到时候吸金石和《神鹰图》都是你的！如果不按我说的去做，你们俩一个都活不成，因为我等到此时，早已油尽灯枯，供桌上的油灯一灭，纸狼狐就会占据灵庙，你身为《神鹰图》的主人，它视你如天敌，岂能放得过你？"话音落地，油灯忽地一下灭了，陷入黑暗这一瞬间，张保庆和白糖的手电筒却又亮了起来。

　　四下里寂然无声，刚才的一切恍如一个怪梦，却又真切异常，由不得他们不信。二人吓得腿肚子转筋，额头上的汗珠子直往下掉。白糖硬着头皮走上前去，用枪管捅了那个纸人一下。纸人耷拉着脑袋，倒在原地一动不动。张保庆用手电筒照向纸人手中的牌位，睁大了眼仔细观瞧，这一次看明白了，那几个字歪歪扭扭，他倒认得出，上写"极暗九星幻造灵梦神主——狼侯胡万增"！

打从张保庆头一次来到长白山，误入马殿臣的天坑大宅捡到《神鹰图》，就听说过东山林场有个老洞狗子，因为打狐狸丢了一个眼珠子，是个贪小便宜的老光棍儿。后来《神鹰图》又被个收破烂的独眼老头儿用十块钱骗去，他才发觉这个一只眼的老洞狗子，很可能与金王马殿臣三闯关东传说中的土匪血蘑菇是同一个人，又是此人骗走了他的《神鹰图》。这是个在东山林场躲了几十年的老土匪，只不过没有任何证据，说出去也不会有人相信。直至此时此刻，张保庆终于知道了血蘑菇的秘密，但他不想插手此事，哪个庙里没有屈死的鬼呢？真没必要蹚这个浑水，只要白鹰没落在老洞狗子手上，他也就放心了。如今他彻底想通了，带不带走《神鹰图》无所谓，当了《神鹰图》的主人又如何？纵然是《神鹰图》上一代的主人金王马殿臣，一辈子追风走尘大起大落，上过战场打过仗、当过土匪要过饭、挖过棒槌得过宝画，三闯关东发了大财，住在天坑大宅之中，埋下整整九座金塔，搁到民国年间来说，够不上东北最大的大哥，那也是关外最大的大款了，到头来又如何，还不是因财丧命吗？退一万步说，血蘑菇是什么人？这个一只眼的老土匪不比马殿臣杀的人少，用心之深远，更可以说神鬼难测，为了达到目的，从来不择手段，张保庆哪敢信他的话！况且说这话的，还是个人不人鬼不鬼的纸人！

白糖正是这个意思："纸牌位上的名号一遍也不能念，《神鹰图》已然残破不堪，上面的图案都没了，当不了吃当不了喝，一张破画不要也罢。什么血蘑菇、纸狼狐，那跟咱有什么关系？趁早拿上吸金石走人！"

张保庆没让白糖轻举妄动："吸金石绝对是个招灾惹祸的东西，何况这是血蘑菇下的饵，咱可不能当咬钩的鱼。血蘑菇头一次用十块钱从我家骗走了宝画《神鹰图》，二一次用一口空棺材把咱俩诓到这么个鬼地方。吃亏上当可一可二，没有再三再四的，说出大天去也不能再上他的当了。还真不是我属鸭子的嘴硬，别人把吸金石当个天灵地宝，争得你死我活，我张保庆偏不在乎！"

白糖也不想任人摆布，他拦住张保庆说："行行行，你不用打肿脸充胖子，只要肯放弃，世上无难事，反正是江湖险恶，不行咱就撤！"

不过老奸巨猾的血蘑菇把能堵的道全堵死了，不论信与不信，下一步行动都在血蘑菇的计划之中。因为对张保庆和白糖二人来说，接下来无非有两个选择，一是直接按血蘑菇说的做，那等于让对方牵着鼻子走，彻底失去了主动；二是不按血蘑菇的话做，舍掉《神鹰图》和吸金石，立刻从原路出去。可是血蘑菇也说了，石案上的油灯一灭，纸狼狐就会出来，置他们二人于死地。现在油灯已然灭了，血蘑菇的话到底可不可信？如果说不信这个邪，拍屁股走人容易，万一受到纸狼狐的攻击怎么办？

正所谓兵不厌诈，虚张声势这招他们也常用，但见画树石匣周围的光雾越来越重，已经看不到来时的台阶了。二人只能凭着直觉往前走，怎知走了二三十步，仍未见到台阶，前方只有化不开的迷雾。张保庆和白糖发觉不对，下意识地用手电筒往身后一照，相距摆放油灯的石案不过三尺，分明走了半天，却似没动地方。二人暗暗叫苦，血蘑菇说的话似乎在一一成真，纸狼狐将他们困在了原地，接下来会发生什么？一想到此处，登时寒毛直竖。他们俩意识到处境不妙，凭着猎枪和枣木杠子，无论如何也对付不了纸狼狐，这个自知之明还是有的。张保庆和白糖不是省油的灯，虽比猴子少根尾巴，可比猴子还精明，然而比不了血蘑菇那个老土匪心思缜密、谋划深远，肯定把方方面面都想到了，不到这个天坑中来还则罢了，一脚踏入画树灵庙，就等于钻了血蘑菇设的套子，根本没有回旋的余地，明知这是个套子，也只能硬着头皮往里钻！

哥儿俩想的一样，绝对不能受制于人，如果按血蘑菇的话去做，无异于自己挖坑埋自己，不论对方许下什么好处，那也是刀尖上的银子、油锅里的钱，不是好拿的，必须想个法子，钻出血蘑菇布置的套子。可走来走去，只是在迷雾中打转。二人不甘心被纸狼狐活活困死，搜肠刮肚思索对策。

白糖突发奇想："我倒有个法子，就怕你不同意……"张保庆问道："我为什么不同意？"白糖说："那我问问你，咱们的优势何在？"张保庆不明其意，又问他："咱都落到这个地步了，还有优势？"白糖说："为什么血蘑菇办不成的事，只有你能办成？所以说别看你小子也是猴头狗脑的没比别人多长什么，可又的确与众不同。老爷庙的旗杆——就你这一根！那个老土匪不是指望你替他收拾纸狼狐吗？没你这个臭鸡蛋他还真就做不成槽子糕，我一枪崩了你，老土匪的计划不就落空了？"张保庆还以为白糖能想出个什么高招，气得拿枣木杠了直戳白糖的肚皮："这他妈还用你说？你就不能想个不把我搭进去的法子？"白糖躲闪着说："不是不是，我又想出一招，你说纸狼狐为什么叫纸狼狐呢？一半是狐一半是狼，还是纸做的？纸怕火啊！咱们手上有防水火柴，庙里还有油灯，怪不得纸狼狐一直不肯现身，因为它怕咱们放火！"张保庆给白糖泼了盆冷水，纸狼狐容身的古画，在火烧关家大院之时已被焚毁，按血蘑菇的话来说，这个东西乃宝画中灵气成形，放火也没用。

　　不过车到山前必有路，白糖出的两个"高招"，给了张保庆一个启发，当时灵机一动：血蘑菇为什么一定要指望他张保庆？为什么不是另一个人？原因很简单，张保庆是《神鹰图》的主人，从十年前在森林中捡到一个蛋，孵出一只罕见的白鹰，或是从天坑大宅中摘下的《神鹰图》那一刻，他的命运就注定了，又唯有《神鹰图》可以除掉纸狼狐，所以纸狼狐才会攻击张保庆，如果没有了《神鹰图》，张保庆也就无关紧要了，纸狼狐还会为难他们吗？《神鹰图》传世千年，仅仅撕碎了怕不稳妥，纸狼狐不怕火，《神鹰图》则不同，只要划一根火柴或摁一下打火机，这张古画就变成灰了。老奸巨猾的血蘑菇谋划虽深，终究也还是人，哪想得到咱给他来这么一手釜底抽薪？张保庆自己都佩服自己。他是不忍心毁掉《神鹰图》，九死一生从马殿臣天坑大宅中带出来的宝画，当年被血蘑菇用十块钱骗走了，好不容易失而复得，却要一把火烧了，还能更败家吗？可是没别的办法了，反正这张画已经如此残破，画中的图案都没了，老话说"纸寿一千，绢寿八百"，看这个意思，摘下来就得碎了，既然如此，又有什么舍不得的？

　　白糖是个急脾气，关键时刻毫不犹豫，当机立断掏出打火机，上前去烧《神鹰图》，怎知火苗是白的，怎么点也点不着。张保庆感觉难以置信，凑过去用手一摸，打火机上的火苗竟是冷的。白糖又掏出防水火柴，这是野外用的特制火柴，头儿上加了防水药，浸过水也能点火，可那盒火柴软塌塌的，接连换了三五根，没一根划得着。

白糖心烦意乱，抱怨道："这人要是走了背字儿，喝口凉水都塞牙，放屁能砸脚后跟，防水火柴怎么也受潮了？"张保庆听得诧异，无意当中抬头一看，不由得吓了一跳，眼前这个人哪是白糖，说话跟白糖一样，不过一张纸糊的大脸似人非人，五官全是画出来的，身子支支棱棱，合着也是纸糊的！

2

那个纸人的一举一动，尤其是纸糊的大脸，让张保庆感到说不出地厌恶，他心下惶惑不安："纸狼狐上了白糖的身？那成什么了，纸白糖？"而白糖一看张保庆，也同样吓得够呛："我靠！这他妈棺材里打枪——吓死人啊！你怎么变成纸人了？"张保庆这才发觉，自己也变成了纸糊的，不止他们两个人，打火机、防水火柴、猎枪、背包、供桌、油灯、树根，包括脚下的地面，画树灵庙中的一切，全部变成了纸壳子。张保庆一怔之下已经说不出话了，估计舌头也变成了纸的，心知大事不好，想撕掉宝画《神鹰图》也做不到了，因为手脚已经成了白纸，完全使不上劲儿！

一瞬之间，二人手足僵直，睁着眼倒在地上。张保庆见纸人捧着的牌位就在眼前，上书"极暗九星幻造灵梦神主——狼侯胡万增"，刚才听血蘑菇说了，只需打开宝画，念三遍牌位上的名号，即可除掉纸狼狐，无奈有口难言，如何念得了纸狼狐的名号？他忽然想到，如果彻底变成了纸人，为什么意识还在，也能看见东西，唯独说不出话？张保庆心有不甘，翻着眼珠子，又望向纸人手中的牌位，"极暗九星幻造灵梦神主——狼侯胡万增"一行字近在眼前，突然一道白光闪过，钻入了《神鹰图》，周围的一切恢复如初，四下里光雾浮动，他和白糖也没倒在地上，似乎刚踏上石台，还在原地没动过，但是供桌旁那个纸人，已经变成了一只眼的死人，穿着一件老皮袄，干尸与石匣裂痕中伸出来的树枝长成了一体，皮肉干枯如同树皮，手中既没有牌位，也没有吸金石，周围散落着一些朽烂不堪的衣服鞋子，不知扔下多久了。宝画《神鹰图》也跟之前不一样了，全然不似之前那么残破，画中的白鹰、古松、云雷均已不见，却有一个半似狐半似狼的怪物，爪下摁着一块圆石。张保庆恍然大悟："原来不必念出口，在梦中默念三遍牌位的名号，一样可以将纸狼狐收入画中！"白糖气急败坏地说："吸金石怎么落在了画中？那不是白忙活了？"张保庆也意识到不对，上前摘下《神鹰图》，用手去抠画中的吸金石，又担心把画抠破了，不敢使劲儿，那能抠得出来吗？

张保庆越想越不对劲儿，但觉一阵寒意直透心底，该不会上了纸狼狐的当？也许从他们一看见供桌上亮着的油灯开始，就进入了纸狼狐的梦境。血蘑菇以为能把张保庆引到画树灵庙，便可以借助《神鹰图》除掉纸狼狐，怎知血蘑菇一死，纸狼狐便可作祟了，用血蘑菇平生的记忆迷惑他们二人，让他们以为念三遍牌位上的名号，就能收拾了纸狼狐。实际上并非如此，张保庆身为宝画的主人，在梦中念三遍牌位上的名号，等于打开自家大门让纸狼狐进来，并且跟纸狼狐订立了契约。以前《神鹰图》中的神主尚在，那是纸狼狐的天敌，它避之唯恐不及。后来纸狼狐被困在血蘑菇身上，血蘑菇误以为它什么也干不了，实际上纸狼狐一直引着血蘑菇去找《神鹰图》。如今的《神鹰图》残破不堪，画中的神鹰已然不复存在，纸狼狐趁机带着吸金石占据了《神鹰图》，使宝画得以恢复原状，《神鹰图》从此变成了《纸狼狐》！血蘑菇为了对付纸狼狐，不惜死在画树灵庙，最后就得了这么个结果？张保庆又一想，或许还存在另一个可能——自己不仅让纸狼狐坑了，同时也让血蘑菇坑了。血蘑菇虽然横尸此地，但是也留了后手，将计就计摆脱了纸狼狐，并且将纸狼狐甩给了张保庆，他张保庆成了背锅的。如今世上还有一个血蘑菇的分身，那就还有报仇的机会，说不定正躲在什么地方盯着张保庆的一举一动。这个一只眼的老土匪真他妈够可以的，拿一条命来了一把金蝉脱壳！

　　白糖劝张保庆别胡思乱想了，不论上了谁的当，反正吸金石在画里，已经走到这一步了，怎么不得带出去？张保庆一想也对，先离开这是非之地，然后再找个法子抠出画里的吸金石，当下卷起宝画塞进背包。画树灵庙四周光雾氤氲，用不上手电筒也能看见路，二人收了手电筒，正要离开此地，却见那具一只眼的干尸张开了嘴。张保庆和白糖从没见过死人开口，是有话要说？还是有冤要诉？哥儿俩刚一愣神，突然从干尸嘴里爬出几只虫子，个头儿不大，黄褐扁平，复目平翅，疾走如飞，在关东山叫"棒槌虫"。此虫体内毒素有一定麻痹作用，老时年间人们却以为棒槌虫啃过宝棒槌，所以能治溃疮。昆虫具有向光性，也就是扑亮。张保庆和白糖的手电筒没关，那几只虫子都冲他们这边来了。二人慌了手脚，扔下手中的东西，黑里扑噜一通乱打。混乱之际，一只虫子爬上了白糖的左脸，抬手一拍没打中，虫子反倒钻入了耳朵，越掏钻得越深。张保庆急忙放下枣木杠子，掏出老枪背包中那盒火油，告诉白糖一定忍住了，然后用当年在猎屯学来的土法子，将火油滴入白糖耳中，使虫子窒息而死，以免穿破耳膜钻入脑中。不过虫子被油憋住之后垂死挣扎，疼得白糖五官都挪了位，多亏那个虫子憋死得快，只是钻得太深，一时掏不出来。白糖龇牙咧嘴地捂着耳朵，挣扎着身子捡起扔在地上的猎枪。他半边听力受损，不自觉地大声说话，让张保庆别忘了带上吸金石。张保庆拎起背包和枣木杠子，告诉白糖把心放肚子里。二人相互打个手势，急匆匆往外走。怎知台阶下缩着一个黑影，他们俩险些一脚踩上。白糖一肚子邪火，正不知道拿谁出气，哪还管你是人是鬼，一伸手揪住了那个黑影，借着洞穴中的荧光一看，正是半夜在三仙宾馆爬窗户的黑衣女子！

　　张保庆和白糖经过那一连串怪事，几乎将此事抛在了脑后，这个黑衣女子，与偷油贼、老枪等人是一个团伙，一路上鬼鬼祟祟地跟着他们，不知是冲着什么来的，如果按原路走出山裂子，肯定会跟这伙人遭遇。他们俩赶紧向四周看了看，并未发现其余几人的踪迹。白糖揪着黑衣女子的头发，拎鸡崽子一样拎到供桌旁，骂道："去你小妹妹的，早看出你没憋好屁，跟着我们想干什么？"黑衣女子一脸惊恐："大哥，我看你俩是好人，我……我……"张保庆见白糖冲自己使了个眼色，这才注意到黑衣女子的衣扣在左，后颈上还文了一只口衔银元宝的花皮貂，心头登时一沉："原来这伙人是厌门子！"而那个黑衣女子还在捏造谎言，自称是被人拐卖到三仙宾馆的，家里还有个三岁的女儿，跑了几次都没跑成，这一次趁天黑下雨，摸上了他们开的汽车，求二人救自己逃出虎口，说完战战兢兢地问："大哥，你们能带我走吗？"白糖忍不住发作起来，端起手中的双筒猎枪，沉着脸说："你猜猜吧，猜对了给你留具全尸！"张保庆也恨这黑衣女子狡狯，怒气冲冲地问道："你们这伙厌门子有几个人？跟了我们多久？"白糖将枪口抵在黑衣女子头上，恶狠狠地说："再不如实交代，让你脑袋开花！"

二人一句接一句，连珠炮一般拆穿了对方的身份，再加上白糖膀大腰圆，望之如泰山压顶，确实比较有震慑作用。黑衣女子只得承认，她是为了吸金石而来。厌门子的人一直以为吸金石在马殿臣手上，所以这伙人始终在找那个天坑。当初张保庆一上长白山，从天坑大宅中带出宝画《神鹰图》，厌门子的人就盯上他了。回到家不久，张保庆的《神鹰图》又被人用十块钱骗走了，所以厌门子没对他下手，转去追踪一只眼的老洞狗子，不过仍在暗中留意张保庆的动向。这一次张保庆三上长白山，开车往东山林场送货，立即引起了厌门子的注意，一路尾随至汛河林道的穿山隧洞，失了张保庆和白糖的踪迹，只见到他们俩开的那辆车。厌门子的人分头找寻，她发现有个山裂子，想钻进来看看有没有什么线索再伺机而动，不料越走越深，直到被二人抓住。张保庆听得不寒而栗，想不到厌门子盯了自己这么久，自己却全然不觉，耗子钻洞、坏人钻空，真令人防不胜防！

3

黑衣女子见张保庆分神，突然拨开白糖的枪口，扬手撒出一团泥沙。白糖立即往后躲闪，用力过猛失去重心，摔了个四仰八叉。黑衣女子擅长声东击西，不等张保庆反应过来，转身就来抢他的背包。张保庆一只手紧抓着背包不放，另一只手举起枣木杠子作势要打，他一来不想打出人命，二来下不去手打女人，顶多吓唬对方一下，迫使黑衣女子知难而退放开背包。怎知这个黑衣女子左手扯着背包，右手腕子一翻，中指上已多了个乌黑的铁指甲，大约半寸长短，出手如电，一指戳在张保庆腋下。张保庆"哎哟"一声，让铁指甲捅了个血窟窿，身子登时麻了一半。以前跑长途的时候，听说有一路劫道的，通常扮成单身女子搭车，用手在司机身上掐一下，即可使人周身血脉阻塞，瞬间失去行动能力，民间称之为"钳子手"或"抹子手"，又叫"五百钱"，因为要用指尖发力将铜钱捏弯，至少捏够五百枚铜钱方可入门，指尖的劲力练到一定程度，在与人握手、搂抱、说笑之间，沾身拂衣即可致人伤残。以前的小偷皮子大多会练这手儿，不过很少能练到伤人的地步，师父也不肯传，就有心怀不轨的做铁指甲，用以伤人劫财。张保庆虽然有个利索劲儿，躲得也挺快，但仍被这一指戳得不轻，再也站立不稳，倒在地上疼得喘不过气，枣木杠子也掉了，背包却没撒手。

说话这时候，白糖抢着猎枪冲上来帮忙。黑衣女子身法灵活，抬腿就是一记撩阴脚。白糖急忙用猎枪挡住，惊出一身冷汗，心说：这小娘们儿太他妈狠了，这一脚要是让你兜上，我不断子绝孙了？他和张保庆吃亏就吃亏在不敢下死手，厌门子为了抢夺吸金石而来，根本不在乎你是死是活。白糖意识到这点，浑劲儿一发作，下手可就没了顾忌，只是不想开枪引来厌门子的同伙，怒骂声中倒转了猎枪，用枪托去砸黑衣女子。黑衣女子滑得如同一条泥鳅，放开与张保庆争抢背包的手，迅速往旁边一闪，枪托重重砸到了地上。白糖不肯甘休，抢枪托追着打。黑衣女子只顾躲闪，慌乱之中没看到脚下的树根，绊了一个跟头。白糖骂了句"活该"，手中猎枪对着黑衣女子搂头盖顶砸了下去。眼看这一下，就要砸个脑浆迸裂。恰在此时，一个又高又长的黑影蹿上石台，穿得破衣烂衫，像是一个蹲在路边要饭的乞丐，但是怪力惊人，一把抓住了白糖抡下来的枪托。此人电线杆子成精似的细麻秆身材，长胳膊长腿，大巴掌大脚，顶着个活骷髅一样的脑袋，冷不丁一看能把人吓一跳，而且双眼外凸，按相面的话说，这叫"蜂目蛇形"，主穷凶极恶，绝非善类。尽管没照过面，可张保庆和白糖一看来人身形就知道，分明是雨夜之中那个偷油贼。白糖发觉枪管冲着自己的脸，枪托和扳机则在对方手中，忙把身子让到侧面。这时候猎枪也响了，"砰砰"两响，都打在了画树石匣上，紧接着从中传来一阵不绝于耳的怪响，听得这几个人周身悚栗，手脚打战，头皮子过电似的一阵阵发麻，身上的鸡皮疙瘩直往下掉。躲藏在树根中的棒槌虫，也似受到了什么惊吓，爬出来四散逃窜，眨眼都不见了。

张保庆心里有种不祥之感，此地曾是一处天坑古洞，洞口应当就在画树石匣正上方，不知多少年前，从高处落下来的泥土，填满了画树石匣的裂缝，又有种子落下，在石匣顶部长出了几棵棒槌树。棒槌树长上一千年，也不会过于高大，根须却是越长越长、越长越多，外形近似野山人参，所以才称为棒槌树。当年染上癞大风的人们，误以为画树石匣中有宝棒槌，可以治愈他们身上的疮毒，蜂拥上来挖这画树石匣，引发地震埋住了洞口，从此不见天日，足见画树石匣惊动不得，刚才这两枪打上去，不知会引发什么后果？

黑衣女子并不知道画树灵庙中的秘密，也顾不上那阵怪响从何而来，一指张保庆叫道："吸金石在背包里！"偷油贼凶相毕露，夺下空膛猎枪甩到一旁，伸出长臂就来抢张保庆手中的背包。白糖气急败坏，他自持力勇，发着狠往前一冲，将偷油贼撞了一个跟头，紧接着扑上去，死死掐住了对方的脖子。他仗着身大力不亏，掐得偷油贼直翻白眼，手脚乱蹬起不了身，当时就把两只破胶鞋蹬掉了，里边没穿袜子，两只大脚脚趾都比普通人长出一倍有余。偷油贼一只脚撑着地，使尽全力将另一条腿举起来，几乎是躺在地上扯了个一字马，抬上来的那只脚，好像多出的一只手，张开五个脚趾摁在白糖脸上。那只毛茸茸、臭烘烘的大脚，不把人呛死也能把人憋死。白糖实在忍不了，不得不往后避让，扼住对方脖子的手也放开了。殊不知偷油贼是个通背异人，两条手臂可以贯通伸缩，竟不给白糖脱身的机会，四肢如同四条大蟒蛇，紧紧将白糖缠住。两人滚成一团，斗了个难分难解！

与此同时，黑衣女子翻身而起，又来抢夺张保庆的背包。张保庆刚才挨那一下，半边身子麻木，五脏六腑翻江却似倒海一般，趴在地上动弹不得，眼瞅白糖和偷油贼纠缠在一起，干着急使不上劲儿，又看黑衣女子冲自己来了，急得额头上的青筋直蹦，忍着疼痛深吸了一口气，抱紧了怀中的背包，胳膊肘拄地撑起身子，吃力地往后挪动，然而背后已是画树石匣，再也无路可退。黑衣女子以为张保庆被铁指戳中腋下，已经彻底失去了反抗能力，见他用背包挡住了身前要害，又紧拽着不撒手，就抬起套了铁指甲的右手，狠狠戳向张保庆的眼珠子。没想到张保庆刚才躲得快，并未让她戳中穴道，虽仍疼痛难挡，但是缓得一缓，身上的麻木已然恢复了几分，故意示弱退让，实则暗中积攒气力。他也是死中求活，在对方铁手指戳下来的一瞬间，突然将头一偏，黑衣女子的手指重重戳在了石壁上，只听得一声撕心裂肺的惨叫，中指直接撅了上去。张保庆看着都替她疼："你这不是自作自受吗？咱俩有多大的仇啊？至于下这么狠的手？"又见白糖让偷油贼四肢缠住，死活挣脱不开，反被偷油贼压在了身下。他不敢迟疑，一把推开跪地惨叫的黑衣女子，抓起那根枣木杠子，一个箭步抢至近前，抡圆了打向偷油贼的后脑勺。偷油贼猛听身后恶风不善，忙转头来看，无奈跟白糖纠缠在一处，既抽不出手来抵挡，也无从退让闪躲。张保庆这根枣木杠子，是白糖家传了几代的镇物，枣木质地本就坚硬紧密，素有"铁檀"之称，包上浆之后，用的年头儿越久越结实，叩之锵然作响，跟铁棍儿没什么两样，打到屁股上也受不了，何况是往脸上招呼？偷油贼让这一杠子闷到脸上，整个人像被狂风连根拔起的电线杆子，晃晃荡荡地倒了下去。白糖一骨碌爬起来，一脚一脚地踹偷油贼的肚子。偷油贼全无还手之力，一只手捂着脸，一手捂着肚子，缩成了一只大虾米。

正当此时，老枪和其余几个手下赶到了。张保庆和白糖见势头不对，只好扔下半死的偷油贼，扭头就往后跑。他们俩心里有个默契，如今敌众我寡，双筒猎枪也不知扔到什么地方去了，仅有一根枣木棍子，肯定斗不过这伙厌门子，跑又跑不出去，那就只有抢占有利地形，尽快爬到画树石匣顶端，凭着居高临下，上来一个踹一个。二人手脚并用，拽着树根往上攀爬。老枪恨透了张保庆和白糖，冲到画树石匣跟前，听黑衣女子说吸金石在那二人的背包里，立刻带着手下追了上去。那个长胳膊长腿的偷油贼，不顾脸上的伤痛，也咬着牙往画树石匣上爬。此时此刻，画树石匣中的怪响仍在持续，这个怪异的响动，如同电视机失去信号产生的噪声，搅得人心慌意乱。声音越来越大，越来越密，画树石匣也跟着颤动，随即从下方的裂缝中涌出一缕缕黑雾，在画树石匣四周弥漫开来。那个手指折断的黑衣女子，行动略有迟缓，还没来得及爬上画树石匣，登时被黑雾裹住，身上脸上化出无数窟窿，顷刻间变成了一堆胶黏的黑水，整个人消失于无形，只剩下衣服鞋子。众人大惊失色，只恐被黑雾吞没，拼了命往上爬。画树石匣四周的黑雾却似活的一般，追逐他们而来。突然间雷声如炸，一道道惨白刺目的闪电，仿佛受惊的光蛇，在云雾缭绕的洞窟中到处乱钻，弥漫的黑雾立时退去。原来当年血蘑菇摆阵金灯庙，纸狼狐被魔仙旗封在了他身上，从此之后，血蘑菇本人就是魔仙旗。黑雾分化了血蘑菇的尸身，故此引来雷击。魔仙旗可以调动五方蛮雷，接连劈下来的炸雷，震得山摇地动。洞顶的碎石泥土哗啦哗啦往下掉落，画树石匣底部的岩盘也分崩坍塌，像是被扯开了一道大口子，深处呈现出令人毛骨悚然的浑浊光芒！

4

画树石匣悬在尚未完全垮塌的岩盘上摇摇欲坠，剧烈的晃动中，张保庆和白糖死死抓住石匣上的树根不敢放手。这个叠层洞穴下方是万丈深渊，当中布满了透明或半透明的巨大水晶，像云杉一样高大挺拔，形状千奇百怪，边缘比碎玻璃还锋利，壮观的水晶密密层层，在迷雾中放出银灰色的光。乱石纷纷落下，接连不断砸在水晶上发出的巨响，震得人全身打战。那个挨了张保庆一棍子的偷油贼，长了两只返祖的大脚，五趾出奇地长，脚尖几乎可以弯曲到足跟，相当于比旁人多了两只手，按说应该抓得比谁都稳，怎知此人扯住的那条树根长得不结实，突然从石匣上断裂脱落，他也惨叫着掉了下去。张保庆和白糖看得心惊肉跳，再不跑可就跟画树石匣一并掉入深渊了，他们俩还想多吃几年饭，生死关头不容犹豫，趁洞底的岩盘还没有完全崩塌，看准可以落脚的地方，一前一后跳了下去，那几个厌门子也是争相逃窜。众人落足未稳，身后的画树石匣就陷了下去。张保庆转头看了一眼，但见水晶折射出的银灰色光亮中，画树石匣分明是一个蠕动着的庞然巨物，刚才被雷电击中的地方，淌出暗绿色的脓液，周身发光的筋脉形状近似于灵树图案。张保庆心寒股栗、目瞪口呆，这个大肉柜子是画树石匣的真身？画树石匣竟然是活的？只在转瞬之间，画树石匣已坠入迷雾，再也看不见了。白糖使劲儿拽着张保庆，催促他赶紧逃命。而那伙厌门子中为首的老枪还不死心，眼见通往张保庆位置的岩盘已经塌了，却仍想凭着一身惊人本领夺下吸金石，当即深吸了一口气，往前疾冲几步，猛地纵身一跃，捷如鹰隼一般，扑奔张保庆而来。白糖眼疾手快，他将自己的背包对着老枪扔了过去："吸金石给你了！"老枪刚跳到一半，没想到对方突然把背包扔了过来，急忙用手去接，这一接不要紧，却忘了身在半空，怒骂声中连人带背包一同坠入了深渊。张保庆和白糖眼瞅着老枪这个倒霉鬼在下坠过程中被锋利的水晶切成了若干块，惨叫声却仍回荡不绝，甚至穿透了岩石垮塌砸中水晶的轰然巨响，二人皆是肝胆俱裂，脑子里就只有一个念头——快逃！

这时候叠台形岩盘崩裂加剧，洞窟顶上的乱石不住塌落，张保庆和白糖拼命奔逃，再也不敢去看身后的情形，一口气跑进了通往隧洞的山裂子。二人刚钻出去，落石便堵住了后路。山裂子中一片漆黑，他们俩又打着手电筒，步履踉跄地往前逃，最后几乎是从山裂子里爬出来的。隧洞上方也不断有碎石泥土落下，二人狼狈不堪，不顾身上全是泥土血污，扔在地上的死麝和那口破棺材都不要了，立刻发动车子，一脚油门儿踩下去，汽车像放笼的兔子，飞也似的冲出汛河林道隧洞，狂奔在颠簸不平的路上。洞外风雨已住，天色放晴。车子前面没有挡风玻璃，山风拂面，感觉异常清爽。张保庆和白糖沉浸在劫后余生的兴奋中，除死无大事，命是最重要的，何况还把吸金石带出来了。可是张保庆的心也还悬着，吸金石在宝画之中，怎样才能抠出来？厌门子还有没有别的同伙？另一个血蘑菇又躲在什么地方？只有一点可以肯定，宝画已经从《神鹰图》变成了《纸狼狐》。血蘑菇当年夜闯关家窑，破了纸狼狐的香堂，让纸狼狐祸害了一辈子，如若他张保庆将宝画丢失损毁，恐怕今后永无宁日！

张保庆一肚子疑惑，决定顺路去一趟鹰屯，拜访二鼻子和菜瓜的奶奶——供奉鹰神的老萨满。旧时受过皇封的鹰屯猎户要交"腊月门"，年复一年地往京城送虎鞭虎骨、鹿胎鹿茸、人参貂皮、熊胆熊掌、东珠獾油，交得不够数，轻则坐牢，重则砍头。朝廷专门派来一位侯爷坐镇，贡品用黄绫子封好，载满一辆辆大车，每辆大车的枣木辕子上都插一面三角杏黄旗，旗上绣着一个"贡"字，排成一队，浩浩荡荡走一个多月才能到京城，这个传统延续了千百年。而近些年封山护林，当地屯子里纵鹰捕猎的人几乎没有了，鹰猎只作为传统风俗保留下一部分。如若赶上鹰祭，还可以看到猎人们拙朴遒劲的鹰舞，模仿从天穹降下翎羽怒张的神鹰，展开遮天盖地的金翅膀，伴随着滚滚雷电扫荡邪魔。屯子里上岁数的老猎人们讲起鹰猎传说，也仍是滔滔不绝，比如神鹰怎么飞到云霄之上，怎么疾冲而下擒拿天鹅，猎户怎么带着猎物进贡，皇帝怎么摆设头鹅宴，白山黑水间的贡鹰道上又有多少艰难险阻……可是如今走遍整个鹰屯，都已见不到一只猎鹰。二鼻子早已娶妻生子，仍是那么冒冒失失不管不顾的，见了张保庆一脸惊愕："你这又遭啥难了？"没等张保庆和白糖说明情况，他已将二人一把扯到家里，招呼菜瓜和媳妇儿烧水做饭。张保庆顾不上叙旧，问二鼻子："有没有法子能把白糖耳朵里的虫子掏出来？"这倒难不住二鼻子，他让菜瓜取来盐水，冲出白糖耳朵里的虫子，滴了两滴消炎药水。白糖恢复了听觉，对二鼻子兄妹千恩万谢。菜瓜又烧了水，找来几件衣服，让张保庆和白糖清洗伤口、更换衣服。

二鼻子媳妇儿手脚麻利，喊咔咔嚓嚓整了一炕桌酒菜，河里捞的嘎牙子鱼，土灶底下烧柴火，用大铁锅连炖带焖，那滋味儿别处尝不着。菜瓜又给他们端上来一个大笸箩，盛满海棠、圆枣子、山丁子、洋姑娘，全是这大山里的果子。张保庆和白糖盘腿上炕，跟二鼻子边吃边唠，得知二鼻子在林区的鹿场上班，有一份正式工作，而萨满奶奶的身子大不如前，菜瓜为了照顾奶奶，至今没出门子。说话这时候，二鼻子媳妇儿又给他们支上一口锅子，盛满了蘑菇和鸡肉，底下有炭炉，烧得汤锅咕噜噜滚沸，鲜味儿直往鼻子眼儿里蹿。白糖嘴急，抓起一把大勺，迫不及待地尝了一口，鲜得好悬把舌头咬掉。他一口气连汤带肉干下去半锅，撑得直打饱嗝儿，但觉一阵头晕，手脚发麻，说不出来地难受。张保庆在山里待过，知道汤锅里有山上的野蘑菇，深山老林里遍地都是，带毒的也不少，比如"红鸡冠子"，看上去肉肉乎乎的，毒性却特别强，用手指头碰一下都能肿得老高。当地人会分辨，采回来的野蘑菇吃不死人，但是放在汤锅里煮沸的时间得够，至少一袋烟，也就是一刻以上才能吃。白糖这是中毒了，不过不要紧，顶多手脚发麻、眼冒金星、恶心头晕，最厉害也就是拉肚子。

　　张保庆托二鼻子两口子照看白糖，自己跟菜瓜去见老萨满，问一问心中的疑惑。想起当年头一次见萨满奶奶，老人家还能打法鼓，可是一别多年，今日再见，老萨满双目已盲，然而心如明镜，听完张保庆的遭遇，就让菜瓜点了一道烟供，将《纸狼狐》封入一个皮筒子，套上绳箍交给张保庆，告诉他：相传始祖神开辟混沌，划分九天三界，上为光界，下为暗界，光暗相交而成世界，又立六合八荒，隔绝外道天魔。因此九天三界之内的一切，上下四方，往古来今，尽皆有序，否则必受劫灭，却也有来自九天三界之外不受因果制约的外道天魔，躲入了无明之暗。奇门世世代代守护着其中的秘密，以免世人受其蛊惑。有的萨满不仅是跳萨满的，更是奇门中人。不同朝代不同地区，奇门中人随不同的风俗。《纸狼狐》与《神鹰图》均为奇门神物，另外还有一张《猛虎图》。奇门不在三教之内，厌门也不止诈取钱财。早在千百年前，厌门子借纸狐、纸狼作祟，妄图骗取一朝江山。奇门传人降神为纸，用灵禽灵兽的鲜血绘成金钩玉爪的白鹰、吊睛斑斓的猛虎，白鹰展翅擒狐，猛虎下山吞狼，破了厌门子的纸狼、纸狐。所以说白鹰、猛虎、纸狼、纸狐原本是在一张画中，后来才被人分为三张画。纸狼、纸狐借宝画灵气，合二为一成了《纸狼狐》。直至今时今日，《神鹰图》与《猛虎图》均已不复存在，鸟要归林，虎要归山，《纸狼狐》最后落到你张保庆手上，可见你命该如此。不过驱遣纸狼狐会折损寿数，必须昼夜焚香追补生机，而且你一旦用过它，它就能入你的窍借你的形，因此千万别惊动它，只等它来找你，你替它办成一件事，方可解除契约！至于它几时来找你，又会让你办什么事，那都不一定，要不怎么说，请神容易送神难呢？

1

　　张保庆上学的时候调皮捣蛋，哪一门功课都不及格，干什么也是稀松二五眼，有前劲儿没后劲儿，至今找不到像样的工作，但是打小就经常捡到一些稀奇古怪的东西。以前有个看相的说过，他手上有漏财纹，捡来也留不住。戏文古词儿怎么说的，这叫"不如意事常八九，可与人言无二三"，张保庆只能自己给自己吃宽心丸——也许人生的乐趣就在于得失之间。这一次得了吸金石，却在画中抠不出来，怕一使劲儿再给抠没了，宝画《神鹰图》也变成了《纸狼狐》，搁到哪儿也不放心，无论床铺底下还是柜子顶上，但凡在这个家里，就没有他老娘找不到的地方，扔又不敢扔，只得放在包里随身带着，真可以说流年逢煞、大运尽绝，倒霉事全凑到一块儿了！

　　自从离开长白山，张保庆和白糖各回各家、各找各妈，继续着平庸而又忙碌的生活。赶上行业整顿，白糖那边十天半个月跑不了一趟活儿，那还怎么挣钱？平庸的生活很容易让人变得麻木，从东北回来之后，始终没什么怪事发生，张保庆觉得一切都过去了，可是老爹老娘又开始整天唠叨他，这个让他找工作，那个让他搞对象，老大不小了，要么立业，要么成家，总得占一样吧？张保庆一个耳朵听、一个耳朵冒，大有死猪不怕开水烫的意思。实际上他也非常焦虑，混吃等死并不容易，人要脸，树要皮，马路牙子要水泥，谁不想挺直了腰杆儿做人呢？

一个酷热的夏夜，屋里跟蒸笼一样，电风扇吹出的风都是热的，张保庆在家待不住了，骑上车出去溜达。到了晚上，马路边比白天还热闹，边道全被占满了，有卖磁带书刊的、卖日用小百货的、卖服装鞋帽的，还有套圈的、打气枪的、玩转盘的、摆个电视机唱卡拉 OK 的，都连成片了。人们穿着背心裤衩，肩膀上搭一条擦汗用的毛巾，摇着大蒲扇，或是坐在路边乘凉，或是在地摊前嘈嘈杂杂。张保庆东瞧瞧西逛逛，不知不觉转到另一条马路，这条路没那么多人，不过路边占得更满当，一个挨一个的摊位，有一两家卖刨冰的，其余全是卖砂锅、羊肉串的。每个摊位都挑着几个两百瓦的大灯泡，整条街上空仿佛笼罩着一团黄雾，空气里全是烤羊肉串的香味儿。坐在马路边吃砂锅的这些人，要上个砂锅丸子、一大把羊肉串、几瓶冰镇啤酒，随心所欲、无拘无束地胡吹海聊，酒足饭饱，小风一吹，汗也出透了，还有比这个舒坦的吗？张保庆心念一动，"马路砂锅"用不了多少本钱，夜里又没人管，下班高峰一过就可以出摊，不行我来这个得了！

转天一早，张保庆去找白糖商量。白糖最近接不到活儿，睡到太阳照屁股也不想起，让张保庆从床上揪了起来。听他一说就觉得这个买卖可以干，因为一不用找房子，二不用办理营业执照，三不用大师傅掌勺，连服务员都用不着，原材料也简单，他们俩以前又卖过羊肉串，有这方面的经验。二人一拍即合，凑了几个本钱，到土产商店置办了搭棚子用的竿子、铁管、铁丝、帆布，买了二手冰柜和三轮车，烤羊肉串的炉子是现成的，小方桌、小马扎、煤气炉、砂锅、杯盘碗筷都不能少，备足了各种调料、配料，这就齐活儿了。用白糖的话说，万事俱备，东风都有了，就差一个管账的老板娘了。

三天之后，他们俩的"马路砂锅"开张了。张保庆和白糖不会做饭，但是这个行当蒸煮焖、爆炸扒、烧熘炒一概没有，无非是砂锅丸子、番茄牛腩、醋椒豆腐、花生毛豆、凉拌黄瓜，再加上烤羊肉串。马路砂锅非常简单，熬好了大棒骨汤，保证肉和菜新鲜，怎么做也不可能难吃。他们烤羊肉串的技术过硬，备齐了肉串、肉头、板筋、腰子，添点鸡翅、偏口鱼，大铁皮桶里装上冰镇的啤酒、汽水，摊位里里外外收拾得干干净净，来了吃饭的对人家笑脸相迎，结账时把零头一抹。按说生意应该挺好才对，可正因为这个行当大同小异，他们有的，别人也有，所以说生意只是一般。张保庆也就是上学不行，脑子转得可不慢，一般人还真没他这个机灵劲儿，他以前在大饭庄子当过几天学徒，还记得听师父念叨过，砂锅这东西在过去来说叫"砂锅炖"，又叫"砂锅炖吊子"。当初有一位唱京戏的马连良马老板，《失空斩》那是一绝，不单戏唱得好，更是出了名的吃主儿。马老板下馆子吃饭，必点爆三样、炒虾仁、砂锅炖。过去那些卖牛羊肉的铺子，天不亮就起来做生意，到了下半晌，剩下的肉卖不出去，以筋头巴脑居多，又不可能存到明天再卖，就扔砂锅里炖熟了，连汤带肉一块卖，这就是最早的砂锅炖。可别小看牛羊肉铺子的砂锅炖，人家长年累月做这个，留下一锅老汤，肉烂在锅里，汤汁儿越炖越浓厚，闻着喷儿香，吃着更是解馋。家里的汤薄，怎么也做不出这个味儿。到得民国年间，砂锅炖被引入了大饭庄子，用料更为精细。其实没有老汤一样能做，马路砂锅又不是给慈禧太后吃的御膳，没必要那么讲究，做法也能简化。将头蹄下水之类乱七八糟的收拾干净了，下到大锅里煮熟，然后切成薄片，葱姜蒜炝锅，把下水煸炒一下，炒的时候沫着点儿，也就是少放油，加上玉兰片、口蘑、油豆腐，倒进砂锅，放上事先用整鸡加棒骨熬成的浓汤，再炖一阵子即可。重点在于放盐，说勤行里的行话叫"海潮子"，盐能吊百味，少一点太淡，多一点太咸，所以一定要恰到好处。张保庆起大早采买准备，照着猫画虎，照着葫芦画瓢，推出了这道砂锅炖吊子，果然大受欢迎。下水又脆又嫩，棒骨汤鲜浓醇厚。在当时来说这是独一份，吃过的主顾没有不说好的，十有八九都成了"回头客"，生意一天比一天火，到后来做多少卖多少，很多主顾慕名而来，排着队等这道砂锅炖，来晚了都吃不上。张保庆终于等到了大展宏图的机会，别看以往干什么都不成，那只不过在通往成功的道路上稍稍绕了点儿远，正所谓是"先胖不叫胖，后胖压塌炕"，当不上金王，当个"砂锅大王"也未尝不可！他和白糖心气儿一上来，也不怕麻烦了，觉得不能讨人嫌，到后半夜收摊的时候，都把这一地的狼藉收拾干净了。怎知好景不长，马路砂锅扰民和制造垃圾的情况越来越严重，还有的摊主利欲熏心"挂羊头卖鸭肉"，也不注意卫生，不少顾客吃坏了肚子，以至于引起了卫生防疫和环卫等部门的重视，联手进行了一次市容环境大整顿，这一带所有的马路砂锅都被清理了。张保庆和白糖措手不及，刚见起色的生意就这么没了，而且别处的摊主也陆续推出了"砂锅炖吊子"。白糖愤愤不平地抱怨:"明明是咱们最早卖的砂锅炖,怎么让别人抢去了?这倒好,大海里腌咸菜疙瘩——白忙活!"其实说再多也没有用,他们一没专利,二没秘方,换地方再摆马路砂锅也竞争不过人家了。张保庆自己也觉得无奈,怎么赶上我烧香,佛爷都掉腔呢?

马路砂锅的买卖干不成了,白糖有一搭无一搭地继续跑长途送大货,张保庆也不可能一直当个闲人。城里头除了马路砂锅,还有一个后半夜热闹的"鬼市",那是不知道从什么时候起自发形成的一个旧货市场,至少有一百年了。一到凌晨两三点钟,小贩们就从四面八方聚拢而来,各自占上一块一米见方的地盘,铺上塑料布,摆上五花八门的旧货,大多是家里用不着的日常杂物,拿来换些零钱。周末卖东西的最多,附近的小路上、楼群里的空地全被占满了,来逛的也多,人头攒动,挨山塞海,直到吃中午饭的时间才逐渐散去。张保庆也经常去逛鬼市,不为买东西,就是图个解闷儿。

鬼市上卖什么的都有,电工元件、磁带光盘、电子垃圾、旧手机、BP机、录音机、旧衣服、旧鞋、劳保用品、旧书刊、老地图、老照片、头年的旧挂历、旧铁皮玩具……虽然都是些破东烂西,却有人专好这个。比如旧铁皮玩具,有飞行船、绿皮火车、小熊照相、母鸡下蛋、转盘机关枪、喷火手枪,在专门收集铁皮玩具的人眼中,这可全是宝贝。那些电子垃圾更实用,开家电维修部的买回去进行翻新,或者拆散了当配件,可以节约不少成本。旧货市场中也夹杂一些古玩摊,摊主亮出的都是"邪活儿",像什么铜佛铜钱、古玉老瓷、废画烂书、文房四宝、旧钟罩、鼻烟壶、帽镜、花梨边框,大部分是假货,真东西很少有人往外摆,但是琳琅满目,看着挺有意思。有一次张保庆在地摊上发现一摞小人儿书，一问价儿还真不便宜。想当初自己和白糖摆小人儿书摊，把白糖攒了多年的小人儿书都糟蹋了。足有几大箱子，全套的《呼家将》《杨家将》《杨门女将》《水浒传》《西游记》《三国演义》，以及《平原游击队》《铁道游击队》《敌后武工队》《烈火金刚》《智取威虎山》《奇袭白虎团》，一本也没留下来，哪知道现在这么值钱。他又看这个地摊上还搁着一个塑料皮小册子，随手打开一看，里面夹着许多烟标。张保庆挺纳闷儿，问摊主："这是什么意思？旧烟标也能卖？"摊主说："当然可以卖了，像中华、飞马、金鹿、黄山松、大雁塔、大丰收这些个老烟标，每张都能卖十几块钱，越少见的越值钱，如果你有旧烟标，拿来多少我收多少。"

　　摊主这一番话让张保庆动了心思，从小学到中学，他可没少玩砸方宝、靠三角。砸方宝就是用旧挂历、旧牛皮纸叠成大小不等的正方形，这个叫"方宝"，扔在地上互相砸，以把对手的方宝砸翻个儿为赢，其实赢到手的无非是几张废纸，但取胜的过程仍是让人上瘾；靠三角是把烟标纸折成三角形，两个人同时出，一张"中华"能顶五张"恒大"，其中有一套约定俗成的规则，谁出得多、谁的烟标高级谁先靠，一沓三角放在手掌上，手心手背来回翻几下，在此过程中一张不能掉，最后三角停在手背上，由对方确定落下几张，飞起三角用手掌抓住，如果落到地上的张数与对方说的一样，那你就赢了，这些三角全归你。张保庆玩靠三角的手法堪称神技，那几年打遍学校门门无敌手，赢的老烟标不计其数，尽管早就不玩了，可一直没舍得扔。摊主说的那些烟标牌子他再熟不过，想不到这玩意儿居然也能卖钱，回家仔细找找，说不定还能找出不少，但愿别让老娘当废纸卖了！

2

张保庆一道烟似的跑回家，翻箱倒柜一通找，从床底下找出一个大纸箱子，里边全是他上学时玩的宝贝，有玻璃弹球、弹弓子、折叠小刀、火柴手枪、九连环、麻号儿、斗兽棋，满满当当的，那些个旧烟标全在里面，存到现在也有年头儿了，有些个比较罕见的，花花绿绿特别精美，他也不认得是什么牌子。还真不错，没让老娘当废纸卖了。张保庆一寻思，如果全卖给那个摊主，那叫"砂锅捣蒜——一锤子买卖"，不如我自己做烟标生意，挣钱多少不说，至少有个营生，细水长流，总好过整天待在家闲着。

俗话说"像不像，三分样"，既然决定做旧烟标的买卖，那就得有个做买卖的样子。摆地摊卖烟标的难处，首先在于脏，马路边又是灰又是土，过来过去的再踩上几脚，这一天下来烟标就没法要了，夹在册子里又不直观。张保庆自己想了个法子，把每张烟标垫上硬卡纸，再用塑料薄膜封住，自此起五更爬半夜，带着烟标到鬼市上摆摊。旧货市场摊贩众多，做买卖的路数各不相同，有的人什么都卖，有的人只卖一样。张保庆就卖烟标，对别的全不上心，一张张用透明塑料薄膜封好的烟标平摊在帆布上，用别针加以固定，看上去整整齐齐，在那些卖杂七杂八的旧货摊位中显得与众不同，所以他的摊位前总有人驻足，问的人多，买的人也不少。一来二去，张保庆跟周围几个摊主混熟了，谁来得早，就给相熟的占个位置。张保庆旁边有一个旧货摊，摊主姓于，人称"于大由"，五十来岁，一张大长脸，两鬓斑白，戴一副黑框眼镜，眼睛已经花了，看东西时要摘下眼镜，几乎把东西贴在脸上才能看清楚。于大由年轻时在委托行上班，北方叫委托行，南方叫寄卖商店，老百姓家里用不上的东西，值点儿钱的都能拿来代卖，一家店里满坑满谷，犄角旮旯、柜子顶上都是旧货。于大由上过眼、过过手的玩意儿无数，早年间传下来的红木家具、古旧瓷件，外国的老照相机、小提琴、珐琅座钟、金壳手表，别看他眼神不好，却也称得上见多识广。前些年委托行日渐萧条，工资都不能按月发放，于大由不愿意半死不活地耗下去，索性买断工龄，下海当了个体户。他跟旧货打了半辈子交道，又在鬼市上摸爬滚打多年，堪称这个行当里的虫子，用他自己的话说，在鬼市上转悠一圈，好东西自己就往他眼里蹦。他这人还有点儿话痨，天上一脚、地上一脚，有用的没用的，挨着不挨着的，东拉西扯，逮什么说什么，尤其好打听事，哪个摊主卖了什么东西，赚了多少钱，谁捡漏儿了，谁走宝了，没有他不知道的。张保庆闲着没事的时候，没少听于大由念叨其中的路数："甭看鬼市上这些个破东烂西，全都是扔在地上卖的，扒拉来扒拉去全是'坑子货'，却比百货公司的规矩还多。咱举个例子来说，你在这儿逛不要紧，随便溜达随便看，价钱也可以随便问，但是你不能随便砍价，漫天要价就地还钱，还完价不要了可不行，人家会觉得你是捣乱来的，在拿他逗闷子，轻则损你几句，重的就得动手。百货公司还讲个明码实价售后三包，鬼市可不一样，你卖东西的也好，买东西的也好，打眼了、吃亏了、卖低了、买高了，那全是活该，绝没有倒后账这么一说。前些日子，西边路口有个摊主，得了一尊带底座的紫铜韦陀，开脸儿开得极真，周身挂着绿锈，卖相那叫一个好，年份可能也短不了，摊主两千块钱出的手。按说这价码可不低了，你猜怎么着？没过一个月，又有消息传开了，东边路口有人出手一尊紫铜韦陀，要价三万八，让一个大款搬走了。西边那个摊主肠子都悔青了，但是有辙吗？干这行凭的是眼力和见识，不能全靠撞大运，背地里下的功夫不够，当面怎么见真章儿？是骡子是马你得拉出来遛遛，货摆在明面上，又不是打闷包，你能怪别人吗？吃一堑长一智，将来再见了面，你得管人家叫师父。"于大由还经常鼓励张保庆："你的买卖选得不错，玩好了绝对可以发财。你看这旧货市场上，无论什么东西，年份够长的都能卖上价，拿你手里这人民币来说，几十年前流通的票子搁到今天，都比面值贵多了。烟标这东西跟古玩一样，都是物以稀为贵，年代也是一方面，早年的印刷技术跟现在是没法比，但美术师们挖空心思、绞尽脑汁，把烟标设计得五颜六色、活色生香，而且能保存下来、品相又好的烟盒毕竟是极少数。你想啊，有几个抽完烟还能把烟盒留下来传辈儿的？这叫千金易得，一物难求，所以说这几年烟标的市场价坐了火箭，翻着跟头往上涨，世界各地都有收藏烟标的玩家，跟邮票、火花、票据并称四大平面印刷藏品！"

张保庆也确实摸到了一些门道，一边卖一边收，老烟标在他这儿过一道手，多少也能赚点儿。干旧货生意的都是又买又卖，这叫"行倒行"，但各有各的玩法儿。有的人成天走街串巷喝旧物、收破烂，这叫"铲地皮"，城里城外四乡八镇都转遍了，等到周六日，再把收来的东西一股脑儿带到市场上贩卖。也有"搬砖头"的，自己不用拿本钱，仰仗着耳根子长，消息灵通，认识的人多，一手托两家，帮别人出货，从中渔利。张保庆"上货"的方式不止守株待兔，他也在旧货市场到处溜达，或换或买，连收带捡，看见合适又便宜的烟标就拿下，然后再倒手赚钱，这路玩法叫"包袱斋"。有一次张保庆在一个卖旧书的小摊上收了一沓子老烟标，约有四五十张，一共花了二百块钱。这沓子老烟标的牌子比较杂，民国年间的哈德门、三炮台、老刀就不提了，还有什么红狮、鸡牌、象棋牌、仙女牌，也有六七十年代的语录烟标，尽管品相都不太好，可是平均下来，也还有利可图。其中一张上面都是洋文，写着"918"三个数字，背面印着一个军官头像，摆在地摊上多少天都无人问津。有一天来了个外地买主儿，五十来岁，穿得普普通通，不显山不露水，蹲在张保庆的摊位前，拿着放大镜翻来覆去地看那些旧烟标，一连问了十几张烟标的价钱，问完了也不还价，似乎没有要买的意思，最后指着有军官头像的烟标，漫不经心地问道："这张怎么卖？"张保庆觉得这个老烟标自己只见过一次，想必挺值钱，可不能让人绕进去，咬着后槽牙开价："五百！"买主竟二话没说，当场掏钱买了下来。

于大由看了个满眼儿，在旁边干着急，可他什么也不能说，按这一行的规矩，一买一卖是两个人的事儿，旁观看热闹的不能插嘴，万一惊走了买主儿，算谁的？等那个外地人走远了，于大由凑过来对张保庆说了仨字："要少喽！"张保庆一看买主掏钱那意思，也明白价钱开低了，可是一张旧烟标卖五百块钱还少吗？收货时那一沓子不才两百块钱吗？自从倒腾旧烟标以来，出手最高的一张烟标，只不过卖了五十块钱，这一张卖了五百，回去都该吃捞面了。张保庆问于大由："那张烟标能值多少钱？"于大由也说不上来，毕竟没玩过这路东西。他这人这点好，自己不了解的绝不胡说，不像有些人，到处高谈阔论、卖弄见识。其实干这个行当的，哪一个敢说自己是真正的明白人？老祖宗几千年传下来的玩意儿，经的见的事越多，越会觉得自己浅薄。过了几天，张保庆在一本收藏杂志上看到了那个老烟标的图片，从介绍中得知，这个烟标的牌子叫"少帅"，民国年间的老标，目前存世量非常稀少，属于烟标收藏界的绝品，一张品相好的价值在五万到十万之间。张保庆脑袋"嗡"的一声傻了半天，胸口一阵阵发闷，好不容易收来一个西瓜，却当成芝麻卖了，一时间没了心气儿，往地摊后边一坐，直着眼发呆。正自心不在焉的时候，白糖急急火火地跑了过来，他不由分说，拽上张保庆就走。张保庆只好把摊位交给于大由照看，跟白糖来到了他们常去的小拉面馆。白糖三口两口灌下去一瓶冰镇啤酒，这才说出急着找张保庆的原因——有个发大财的机会！

3

　　原来白糖昨天在家门口的饭馆吃饭，点完了菜，服务员又递过来一张塑封的菜单子，上面写着"滋补靓汤"，品种还不少，菌菇鲫鱼汤、乌鸡口蘑汤、牛肉杂菌汤……名字一个比一个诱人，底下各有一行小字，写着功能疗效，滋阴养颜、补肾壮阳、养肝益气、调理肠胃……简直是有病治病，没病强身。白糖心说：这是菜单还是药方子？想起在鹰屯二鼻子家喝的那锅汤，立时勾起了馋虫，点了一锅乌鸡口蘑汤。汤端上来尝了一口，寡淡得如同刷锅水，还不如自己家的西红柿鸡蛋汤顺口儿。白糖气不打一处来，叫过来经理当面质问，这样的汤也好意思端出来？经理打了半天马虎眼，奈何白糖仍不依不饶，万不得已说了实话："我们饭店的'靓汤'全靠汤料调味，因为咱这儿根本没有真正的野生菌菇，农贸市场上的蘑菇都是人工培育的，怎么也熬不出那种鲜味儿。不过您想想，您要吃真正的野生菌子，那就得跑趟云南，甭管是坐飞机还是坐火车，这一趟光路费就得多少钱？或者说，我们千里迢迢从云南把野生菌子给您运过来，那这一锅汤的成本可就得翻多少倍？还能卖这个价吗？所以咱家这个定价，也是公平合理。但有一点我可以跟您保证，咱们用的都是高档汤料，绝对正规厂家生产，包装袋上写得清清楚楚——上等肥鸡制成，天然调味品，所以免不了淡了一点儿。要不这样吧，这汤我给您打个九五折？"白糖气得够呛，然而转念一想，野生菌子不止云南才有，长白山林场里有的是啊，如果以最快的速度运到大城市，转卖给各个酒楼饭店，岂不是一条生财之道？

白糖意识到这一点，就跑来撺掇张保庆："你快别干那个没出息的买卖了，还是咱俩合伙，联络二鼻子给咱供货，这绝对是一条发财的路子！"张保庆一想不错，他跑过长途运输，菌子蘑菇和鲜货没什么不同，利润却大得多。那还有什么可说的，俩肩膀扛一脑袋，干呗！哥儿俩东拼西凑连赊带借，筹措了一些本钱。马上联系二鼻子，汇过去一笔预付款，让二鼻子收购一车野菌子。张保庆又找到之前的老板张哥，张哥虽已不做贩运水果的生意了，但是开货车跑长途的朋友还有不少，张保庆的忙他一定要帮，托了个朋友，答应张保庆不必预付运费，等货卖出去再结账。

长白山处于高纬度地区，寒冬漫长，夏季短暂，天气变化无常，受益于得天独厚的水土资源，山沟深处的树根底下、草窝子里、朽木上，那些个潮乎乎的地方，都会在雨后冒出不计其数的蘑菇，最常见的是元蘑、榛蘑、猴头蘑、粗腿蘑、白花脸儿、黄罗伞、扫帚蘑、猪嘴蘑、黄油蘑、凤尾菇、鸡爪菇也不少，能吃的不能吃的，千奇百怪五颜六色，什么样的都有。如果头一天下了雨，屯子里的人们便跟赶集一样，一人背上一个皮兜子，夜里摸着黑出发，啪叽啪叽地踩着湿泥往林子里走，等太阳刚一露头，见着亮儿了，就开始采蘑菇。采回去铺在院子里，太阳一晒，藏在蘑菇里的小虫子就没了，配上尖椒、姜丝清炒，或者宰只小鸡炖上一大锅。吃不完的分门别类，晾干了可以存到过年。不仅人爱吃，就连深山老林里的狍子，都经常跑到树底下啃蘑菇。当地供销社也收购野生菌子，不过价格很低。二鼻子按张保庆说的，在山里收了一批野生菌子，他那边装车发货的同时，张保庆和白糖已经找好了收货的饭馆餐厅。尽管这一车菌子种类比较杂，可都是地道的山货，绝无掺假，价格也不贵，到货的当天就卖了个精光。

　　东北野生菌子味道鲜美，更有滋补养颜、提神轻体的奇效，一经推出备受欢迎，喝菌汤成了潮流，各个饭馆抢着订货，张保庆和白糖的货供不应求。哥儿俩白手起家，以为可以发财了，计划着多存点儿钱，自己买辆车运货。因为吃野生菌子必须得快，采到家搁上一夜，香味就会损失一半，有自己的车才可以保证运输速度。张保庆的老娘看儿子做生意赚了钱，也替他高兴，又开始给他张罗对象，碰上哪位亲戚朋友、街坊邻居都是一句话："有合适的姑娘，给我们家保庆说说！"热心肠的人不少，所以家里头隔三岔五就催着张保庆去相亲。张保庆觉得见就见吧，万一碰上合适的呢？那天下午和相亲对象约在公园门口见面，张保庆到得早，离老远看见介绍人领着一个姑娘来了。刚看了一眼，张保庆就想跑，因为造型太要命了，长得跟白糖能有一比，一脸横丝肉把眼睛都挤没了，关键是不会打扮，穿了一条嫩绿的套裙，一双红色高跟鞋，背着个杏黄色的小皮包，比巴掌大不了多少，烫了一脑袋鸡窝一样的卷毛。碍于介绍人的面子，张保庆还是陪着姑娘进公园转了一圈。看得出来，人家姑娘对张保庆还是比较满意的，一直问这问那，叽叽喳喳没完没了。但是张保庆心思没在这儿，最后找了个借口逃之夭夭。张保庆的老娘责怪他："找对象不能光看长相，最重要的是会过日子。"张保庆说："这个事真不能赖我，就那位那个造型，您见了也不能同意。我看您也甭操心了，早生儿子早得济，早娶媳妇儿早受气，您儿子眼看要发财了，还怕找不着合适的对象吗？早晚有水到渠成的那一天。"

　　张保庆和白糖对野生菌的生意信心十足，把未来十年的经营战略都规划出来了，然而在做大生意的老板眼中，他们这无非是小打小闹。很快就有人看出其中的巨大利润，出高价到山里收购野生菌子，以高出正常收购价三倍的金额跟当地签订承包合同，一举垄断了全部货源，利用飞机运输，再把运回来的菌子，以收购价的十几二十倍出售，甚至开起了直营的野生菌大酒楼，里面装修得跟原始森林差不多，从酒楼经理到服务员，一人头上戴着一顶蘑菇帽。如此一来，二鼻子也收不到货了，张保庆和白糖的生意刚干了两个月，又莫名其妙地断了道儿，还完借款和运费，落到手上的没几个钱，只能继续倒腾烟标。常言说"行市不怕跌，买卖就怕歇"。他这个买卖停了没多久，却发现旧货市场上多了十几个卖老烟标的摊位。庙还是那座庙，神仙可是多了好几位，旧烟标的买卖也不好干了，典型的"扔了可惜，干着没劲"。

　　一场秋雨一场凉，头天下了一夜的雨，秋风萧瑟，满地落叶，地面潮乎乎的，旧货市场上一片冷清，摆摊的人少，来逛的人更少。张保庆一连半个月没开张，心情比深秋的天气还凉。他也没心思做买卖了，不到中午就收了摊，拎着一兜子烟标去找白糖喝闷酒。二人来到拉面馆，要了一份素什锦、一份油炸豆腐、两个大碗拉面，外加一瓶二锅头，坐下来这就喝上了。要说这二位都够没心没肺的，从中午十一点多，一直喝到下午四点多。张保庆喝了酒脑袋瓜子发沉，白糖也没少喝，而且越喝话越多，东一榔头西一棒子地胡吹海侃。张保庆听着听着，忽觉身上一冷，再看坐在自己对面的竟是一个白纸人，纸衣纸帽，面目怪诞，手捧白纸盒子，里边是个纸糊的独眼人头。张保庆霎然惊觉，却见自己仍在那个拉面馆里，白糖兀自滔滔不绝地说个没完。张保庆愣了半天才缓过神来，心里头也明白了，世上还有另一个血蘑菇，纸狼狐要他找出这个人！自从张保庆三上长白山，至今已过了一年多，为什么直到今天，纸狼狐才让他去找血蘑菇？而这一年多的时间，那个血蘑菇又在谋划着什么？据张保庆所知，血蘑菇一生之中已经跟纸狼狐斗了六个回合，前三次过断桥关，有萨满神官老鞑子相助；接下来火烧关家大院，毁了纸狼狐的宝画；再一次摆阵金灯庙，纸狼狐出其不意入了血蘑菇的窍，却也被魇仙旗封住了；最后一次，血蘑菇借鳖宝金蝉脱壳，用一条命跟纸狼狐斗了个平手。一个是幻造灵梦的奇门神物，一个是逆天改命的老洞狗子，双方还得继续斗下去，不分个你死我活，或是同归于尽，谁也不会罢休，只苦了张保庆，夹在当中进退两难。如今张保庆也想通了，毕竟怪不得旁人，不是自己从天坑大宅中摘下《神鹰图》，后面的事也找不到自己头上。《神鹰图》上一代的主人马殿臣，追风走尘三闯关东；《纸狼狐》上一代的主人血蘑菇，调兵挂帅，摆阵封神；他张保庆既是《神鹰图》的主人，又是《纸狼狐》的主人，却没干过一件有出息的事。

然而恶劣之中，往往是机遇来访之时，与其碌碌无为、混吃等死，为什么不抓住这个机会抠出宝画中的吸金石呢？

《天坑宝藏》（完）

天下霸唱全部作品目录